러/판
어드벤처

리/판 어드벤처 2
장민규 판타지 장편 소설

초판 1쇄 찍은 날 § 2003년 8월 10일
초판 1쇄 펴낸 날 § 2003년 8월 20일

지은이 § 장민규
펴낸이 § 서경석

편집장 § 문혜영
편집책임 § 유경화
마케팅 § 정필 · 강양원 · 이선구 · 김규진 · 홍현경

펴낸곳 § 도서출판 청어람
등록번호 § 제1081-1-89호
등록일자 § 1999. 5. 31
어람번호 § 제1-0408호

주소 § 경기도 부천시 원미구 심곡1동 350-1 남성B/D 3F (우) 420-011
전화 § 032-656-4452 팩스 § 032-656-4453
E-mail § eoram99@chollian.net

ⓒ 장민규, 2003

값 7,500원

ISBN 89-5505-780-6 04810
ISBN 89-5505-778-4 (SET)

장민규 판타지 장편 소설

럭/판 어드벤처

확장팩 2

도서출판
청어람

❷ 확장팩

언제나 느꼈던 거지만 우리 막강대전고 길드를 상징하는 이 깃발. 이게 우리 학교 깃발이라니… 하얀 바탕에 초록색 학교 건물이 3% 오차 비율로 그려진 촌스러움에 극을 치달리다 못해 어이가 없는 모양이었다.

이래서 우리 막강대전고 길드가 위엄을 날릴 수 있겠어? 나는 이번 전쟁이 끝나면 깃발부터 뜯어고치기로 마음먹었다. 검은 바탕에 흰색 해골이 그려진 해적기로 만들어야지~

잠시 후 저 멀리 수평선 사이로 배들이 보였다.

"보이는군요. 연합 길드의 배들. 무지막지한 숫자인데요?"

시린터가 그렇게 중얼거리며 자신의 소드 마스터 무기 마검 즈루커… 가 아닌 영검 일리도를 소환해 냈다. 녀석, 워리어 클래스도 마스터한 건가?

"하핫! 워리어 마스터가 된 건 얼마 전이었죠. 한 이 주일됐나?"

물어보지도 않았는데 그걸 어떻게?

"…어쨌든 명령이나 내려."

"음음! 전~ 부양 함선은 철새 모양의 육탄오형 방어 태세를 갖추어라!!"

나는 순간, 녀석의 대갈통을 주먹으로 후려갈겼다. 아무것도 들지 않은 녀석의 머리 소리.

까강—!

"야~ 이, 뇌 주름을 다리미로 펴 바른 놈아! 철새 모양 육탄오형 방어진을 애들이 아냐? 그냥 돌격해!!"

"예, 예예~ 그냥 돌격하랍신다!!"

시린터의 목소리는 나의 바람 마법을 통해 그 소리가 쩌렁쩌렁 울려 퍼졌다. 상대편에게까지 들리면 곤란하지만 뭐, 어차피 정면 맞짱이니까 상관없겠지?

나는 문득 세희에게 시선을 돌렸다. 이곳 최주력선 막강이의 조종을 맡고 있는 그녀. 이 막강이엔 나와 시린터, 세희와 몇 최정에 고렙 유저들이 타고 있다. 그리고 저 아래 일반 함선엔 용태와 선미 등 우리 반 애들이 대다수 포진하고 있었다.

나는 세희에게 일렀다.

"실리, 위험하면 언제든지 로그아웃해. 여기서 죽으면 그대로 레벨 다운이니까."

"걱정 마. 그런 일은 절대 없을 거야."

훗! 그래. 절대 그런 일은 없어야지. 내가 반드시 지킬 거니까!

"나도 선미 양을 지키고 싶어요!"

“닥쳐, 시린터! 왜 또 분위기 안 깨나 했다! 너, 관심법 쓰냐?”

“후후! 관심법은 무슨~ 그보다 연합 길드 군이 금세 코앞까지 왔군요. 역시 서풍입니다.”

서로의 진영은 빠르게 가까워지고 있었다. 모두가 긴장하는 가운데,

“전방 50m에 들어서면 마법을 발사하고 30m에 들어서면 화살을 발사해라. 바람을 받아 적이 먼저 공격을 해올 것이다. 바리어, 방패 준비!”

내 명령은 시린터에게 전해졌고 시린터는 각 함선에 대고 내 명령을 외쳤다. 그러자 배 갑판에 대기 중이던 방패를 든 보병들이 배를 방어했고 마법사 클래스 유저들이 배 주위에 바리어를 펼쳤다.

서로의 거리 100m.

90m… 80m…….

80m 앞 적진에서 마법과 화살이 날아왔다. 바람의 영향이 컸다. 쳇, 가뜩이나 숫자로 쫄리는 판에 바람까지 저놈들 편이라니!

“당황하지 말고 기다려!”

80m… 70m… 60m… 50m.

“좋아! 발…….”

피잉—

“으아아앗! 뭐야?!”

발사 명령을 외치려던 순간, 눈에 비치는 내 방 천장의 모습에 나는 어리둥절할 수밖에 없었다. 빽섭인가? 그럴 리가 없는데? 나는 문득 게임기를 바라보았다. 코드가 빠져 있었다. 그리고 그 코드의 선을 쥐고 있는…….

“희은이? 뭐야, 너? 당장 꺼져!”

“오빠, 놀아죠~ 나 심심해에~”

“꼬맹이! 당장 나가! 쫓아내 주리? 으아아아아!!”

아아아아악!! 가장 중요한 순간이었는데!

나는 홧김에 그 애의 뒤통수를 잡고 침대 위에 안면을 박아버렸다. 그러자 3초 경직하던 그 애가 울음을 터뜨렸다.

“우아아아앙!! 아아아아앙!! 어마, 어마아! 압… 아빠! 엉엉!”

“아! 짜증나!! 다시 한 번 내 방에 들어오면 모가지 어퍼컷 90도로 돌려놓고 사시미로 관자놀이를 그어버린다!”

“으아아아아아앙!!”

이런! 시간이 없어! 빨리! 급해!

나는 즉시 코드를 꽂고 게임기를 가동시킨 뒤 카도라스에 접속했다.

[아이디:sss0226/패스워드1:*******/패스워드2:******]

[로그인 복귀 접속되었습니다.]

복귀 접속하자 보이는 광경은 날아오는 화살과 불덩이들, 난파되어 바다 위로 추락하는 함선들이었다. 대부분이 연합 길드 쪽인 것 같다.

시린터 녀석, 웬만큼 지휘를 했나보군.

“시린터! 아니, 실리! 실리 어딨어?”

일단 세희가 더 중요했기에 세희를 찾았다. 옆에서 세희의 목소리가 기침과 섞여 들려왔다.

“콜록! 콜록! 나, 여기! 콜록!”

세희는 배에 불길이 차 오르고 연기가 꽉 막힌 곳에서 신성계 마법 등으로 불을 끄고 있었다. 나는 그녀를 도와 불길을 끌까 했지만 밀려드는 적군 때문에 싸우기로 했다.

오른손에 검기를 집중시키고… 쏘세요!

쿠콰카카카캉!!

또 한 척의 배가 추락했다. 그보다 술따러 녀석이 지휘하는 배는 어디 있지? 최전방 주력선일 텐데…….

"마듀라! 거기 있었군! 후후."

그때 재수없고 염병할 목소리가 나의 성스럽고 고귀한 닉네임을 불렀다. 고개를 약간 위로 쳐들자 부양 함선 뱃머리 위에 술따러 녀석이 갖은 폼을 다 잡으며 쌩쇼, 추태를 부리고 있는 것을 볼 수 있었다. 거기서 팔짱 끼고 있으면 여자들이 청혼을 해? 어우~ 재수없어!

"마듀라 겨우 40척의 배로 우리들을 막을 수 있으리라 생각했나? 후후."

"술따러, 대충 예상하곤 있었지만, 설마 네가 이런 미친 짓을 저지를 줄 몰랐다."

"미친 짓이든 안 미친 짓이든 이 전쟁은 우리의 승리다. 후후후!"

저 X끼는 말끝마다 후후거리고 지랄이야? 바퀴벌레 약이 식도로 들어가야 하는 걸 숨구멍으로 들어가 버렸나? 어우~ 진짜 재수없다.

"긴말 필요없겠지? 그럼, 간다!"

술따러가 뱃머리 위에서 높이 점프했다. 달빛을 등진 모습과 허공에 찰랑이는 길고 검은 머리카락이, 지가 무슨 괴도 루팡 정도로 착각하는 듯 보였다.

나는 즉시 내가 낼 수 있는 검광진의 한계인 열한 개 검광진을 생성해 무형참황검을 빼냈다. 드디어 너와 붙는구나, 술따러!

"와라아아앗!!"

"하아아아아앗!!"

피잉—

"허어어억!"

으아아아아아악? 도대체 뭐아아? 미치겠네!!

게임기 코드에 시선을 돌렸다. 멀쩡했다. 카도라스 게임기를 보았다. 찌부러져 있었다. 그리고 그 앞에 망치를 들고 서 있는 희은이의 모습이 보였다. 저, 저, 저 계집애가 30만 원짜리 게임기를 부쉈어… 부쉈어?!

"우아아악!! 다 죽여 버려!!"

"으아앙! 끼아아아!!"

이것이 맞을 짓을 벌어라!!

*　　　*　　　*

순간 신성이가 사라졌다. 그리고 허공에서 누군가가 뛰어내렸다. 그도 신성이를 찾고 있었던지 주위를 휘휘 둘러보는데 당황하는 눈치였다. 무슨 일이지? 아니, 그보다 신성이는?

어느 정도 불길이 진압된 막강이를 놔두고 그에게 다가갔다. 가까이서 보니 연합 길드 마크가 왼팔에 그려져 있는 것으로 보아 적이었다.

"소환주의 명을 따라 나타나라, 성검 시오르!"

그립 부분만 남아 있는 시오르에 신력을 집중시키자 그립에서부터 하얀 검기가 피어올랐다.

이어서 그에게 달려가 검을 휘둘렀다.

“야아아앗!”

“……?”

채애애앵—!

경쾌한 음이 울려 퍼지며 나의 검과 상대방의 검이 맞부딪쳤다. 검이 맞부딪치자 검에 묵직한 감이 전해져 왔다. 만만치 않은 상대다!

“에실리스인가? 후후!”

나는 일단 상대방과 거리를 두고 떨어졌다. 이 사람… 정체가 뭐지?

“한미모 하는데? 꽤…….”

“……?”

“맘에 들어.”

상대가 나에게로 손을 뻗었다. 그가 무슨 짓을 할지 몰라 바싹 긴장하며 뒤로 물러서는데, 순간 뭔가가 내 몸을 훑고 지나가는 듯한 느낌을 받았다. 뭐, 뭐지?

“후후! 그럼 가볼까?”

그가 달려나와 검을 휘둘렀다. 엄청난 빠르기! 힘도 장난이 아니야!

“검술로 날 이길 순 없을 거다!”

“……!”

하지만 지지 않아! 전처럼 신성이한테 폐만 끼칠 순 없어!

＊　　　　＊　　　　＊

내가 지금 뭐 하는 짓인지… 침대 위에서 희은이와 온갖 쌩쑈를 부리고 있었다. 침대 위에서 쌩쑈라 하면 XXX한 그것을 떠올리기 마련인데 저어어어어얼~때루 그런 게 아니다! 난 평범한 고등학생이란 말이다!

"새우 꺾기!"

"꺄아아아아!! 아아아아앙!! 아포! 아앙~!!"

그러게 아픈 짓을 왜 해? 내 오늘 네년의 썩어빠진 정신을 바로잡아 주마!

볼기짝 때리기, 볼에 빨래집게 찍어놓고 잡아 떼어버리기, 헤드락 걸고 베개 위에 처박기, 이불 뒤집어씌워 놓고 깔아뭉개기, 몸에 밧줄을 묶어놓고 촛농 떨어뜨리기(?) 등등…….

그렇게 30분간의 고문이 지속되었고, 희은이는 울면서 자기 방으로 들어가 버렸다. 나는 내 방문을 꼭꼭 걸어 잠근 뒤 여분으로 남아 있는 또 한 대의 PX 게임기를 꺼냈다. 이거라도 없었음 정말 큰일 날 뻔했다. 늦지 않길 빌어야지. 젠장! 아버지는 왜 저런 꼬맹이를 데려와서 이 고생을 시키는 거야!

복귀 접속을 하자 불길에 타오르는 수많은 함선들이 바다 위로 추락하고 있는 것을 볼 수 있었다. 어느 정도 예상했던 광경이었다.

그보다 세희는? 시린터는? 술따라는?

"마듀라 씨!"

목소리가 들려온 쪽으로 고개를 돌리자 얼굴이 반쯤 그을리고 온몸이 피투성이인 시린터가 보였다.

그가 내 앞까지 다가오며 숨을 헉헉 몰아쉬다가 말했다.

"헉헉! 안타까운 소식과 더 안타까운 소식, 더 더욱 안타까운 소식이 있습니다! 무엇부터 들으시겠습니까?"

뭐부터 들어야 하나?

“차례대로 말해 봐.”

“안타까운 소식은 우리 함선 35척가량이 모두 추락, 침몰당했다는 것입니다.”

그럼 더 안타까운 소식은?

“더 안타까운 소식은 적의 함선들이 엘가니아로 향하고 있다는 것입니다!”

그건 카이데스가 막을 수 있겠지. 엘가니아에서 길원들을 이끌고 대기 중이니까. 더 더욱 안타까운 소식은?

“더 더욱 안타까운 소식은 실리 양이 술타르와 싸우다 그만, 사로잡혀 버렸습니다.”

“뭣? 야, 이 단세포야! 그걸 이제야 말하면 어떡해! 넌 그동안 뭐 했어? 이런 젠장맞을!”

나는 즉시 조종석으로 뛰어가 배를 몰았다. 희은… 그 계집애만 아니었어도 상황이 이렇게 되지는 않았을 것이다! 천사의 탈을 쓴 악마 같은 계집! 나중에 흠씬 밟아주겠어!

“시린터, 술타르의 행방은?”

“최전방 주력선입니다. 실리 양도 그곳에 있을 겁니다.”

나는 즉시 배를 돌려 최고 속도로 발진했다. 8백여 미터 거리에 있는 녀석들의 배는 모두 50척. 세희, 조금만 기다려라!

“……?”

그런데 앞서 가던 50척의 배들 중 1척이 떨어져 나와 우리 앞을 가로막고 섰다. 누구야? 우리 앞을 가로막겠다는 깡 센 녀석이? 뱃머리에 서 있는 검은 정장의 사내가 제일 먼저 눈에 띄었다. 배에 저 사내밖에 없는 건가?

"타, 타미야입니다! 지존 타미야 말입니다!"

"……!"

시린터의 겁에 질린 목소리에 나는 퍼뜩 상대를 다시 봤다.

타미야.

사실 그와는 첫 대면이었다. 짧은 머리카락과 반듯한 생김새의 30대 초반 아저씨. 손에 쥔 2m 길이의 위저드 마스터 아이템 '밀피로우' 그 립이 달빛에 반짝여 그 은빛 광택을 발했다.

그와 눈이 마주친 나는 그가 무엇을 원하는지 단번에 알아차릴 수 있었다.

"아무래도 날 상대하려나 본대? 시린터, 날 저 배 위로 옮겨라. 그리고 넌 녀석들을 뒤쫓아가서 세희를 구해."

"알겠습니다. 그리고 조심하십쇼. 상대는 카도라스 지존입니다."

"……."

배에는 타미야, 그 혼자뿐이었다.

"드디어 만나보게 되는군, 마듀라. 네 소문은 익히 들어왔다."

"당신 소문은 귀가 마르고 닳도록 들어서 하느님이 보우해도 우리 나라 만세가 안 될 정도입니다."

"후후! 소문대로 애송이가 잘도 까부는군."

"그 말, 반사하지요."

팽팽한 긴장감이 감돌았다. 서풍이 우리들의 옷과 머리카락을 어지 럽히고 돌아갔다.

그가 뱃머리 위에서 갑판으로 내려오며 말했다.

"마듀라, 너는 우리가 왜 전쟁을 일으켰는지 아는가?"

"…이상 현실이라는 엉뚱한 거 만들려고 그러는 거 아닙니까?"

"맞다. 나는 이 게임 세상을 가상이 아닌 현실로 만들려고 게임의 유저를 하나로 통합하기로 했다. 연합 길드 아래 말이야. 그래서 카마디의 프로그램을 서슴지 않고 해킹도 했다. 술타르를 이용해서."

어이없는 놈. 가상은 가상. 또 다른 세상이라지만 진정한 현실은 될 수 없는 것이거늘… 너 같은 놈을 미친놈이라 하는 거다.

"너도 우리와 함께했으면 좋았을 것을… 지금은 이렇게 칼을 맞대고 있지 않은가? 지금이라도 늦지 않았다."

"대답은 아시겠지요? 저는 당신처럼 비현실주의자도 아니고 현실을 부정하고 허황된 꿈만을 찾아 헤매는 미친놈은 더 더욱 아니라서요."

"…그렇다면 어쩔 수 없군."

탕—!

그가 손에 쥐고 있던 밀피로우 그립 끝을 배 갑판에 내려쳤다. 엄청난 기합이 느껴지는 듯.

"…게임 오버다."

"해볼 테면 해보시지!"

나는 당장 마스터 무기를 불러들였다.

"소환주의 명을 따라 나타나라, 마갑 알트레탈리!"

양손에 마스터 무기 알트레탈리의 건틀렛이 씌워졌다. 그동안 위저드와 싸운 적은 몇 번 있었지만 아직 위저드 마스터하고는 싸워본 적이 없다. 그것은 녀석도 마찬가지일 테지만.

과연 어느 정도의 실력이려나?

"그럼 실력 한번 구경해 볼까?"

타미야의 모습이 시야에서 사라졌다. 이어서 어깨가 심하게 저려오며 다리가 휘청 떨렸다. 제길! 젠장나게 빠르다!

"방심은 금물이지?"

"치잇!"

나는 검광진을 있는 대로 소환해 내어 겹친 뒤 무형참황검을 꺼냈다. 전력을 다해 싸워주지!

"차아앗!"

기합을 지르며 타미야에게 달려가 검을 베었지만 나의 공격은 허공 삽질일 뿐이었다. 이래 봬도 검도 5단짜리 실력인데 다 피해내고 있어? 쥐새끼 같은 놈!

"공격력 하나는 카도라스 지존급이군. 하지만 무식하게 공격력만 세 가지고는 싸움이 안 되지."

배 난간을 도약한 타미야가 뒤돌려차기로 나의 왼쪽 안면에 발차기를 먹였다. 얼굴에 정확히 일격을 받은 난 거의 땅바닥에 나뒹굴다시피 했고 그 틈에 타미야가 마법 시동어를 외쳤다.

"파워 썬더!"

번쩍— 쿠콰카카카카카캉!!

엄청난 전류의 낙뢰가 하늘에서 떨어져 내렸다. 떨어져 내린 낙뢰는 배를 통째로 두 동강 내버렸고 나는 몸 주위에 검기막을 형성시켜 겨우 방어했다.

으씨! 한순간 전기먹은 놈이 되어버릴 뻔했다. 그럼 선미하고 짝짝꿍이 되는 게 아닌가? 생각만 해도 끔찍해!

배가 갈라져 추락하기 직전이었다.

"속력성참……!"

틈에 손을 뻗어 타미야에게 검기 속박을 걸었다. 타미야는 움직이지 못했고 나는 무형참황검을 힘있게 쥐며 추락하고 있는 배 갑판을 거침 없이 달려나갔다.

이제 끝이다! 이걸로 지존은 나다!

"훗!"

"……?"

웃어? 그래, 실컷 쪼개라! 곧 그 면상을 긁어내 주지! 나는 녀석의 몸을 힘껏 베었…….

"……?!"

피, 피했어?! 속박되었을 텐데, 어떻게?

타미야의 몸이 오른쪽으로 돌아가며 나의 공격을 피함과 동시에,

퍼억—!

"으그극!"

녀석이 내지른 밀피로우 그립에 오른쪽 안면이 왼쪽으로 돌아가며 나는 바다 위로 추락해 버리고 말았다. 어떻게 털끝 하나 건드려 보지 못하고?!

츄와아아아아—!

*　　　　*　　　　*

포박에 묶인 채 목에 봉인구를 달고 있어서 그 어떤 신력도 사용할 수 없었다. 게다가 로그아웃도 되지 않았다. 남자들한테 둘러싸여 있어서 나의 공포는 더 더욱 컸다.

내가 이렇게 된 건 다 저 오빠 때문이었다. 마듀라를 아는 분인 것 같은데…….

"로그아웃은 소용없을 거야, 아가씨. 마듀라가 올 때까지 얌전히 계셔줘야겠어."

"어, 어서 풀어주세요! 마듀라가 가만두지 않을 거예요!"

"애초에 풀어줬을 거면 왜 잡았겠나? 잘못하면 몸이 크게 다치게 될 거야. 아가씨가 몸조심해야지?"

그때 선실 안으로 한 NPC가 들어섰다.

"방금 아군 함을 뒤를 뒤쫓고 있는 다섯 척의 부양 함선을 발견했습니다. 타미야님께서 직접 전투에 나간다고 하셨습니다."

"허어~ 타미야님께서? 상대편 진형에 마듀라가 있었나?"

"그런 것 같습니다. 그리고 소드 마스터 시린터도 끼어 있었습니다."

"그럼 지금쯤 한창 전투를 벌이고 있겠군?"

신성이가 싸우고 있다고?

그에 관한 자세한 사항을 듣고 싶었지만 NPC는 화제를 돌렸다.

"그리고 다음 보고는 엘가니아 항에서 미리 대기 중이던 막강대전고 길드와 이프님이 이끄는 아군 길드가 마주쳤다는 보고입니다. 그곳에 네크로 마스터 카이데스가 끼어 있다는 보고도 함께였습니다."

"훗! 앞뒤로 마스터 두 명의 협공이군."

말끝을 흐리던 그가 날 돌아보았다. 그리고 비릿한 미소를 흘리며 나에게 다가왔다.

"후후! 아가씨, 당신의 구세주는 곧 아웃당할 것 같은데? 그만 포기하시지."

"그럴 리가 없어! 마듀라는 지지 않아요! 반드시 절 구하러 올 거라구요!"

"과연 그럴까? 현 지존 타미야님을 상대할 수 있는 사람은 카도라스 전체 유저 중 아무도 없다구, 아가씨. 후후후!"

*　　　　*　　　　*

엘가니아 항구.

연합 길드 군의 함선들이 엘가니아 항구에 도착했다. 그리고 인원들이 상륙하기 시작했다. 대충 1만은 거뜬히 넘어 보인다. 그 1만의 적진 가운데서 한 인영이 걸어나왔다. 이프였다. 지난번에 마듀라를 암살한 답시고 마스터 레벨 네 명이 있던 퍼브에 쳐들어왔던 바보 같은 아저씨.

"그대들의 우두머리와 얘기하고 싶다."

그와의 거리는 꽤 떨어져 있었는데 마법을 이용한 듯 목소리는 크게 들려왔다.

그가 이어 말했다.

"승낙한다면 중앙으로 나오도록."

이프가 우리 길드 진형 앞 50m 지점에 서서 날 기다렸다. 나는 망설일 것 없이 그에게 다가갔다. 그러나 갑자기 기습해 올지 모른단 생각에 속으로 마법 스킬을 외워뒀다.

거리가 가까워지자 그가 날 알아보곤 말했다.

"카이데스인가?"

"본론만 말해라."

"본론만 말하지. 조용히 항복하라."

기껏 불러놓고 한다는 소리가 개소리라니…….

“1초 안에 끄지라.”

“항복한다면 막강 길드를 연합 길드 아래 세워줄 수 있다. 그리고 널 길드의 간부로 넣어줄 수도 있어. 어차피 네 뒤의 조무래기로는 우릴 이길 수 없을 텐데?”

조무래기? 그럼 네놈들 군대는 잔챙이냐?

“안됐지만 난 당신들의 미친 짓에 동참하고 싶은 생각 전혀 없어.”

“좋아. 나중에 후회나 하지 말라고.”

“……”

더 이상 지껄일 말도 없다. 네놈들 면상에 돌을 처박아주지! 나는 손을 번쩍 들어 올리며 5천 명의 길원들과 소환 부대에게 명령을 내렸다.

“공격!”

*   *   *

아군 배가 또 추락했다. 하지만 적군의 배는 그동안에 세 척이나 추락했다. 하아… 하아… 캐릭터에 점점 힘이 빠져나가는 것이 느껴진다. 몇 번 칼질을 해대서 배를 추락, 침몰시켰던가? 길원들도 얼마 남지 않았군. 겨우 남은 세 척 중에 50명?

“힘내! 시린터!”

하아~ 여기서 선미 씨의 목소리가 들리다니. 꿈만 같아.

“……”

…가만! 진짜 선미 씨잖아?

“선미 씨! 게임 오버 안 당했어요? 일반 함선에 타고 있는 줄 알았는데, 일반 함선은 모두 침몰되지 않았습니까?”

"호호홋! 내가 그렇게 쉽게 죽을 줄 알았어? 여기 용태도 있어. 일반 함선에서 살아남은 사람은 우리밖에 없을걸? 반 친구들은 다들 아웃 당했지 뭐야?"

다행이다, 선미 양이 살아 있다니. 힘이 불끈불끈 솟는걸? 아자! 힘 내자!

"꾸물거릴 시간 없다고! 이러고 있을 동안에 우리 편 함선이 추락하잖아! 빨리 움직여! 야, 용태! 너도 빨리 움직이지 않고 뭐 해?"

"아, 알았어."

"자, 그럼 돌격!"

선미 양은 나와 용태 씨를 이끌고 적진 함선에 뛰어들었다. 아주 기운이 팔팔 넘치시는구나!

"에너지 써클!"

"빅뱅 펀치!"

"무검, 광날!"

선체 80m쯤 되는 대부양 함선이 옆으로 기울며 바다 위로 추락했다. 나와 선미 씨, 용태 씨는 다음 배를 향해 도약했다. 마치 스파이더맨이 된 듯한 기분…….

"이대로 한 시간 정도 뛴다면 전멸시키는 건 가능하겠군요."

"응. 그치만 마나가 다 떨어져 가고 있어. 빨리 끝내지 않으면 안 돼. 그보다 정면 쪽은 괜찮을까? 카이데스 말이야."

카이데스라… 길원 5천 명하고 소환해 낸 스켈레톤과 골렘들이 꽤 많으니 걱정없겠지.

그런 안일한 생각으로 있을 때였다.

하늘에서 뭔가가 번쩍이며 대기를 찢는 파찰음이 울려 퍼진 그때!

"뭐, 뭐지?!"

"뭡니까?!"

"……?!"

소리가 들려온 쪽으로 고개를 돌리자 마른 새벽 하늘을 밝게 수놓는 붉은색 선과 점을 목격할 수 있었다. 그리고 그것들이 지상으로 떨어질 때마다 일으키는 공기 가르는 소리들은 압력밥솥 수증기 뿜어대는 소리 비슷하게 일어나며 엘가니아로 떨어져 내렸다. 제각기 지름 1m에서 20m까지 다양한 크기, 엄청난 숫자의……!

"메테오 스웜?!"

*   *   *

(주)카마디.

프로그램 개발자 회의실.

"술타르 아이디 해킹 툴 발견에 대해서 두고 볼 수 없는 문제란 거 알고 있습니다. 하지만 곧 확장팩 도입에 앞서 지금 그 문제는 보류해 둘 필요가 있습니다."

"그럴 순 없습니다. 지금 우리 프로그램 내에 해킹 파일이 남아 있을지 모르는 일이거니와 프로그램 일부가 망가졌습니다. 시급한 문제는……."

아까부터 회의의 내용이 계속 빙빙 돌고 있었다. 듣고 있는 나로선 정말 짜증날 수밖에 없었다.

술타르 아이디를 강제로 블록시켰으면 좋겠다만 운영자는 유저에게 함부로 강제력을 행사할 수 없다. 지금까지 그래 왔던 것처럼 이번에도 현상금을 걸었는데, 도대체 누가 연합 길드 마스터란 작자를 잡을 수 있겠는가? '프로젝트 인형'도 아직 미완성이고…….

벌컥—

그때 회의실 문이 벌컥 열리며 단정한 용모의 사내가 들어섰다.

"큰일 났습니다! 전쟁입니다! 지금 유저들이 대판 싸움났다고요!"

"뭣?!"

최준이었다. 우리 신성이하고는 학교 선, 후배 관계였다는 이벤트 담당부 실장. 요즘 한창 잘 나간다는 미스터 최.

"확장팩 도입에 앞서 이대로 전쟁이 계속된다면 도입은 물 건너간 겁니다. 엘가니아는 완전히 초토화됐고, 그쪽에 있는 NPC 프로그램이 거의 다 다운됐다구요! 유저들이 얼마나 게임 오버당했는지 아십니까? 빨리 프로그램 관리나 하십시오!"

뭐냐? 지가 꼭 프로그램 담당 부장이라도 된 것처럼 얘기한다? 프로그램 담당 부장은 나라구! 어쨌든!

"당장 나가지 않고 뭣들 하는 겁니까?"

우르르르르—

나의 명령 같은 외침에서야 개발진들이 황급히 자리를 빠져나갔다.

모두가 빠져나간 자리에서 최준에게 물었다.

"예상했던 대로 연합 길드가 움직인 거냐?"

"그렇습니다. 상황이 꽤 심각하더군요."

"어떻게 막을 방법이 없겠냐?"

못 막으면 사장이 나한테 해코지할 게 분명하단 말이다! 안 그래도 프로그램 해킹 문제 때문에 사장한테 얼마나 욕먹는 중인데.

"막을 방법이라… 신성이 정도가 아니면 불가능합니다."

"…우리 아들 말인가?"

"지금으로선 신성이를 믿어보는 수밖에요."

이런 상황에서 아들을 믿어야 하다니…….

*   *   *

다음날.

일단 후퇴를 결심한 나는 살아남은 길원 3백 명을 이끌고 멜카니아에 머물렀다. 멜카니아는 이라스와 엘가니아 사이에 있는 군사 도시다. 여기서 해결책을 강구할 방법도 없겠지만…….

"치잇! 치사한 놈들. 대량 살상 마법으로 엘가니아를 초토화시키다니!"

나도 선미 씨와 같은 심정이었다. 이제 엘가니아라는 도시는 카도라스 지도상에서 사라진 것이다. 치사하게도 도시를 쑥대밭으로 만들다니.

그때 용태 씨가 내 앞으로 로그인되었다.

"오늘 아침에 카도라스 타임즈를 보니까 대문짝만하게 기사가 실려 있더라. 엘가니아 파괴 장본인 술타르, 현상금 천만 골드."

천만 골드? 대단하시구만. 2년 전 2인조 소더러 PK 사건 이후 사상 최고의 현상금이야.

천만 골드를 내놓으면 카도라스 전체 주식(?) 사정이 심각하게 돌아갈 것은 불을 보듯 뻔했다. 물가가 엄청나게 상승할 테니까. 그런데도 운영자들이 그렇게 내놓았다면 급하긴 급한 모양이다.

"헤유~"

한숨을 포옥 내쉬며 앞날에 대한 걱정을 하고 있을 때 누군가 이쪽으로 뛰어와 외치는 소리가 들렸다.

"얘들아! 카이데스가 돌아왔어! 카이데스가!"

"뭣?!"

카이데스. 그 돌무더기 속에서 살아남은 건가? 아니면 재접속한 건가?

아직 카이데스가 살아 있다면 희망은 있다!

살아남은 인원은 정확히 306명이었고 아웃당한 길원들이 레벨 다운을 감수하고도 재접속하자 9백 명이 조금 넘었다. 거기서 카이데스가 만들어낸 스켈레톤과 골렘들을 합하자 2천이 조금 안 됐다. 상대는 지금 우리 숫자에 다섯 배가 넘는 인원인데…….

"더 이상 안 되겠어, 카이데스?"

"뼈하고 돌이 더 이상 없어. 전의 전투에서 대부분을 쏟아 부었는데… 제길! 이프 녀석 면상에 돌을 박아주기로 했는데 오히려 박혀 버렸어! 설마 엘가니아를 통째로 날릴 줄은 예상치 못했는데."

망할! 이런 때 마듀라 씨나 실리 양이라도 있었으면 좋았을 것을! 마듀라 씨는 무사할까?

"적군이다! 적군이 쳐들어온다!"

"연합 길드 군이야! 숫자도 장난이 아니야!"

칫! 예상보다 빠르군! 나는 배 갑판으로 가서 상대방 진형을 바라보았다. 새카맣게 몰려오고 있는 연합 놈들… 부양 함선만 40척… 아니, 50척은 되어 보인다. 우리 쪽 세 척으로는 어림도 없어! 이건 완전히 포크레인 앞에 삽질 아냐?

나는 무겁게 명령을 내렸다.

"일단 후퇴합니다."

"시린터! 후퇴해 봤자 더 이상 길도 없다고! 다음은 이라스야! 이라스가 점령당하면 어떻게 되는지 알고 있잖아?"

"그럼 여기서 개죽음당할 거야? 마듀라 씨가 오실 때까지 시간을 끌어야 해!"

"……."

*　　　*　　　*

5시간 전.

로그아웃하고 세희의 집으로 뛰어가 벨을 눌러보았지만 아무도 응답하지 않았다. 현관문도 열려 있었다. 당장 세희의 방으로 달려가자 세희는 침대에 누워 PX 헬멧을 쓰고 게임 중이었다. 아직 로그아웃 안 한 건가?

분명 시린터가 세희는 잡혔다고 했는데? 가만, 설마…….

나는 당장 게임기의 코드를 뽑았다. 반응해야 할 세희는 움직이지 않았다. 이게 어떻게 된 거야?

그때 타미아의 말이 머리 속을 스쳐 지나갔다.

"…나는 이 게임 세상을 가상이 아닌 현실로 만들려고 게임의 유저를 하나로 통합하기로 했다. 연합 길드 아래 말이야. 그래서 카마디의 프로그램을 서슴지 않고 해킹도 했다. 술타르를 이용해서."

해킹 프로그램? 그게 설마……!

술타르가 해킹했다는 그 프로그램은 로그아웃 불가였어. 게임 속으로 정신을 빼앗는 미친놈의 프로그램. 녀석이 그걸 해킹했던 거야!

파앙— 파앙—

손에 씌워진 알트레탈리를 몇 번 부딪치자 쇳음도 아닌 특이한 금속음이 아무도 없는 남광장 거리로 울려 퍼졌다. 전쟁 중이다 뭐다 해서 유저들이나 NPC는 보이지 않았다. 쓸쓸한 이라스의 남쪽 광장 거리엔 나 혼자뿐이었다.

그렇게 얼마나 지났을까?

"와아아아아아— 우우우우우—"

저 멀리 이라스 남성 부근 너머에서부터 함성이 길게 울려 퍼졌다. 드디어 왔군.

잠시 후 이라스 남성 위로부터 거대한 배가 한 척 떠올랐다. 부양 함선 막강이. 용케도 난파되지 않았군.

배 위에서 날 알아차린 길원 친구들이 손을 흔들었다.

"앗! 마듀라 씨!"

"마듀라다!"

"야! 마듀라! 빨랑 배에 타!"

안 그래도 탈 생각이었어! 나는 점프 마법을 이용해 배 갑판까지 뛰어올랐다. 배에는 시린터, 카이데스, 김선미, 전용태, 그 외 다수의 길원들만이 보였다.

나는 즉시 마스터답게 명령을 내렸다.

"당장 배를 전향해 적함 진형으로 돌진한다. 게임 오버가 두려운 놈은 배에서 뛰어내려."

"……."

…아무도 뛰어내리지 않았다. 좋아! 패기 하나는 끝내주는군. 떨어
져 죽으나 싸우다 죽으나 그게 그거일 테니까.

"시런터! 뭐 해? 빨리 움직여!"

"아, 알겠습니다! 전군! 적함 쪽으로 전향! 돌격!!"

＊　　　＊　　　＊

"이로써 카도라스 절대 지존의 자리를 굳게 지키셨군요."

"후후, 꽤 기교있는 놈이었지. 내가 바다로 풍덩시켜 줬지만. 하지
만 게임 오버를 확인하진 못했다."

저자가… 저 사람이… 마듀라를… 게임 오버시킨 그 장본인?

"그런데 이 계집애는 뭐지?"

"에실리스. 아실 겁니다. 마공왕 이벤트의 영웅 말입니다. 인질이죠."

"허어~ 그래?"

그가 다가와 내 턱에 손을 얹고는 고개를 좌우로 돌렸다. 수치심 따
위는 생각할 문제가 아니었다.

"어이~ 아가씨, 인상 좀 펴시지 그래? 무슨 철천지원수를 만난 것
같은 얼굴이야? 나에게 잘 보이면 한 자리 내어줄 수 있다고. 보아하니
꽤 반반한데?"

"당신이… 당신이 마듀라를 죽였나요? 당신이 마듀라를 아웃시켰냔
말이에요!"

"훗! 이봐, 아가씨."

그가 날 끌어당겨 자신의 얼굴과 나의 얼굴을 바싹 밀착시켰다.

"잘못하면 너도 마듀라 꼴 날 수도 있어."

"…용서할 수 없어."

"훗! 그럼 어쩔 텐가? 한낱 계집애가 날 이길 수 있을 거라 생각하나? 로그아웃이 불가능한 그 상태에서 죽어버린다면 정신이 돌아버려 현실에서도 반시체가 되어버리지. 살아남는다 해도 폐인이 되고 말걸?"

죽는 건… 죽는 건 이제 두렵지 않아. 처음 목소리를 잃었을 때도 난 이미 한번 죽었으니까. 그때 나는 한번 죽었다고 다짐했어. 그리고 그런 날 다시 살려준 게 신성이고…….

설마 또 죽는다 해도 신성이가 날 다시 살려줄 거야. 난 믿어!

"죽는 건 두렵지 않아요. 당신, 가만두지 않을 거야아—!"

*　　　*　　　*

빛이 한차례 번뜩이자 그녀의 포박과 속박구가 깨져 나갔다. 동시에 배 한쪽 면이 폭파되어 기울었다.

뭐, 뭐지? 처음 보는 스킬인데? 프리스트 마스터 스킬인가?

"소환주의 명을 따라 나타나라, 성검 시오르!"

그녀가 손을 뻗으며 성검 시오르를 소환했다. 저대로 칼을 겨눌 생각인가?

지이이이— 끼이이이이—

요란한 음이 배 안에 울려 퍼지며 배가 서서히 기울기 시작했다. 방금 그녀가 배의 일부를 폭파시킨 덕분이었다. 갑자기 속박구가 깨져 나가다니. 분명 신력을 충분히 억제할 수 있을 정도였는데…….

"용서하지 않겠어! 가만두지 않을 거야!"

그녀가 나에게로 달려들었다. 엄청난 투기! 순간적으로 위축됐지만 나는 재빨리 술타르와 선실 내의 인원들에게 명령을 내렸다.

"일단 배를 옮겨 탄다! 저 계집은 내가 상대한다!"

나는 그녀를 유인해 빈 배로 향했다. 서로 대치하고 있는 상황에서,

"에실리스라고 했나?"

"……."

"죽길 원한다면 죽여주마! 소환주의 명을 따라 나타나라, 그립 밀피로우!"

아무리 계집이라도 결투에 있어서는 봐주지 않는다.

"마듀라 녀석과 똑같이 죽여주지!"

상대는 여자. 전투 경험도 그리 많지 않을 것 같은 계집. 전에 마공왕을 해치운 동영상을 봤지만 대부분이 운이었다. 나에겐 그런 게 통하지 않는다는 걸 똑똑히 보여주지!

"크리티컬 운즈!"

몸을 한 바퀴 빙글 돌려 상대의 신력계 스킬을 피해낸 나는 몸의 움직임에 따라 밀피로우를 360도 휘둘렀다. 상대는 들고 있던 검으로 내 밀피로우를 가볍게 막고, 이어서 역습을 해왔다.

계집이 제법 하는군!

"블레스!"

파찰음이 울려 퍼지며 나는 밀피로우로 그녀의 검을 막아냈다. 그런데, 쩌저적―

"이, 이럴 수가? 마스터 아이템이?!"

밀피로우에 금이 가다니! 마스터 아이템은 일반 레어 아이템들조차 넘어서지 못하는 최강의 내구성을 가지고 있는데 어떻게?! 겨우 능력치 증강 스킬만으로 내 무기를 부순 건가?

촤아악—!

"크윽!"

방심하는 틈에 상대의 검이 나의 왼쪽 옆구릴 길게 훑고 지나갔다. 순간적으로 몸이 휘청 떨렸지만 공격을 멈추지 않았다.

"에너지 서클!"

내 몸에서 원을 그리며 빠져나간 전류는 배 갑판 주위를 쓸어버렸고 상대는 원형의 전격계 범위를 피해 공중으로 점프했다. 이어서 그녀가 신력계 스킬을 발동시켰다.

"포스!"

"커헉!"

순간적으로 머리에 이어지는 엄청난 충격! 아주 간단한 것인데 설마 실전에서 이리도 피해가 클 줄이야!

"차아앗!"

그녀가 땅바닥에 착지하며 검으로 내 오른팔을 절단해 버렸다. 절단된 오른팔은 땅바닥에 떨어지자마자 가루가 되어 사라졌고 잘린 어깨 단면에서 피가 뿜어져 나왔다.

젠장맞을 계집 같으니!

"체인 라이트닝!"

"…꺄앗!"

촤카카카카캉—!!

바닥, 배 갑판이 길게 터져 나가며 전류 에너지가 뻗어 나왔다. 체인

라이트닝을 가슴에 명중당한 그녀가 비명을 지르며 뒤로 물러났다. 약삭빠른 계집! 순간적으로 피했어? 가슴에 타격이 컸지만 저 정도는 1/10의 위력도 아니다!

나는 쥐고 있던 밀피로우를 돌려보내고 어쎄신 마스터 무기를 소환했다.

"소환주의 명을 따라 나타나라, 마건 밀가르!"

단검이 합쳐진 건틀렛이 왼손 손목에 착용되어졌다. 원래는 양손에 씌워졌어야 정상이지만 오른팔은 잘려 나갔다. 어차피 왼손잡이이니 상관은 없지만.

"……!"

마스터 무기를 소환한 나는 보통 유저들… 아니, 마듀라도 감히 눈치 채지 못한 몸놀림으로 그녀의 뒤를 향해 곧바로 검을 찔렀다. 단번에 멱을 따주마!

즈잉― 채앵―

"이, 이런?! 이럴 수가?!"

하지만 내 공격은 도중에 막혀 버리고 말았다. 이런 말도 안 되는? 상대는 비록 검을 놓치긴 했지만… 검을 놓친 그녀가 즉시 외쳤다.

"소환주의 명을 따라 나타나라, 마검 즈루커!"

그녀의 손에 마검 즈루커의 그립이 쥐어지며 반격해 오기 직전!

젠장! 될 대로 되라지!

"기가 썬더!!"

주문과 동시에 하늘에서 낙뢰가 떨어졌다. 파워 썬더하고는 비교도 안 될 정도의 강력한 전격파! 배는 폭발하여 산산이 부서졌고 나와 에실리스는 지상으로 추락했다.

이걸로 끝이다!

"크하핫! 이 승부는 무승부로 해두지, 계집!"

"하아아앗!"

"……?"

부서진 배 파편을 밟고 낙엽처럼 도약한 그녀가 이쪽으로 날아왔다.

"뭐, 뭐냐?!"

어떻게 검을 겨누는 거지? 뭐야?!

"어, 어떻게 이런? 제, 젠장! 오지 마! 오지 마아아아—!"

*　　　*　　　*

"마듀라!"

"술따러!"

나의 숙적, 나의 라이벌!

녀석과 배와 배에서 마주하는 사이였다. 주위는 병기 부딪치는 소리
만이 요란하게 울려 퍼질 뿐 우리 둘을 방해하는 자는 아무도 없었다.

"후후! 마듀라, 재접속했나 보군. 이젠 마스터 레벨도 아니겠지?"

훗! 내가 타미야와의 싸움에서 게임 오버당했다고 착각하는 모양이
군. 나도 운이 더럽게 나쁜 놈은 아니었는지 바다 위로 추락했을 때 배
파편에 몸이 떠서 살아났다. 그보다,

"전직 해커였나 보군. 카마디의 프로그램을 해킹할 줄은 몰랐다. 그
것도 로그아웃 불가 프로그램을."

"후후! 다 이상 현실 건국 때문이지."

"미친놈. 그거 때문에 2년 전에 소더러 A가 당한 것이었나? 로그아

웃했으면 붙잡히지 않았을 것을……."

"그걸 이제야 알았나? 생각보다 머리가 안 돌아가는군. 후훗."

"……!"

저 새X가 방금 뭐라 지껄였지?

"술따러 새꺄! 넌 술만 따라 마시다가 머리 빡돌난 놈이! 너, 처음부터 재수없었어!"

"훗! 욕지거리만 날리지 말고 실력으로 말하시지?"

오냐, 실력으로 말해 주마! 드디어 너와 명분을 갖고 싸우게 되는구나! 이날을 얼마나 손꼽아 기다려 왔던가?

"소환주의 명을 따라 나타나라, 마검 켈베도라!"

술따러가 자신의 마스터 무기 켈베도라를 소환해 냈다. 검을 아래로 비스듬히 눕힌 후 손목을 돌리자 켈베도라의 그립에서 검날이 빠져나갔다.

나는 이미 검광진 열다섯 개를 겹쳐 무형참황검을 만든 뒤였다.

"광신무검!"

켈베도라의 그립에서 빛이 뿜어져 나왔다. 저게 소드 마스터 초상급 스킬인가? 시린터의 무신광검하고는 분위기가 다른데? 어디 한번 위력이 어느 정도인지 구경해 보자!

"후후후! 이번 대결에서 지면 난 말없이 카도라스를 접겠다."

"당근이지. 그리고 세희에게 건 해킹 프로그램도 풀어라."

"물론! 하지만……."

녀석이 손을 뻗어 나에게 향했다. 그리고 나는 그의 손에서 무언가가 뻗어 나오는 느낌을 받았다.

바람?

이게 녀석이 말한 해킹 프로그램인가?

"패배하는 쪽은 그쪽이다, 마듀라!"

채앵! 차앙!

두어 번 검을 교차시킨 나와 술따러는 연이어 검을 나눴다. 허공에 검은색 검기와 푸른색 검기가 몇 차례 지나가고 난 느낄 수 있었다.

술따러 녀석, 제법 하네? 8살 때부터 검도를 배워왔던 나에게 절대 밀리지 않을 정도로.

"검참!"

"하앗!"

내 스킬의 범위를 벗어난 녀석은 나의 뒤로 점프했고, 범위 안에 있던 연합 길원들과 배의 갑판이 갈기갈기 찢어지며 부서졌다.

하지만 그런 것에 신경 쓸 새 없이 우리들은 서로 기합을 지르며 달려들었다.

"하아앗!"

"차아아아!"

콰카카카카카카캉―!!

"……?"

"……?"

무슨 소리지?

서로 달려나가려던 우리 둘은 그 자리에서 멈춰 섰다. 맨 후방에 있던 연합 길드의 배가 터져 나간 것이다.

뭔 낙뢰가 떨어진 것같이 번쩍 하는 것도 보았다.

타미야가 사용했던 파워 썬더보다 더 강력한 위력의 마법? 가만! 저건 설마, 세희?

피투성이가 된 채 지상으로 추락하는… 저건 분명 세희야!

"실리!"

"멈춰라, 마듀라!"

"넌 왜 따라와? 술이나 따러!"

나는 당장 배에서 뛰어내려 세희가 추락했을 만한 지점으로 향했다. 세희가 떨어진 곳은 나무 숲. 살아 있어야 할 텐데!

"실리! 세희야! 세희! 어디 있어? 살아 있으면 대답해!"

"우… 으으… 음……."

"……?"

방금 세희의 신음 소리가 들린 거 맞지?

나는 당장 그곳으로 뛰어갔다. 세희는 수풀이 우거진 지역에 떨어져 있었는데 심한 공격을 받은 듯 복부에 상처가 심했다. 제길! 누가 이런 짓을?

"실리!"

"시, 신성이? 마듀라?"

"살아 있었구나! 다행이다! 여기 포션!"

나는 포션을 꺼내 그녀에게 손수 먹여주었다. 그리고 그녀의 상처 부위에 포션을 부었다. 점차 치유되어 가는 그녀의 몸 상태를 보며 나는 약간 안심이 되었다. 이제 한숨 놓은 건가?

"흑, 흑! 고마워, 듀라야. 결국엔 구하러 와줬구나."

"그럼, 당연하지. 내가 왜 실리를 버리겠어?"

"어이~ 마듀라, 날 무시해도 유분수지. 여자 친구랑 짝짝꿍인가?"

들려오는 술따러의 목소리에 고개를 뒤로 휙 돌렸다. 그걸 또 따라오냐. 쳇!

"게임은 계속되어야 하지 않겠나?"

녀석이 검을 겨눴다. 일단 세희를 구했으니 꿀릴 게 없다. 맘 편히 싸울 수 있게 됐어.

"실리, 일단 이라스 동쪽 병원으로 가. 그곳이 가장 안전할 거야. 아직 회복이 다 안 되었으니 치료받고."

"…알았어. 조심해, 듀라야."

"걱정 마."

세희는 비틀비틀 이라스로 뛰어갔다. 술따러도 그녀를 방해하지 않았다.

"후후! 보기엔 평범한 여자애 같았는데 설마 저 애가 타미야님을 꺾을 줄이야."

술따러가 저 풀숲에 쓰러져 있는 타미야를 가리켰다. 타미야는 오른팔이 잘려 나가고 입고 있던 복장은 개꼴, 거지꼴 난 상태로 기절 중이었다.

솔직히 나도 세희가 타미야를 꺾을 줄 몰랐다. 내가 털끝 하나 건들지 못한 녀석을…….

술따러가 다시 날 돌아보며 말했다.

"이제 우리 둘의 싸움이군."

"꿀릴 것도 없으니 전력으로 상대해 주지!"

"기대해 보지."

그 여유만만한 웃음이 어디까지 가나 한번 보자! 나의 최강 스킬을 보여주마!

나는 오른손을 뻗으며 외쳤다.

"실리스의 에르기아!"

시동어와 함께 바닥에 지름 20m 크기의 검광진이 새겨지며 그 주위로 원형의 막이 씌워졌다. 전에 중국의 소더러 마스터 광신저우를 골로 보내 버렸던 그것!

소더러 검기 증폭 스킬.

"이건 전의 대전 중에 한번 보였던 그것이로군."

"알면 됐다."

나는 양손을 뻗어 검광진 스물한 개를 만들어낸 뒤 무형참황검을 뽑았다. 소더러 엠페러의 힘을 똑똑히 보여주지!

"하아앗!"

"차아앗!"

파캉—!

검을 한차례 교차시키자 술따러의 광신무검이 팍 꺾였다. 막긴 막았다만 소용없지!

"끝이다!"

최후의 일격으로 막 검을 내려치려는 순간!

"초신광검!"

"……?"

파아앙— 지지지지지직—!!

뭐야?! 이건 무슨 검기지? 실리스의 에르기아 안에서… 그것도 스물한 개의 검광진에서 만들어낸 나의 무형참황검을 막아?!

"최후의 보루는 너만 있는 게 아니다, 마듀라!"

파앙— 파아앙!

둘의 검이 몇 번 허공에 맞부딪쳤다. 술따러는 엄청난 기세로 날 몰아붙이기 시작했고 나는 모든 기술을 총동원하여 녀석을 막아야 했다.

초신광검. 처음 들어보는 스킬인데 오히려 나의 무형참황검이 밀리는 것 같아!

"초신광검은 내가 개발해 낸 소드 마스터 절정 스킬이다. 조잡한 소더러 스킬 따위는 상대가 되지 않지!"

제길! 그래, 너 혼자 잘났다!

나는 일단 뒤로 두어 걸음 물러선 뒤 실리스의 에르기아를 더욱 증폭시켰다.

"어림없다!"

파아아아아앙—!

공간을 깨뜨릴 듯한 파찰음이 울려 퍼지며 술따러의 초신광검이 나의 무형참황검을 뚫고 내 왼팔을 훑고 지나갔다. 왼팔에서 피가 배어 나왔다.

"치잇! 속력성참!"

일단 틈을 타 녀석을 속박시켰다. 속력성참은 상대방보다 정신력이 강할 때만 속박되는 소더러 스킬. 타미야는 내 정신력을 넘어선 놈이고 술따러도 날 넘어서지 않으리란 보장은 없다.

술따러가 속박에 걸려 잠깐 흠칫한 그 틈을 타 나는 무형참황검을 녀석에게 던졌다. 그리고 재빨리 실리스의 에르기아 범위 안에서 빠져나왔다. 술따러는 날아오는 무형참황검을 가볍게 튕겨냈다.

"이런 잔재주가 통할 거라 생각했나?"

역시 속박에서 금방 풀려 나왔군. 하지만 이 게임은 내가 이겼어.

"내가 이겼다, 술따러."

"…마듀라, 어디 있는 거냐?"

실리스의 에르기아 안에선 밖을 볼 수 없으니 혼란스러워하는 게 당연하겠지. 드디어 오랜 원수지간의 종지부를 끊는구나. 정의는 반드시 이기게 되어 있다니까!

"에르기아 폭검!"

실리스의 에르기아가 점점 검은 빛을 발했다. 이제 곧 폭발이다.

잘 가시게, 원수여!

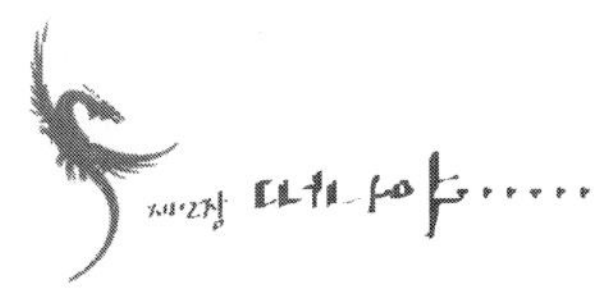

전쟁은 그렇게 끝났다. 술타르, 타미야, 이프. 세 간부가 항복을 선언함으로써 연합 길드는 그날로 파산되었다. 이젠 마스터 레벨이라고 부를 수도 없는 그들.

나와 세희에게 걸렸던 로그아웃 불가 프로그램은 풀렸고 술타르와 타미야, 이프의 재판은 전쟁 일주일 후에 집행되었다.

술타르가 포박당한 채 운영자 재판을 받는 과정에서 나와 그는 마지막으로 볼 수 있었다.

"술타르, 계정 삭제."

탕— 탕— 탕—

운영자의 재판을 끝으로 그는 계정 삭제형, 현실로 말하자면 사형을 선고받았다. 이프, 타미야도 마찬가지였다.

초췌한 모습으로 끌려가는 그 모습에서…….

“술따러.”

“훗! 마듀라, 내가 졌다. 너의 승리다. 후후.”

“…인과응보라 생각해라. 너의 이상주의가 널 파멸로 몰고 갔을 뿐이야.”

“헤어지는 판에 그런 딱딱한 말은 치워줄 수 없나? 어쨌든 즐거웠다. 지난 4년간 말이다. 너와 했던 시간은 그리 길진 않았지만 잊지 못할 거다. 나중에 현실에서 만난다면 같이 술이나 한잔하지. 아, 넌 아직 미성년자로군! 크큭, 크하하하하!”

“…….”

그게 그와의 마지막이었다.

째깍— 째깍—

타다닥— 타탁—

컴퓨터 앞에 앉아서 키보드 자판을 두드리는 중이었다. 아버지께서 주신 버그 백신 프로그램 때문이다. 젠장스럽게도 수작업으로 CD 해독을 풀어야 한다. 요즘 세상에 수작업이라니!

[암호 해독 70%되었습니다.]

카도라스 안내원의 것과 같은 기계 음성이 들려오고, 나는 의자 등받이에 몸을 깊숙이 기댔다.

“후유~ 좀 쉬었다 할까?”

벌써 3시간째다. 게임할 시간까지 쪼개가며 작업을 한 지 어언 일주일.

모니터 화면을 돌려 (주)카마디 공식 사이트 창을 띄웠다. 사이트 게시판은 엄청 난리였다. 곧 도입될 카도라스 확장팩 때문이다. 드디어 카마디에서 정식으로 소개가 된 그것은 벌써부터 유저들의 대단한 관심을 받고 있었다.

카마디에서 내보인 확장팩 정보는 대륙, 던전, 이벤트, 몬스터의 종류가 늘어난 것과 한 · 중 · 일 서버 통합. 그리고 늘어난 레어 아이템이다. 이제 확장팩 도입도 한 달이 채 남지 않은 시점이었다.

째깍— 째깍—

밤 10시.

철컥—

"오빠아~"

문이 열리며 희은이가 방으로 들어섰다. 카마디 사장의 딸 말이다.

"같이 자자."

그 말이 나올 줄 알았다. 분명 같이 자자 해놓고 침대에 오줌 싸놓고는 나에게 뒤집어씌울 그 악독한 계획을 모를 줄 알았더냐? 영악한 것. 겉은 천사인데 속은 완전히 악마의 소용돌이가 구렁텅이로 빠져 버릴 지지배!

"어머니하고 같이 자!"

"아줌마는 두 달 동안 여행 간다고 했어."

"그럼 혼자 자!"

"아아아아아~ 이이잉~ 같이 자자~ 나 무서워~"

내 단호한 거절에 희은이가 어울리지도 않는 애교와 아양을 떨었다. 밀크박스 1㎝도 안 자란 게 가슴은 흔들고 지랄이다.

"맞고 혼자 잘래? 그냥 혼자 잘래?"

"퉤!"

허억! 저, 저 꼬맹이가 지금 땅바닥에 침을 뱉었어? 저런 망할 꼬맹이를 보았나!

"야! 너, 이게 무슨 짓… 빨랑 와서 안 닦어? 어딜 도망쳐? 일로 와!"

도도도도도—

재빨리 1층 계단으로 뛰어내려 가는 희은이였다. 저런, 망할! 걸레 어딨어? 악마의 침이다! 불결해!

다음날 아침 8시.

어제 저녁 희은이는 나한테 신나게 얻어터지고서 잠이 들었다. 어제 정말 장난 아니게 싸웠는데…….

'침 뱉지 마!' 하면 '엉엉! 안 뱉을게!' 하고서, '돌아가!' 하면 '퉤!' 하고 도망간다. 참으로 짜증남 지수 300% +제곱이라 아니 할 수 없다.

오늘은 월요일 아침.

"야, 일어나! 어이~ 꼬맹이!"

어머니 방에서 자는 희은일 발로 툭툭 차서 깨웠다. 한 번만 더 차서 안 일어나면 이불로 김밥을 말아 창문 밖으로 던져 버리려고 그랬는데 일어났다.

"나 꼬맹이 아냐!"

"알았어, 꼬맹아. 어서 밥 처먹고 집에서 신나게 뒹굴고 살 뒤룩뒤룩 쪄서 커서 노처녀나 돼라!"

"……."

"침 뱉으면 넌 어제 맞은 거에 3,694배 더 맞는다."

"……."

희은인 볼을 크게 부풀리며 나와 함께 부엌으로 향했다.

어머니께선 지금 집에 안 계신다. 그래서 내가 직접 요리를 했다. 김치찌개하고 밥이 전부지만…….

반찬을 보고 희은이가 또 인상을 찡그렸다.

"반찬이 이게 모야! 게안후아이해 져!"

"지금 반찬 투정하는 게냐?!"

"고기 머꾸시퍼~ 고기~"

나는 순간, 들고 있던 젓가락으로 저것의 눈알을 찍어 눈알 튀김을 만들어 버리고 싶은 충동을 느꼈다. 내래 머리에서 분노가 끓어오르고 이소~

"먹기 싫음 먹지 마!"

나는 홧김에 희은이의 밥을 밥통에 쏟아 부었다. 그러자 희은이가,

"퉤! 치사해서 안 머거!"

"너, 침 뱉지 말랬지!!"

도도도도도(도망치는 소리)—

오늘 죽어보자! 기필코 저 계집을 죽여 버리고 만다! 으아아악! 죽여 버려!

오후 4시 15분.

고단한 학교 생활을 끝마치고 세희와 함께하는 하교길이었다.

"요즘 희은이 지지배 때문에 미치겠어. 어쩜 그렇게 말을 안 들어 처먹다 못해 냠냠 씹어 소화시킬 수 있나?"

"……?"

세희가 모르겠단 표정을 지어 보였다. 당연히 세희는 모르겠지. 희은이가 겉으론 귀여운 척, 순진한 척 다 떨지만 본심은 악녀란 걸.

"말 안 듣는다고 때리니까 침을 뱉지 뭐야?"

"……?"

내 말에 세희가 깜짝 놀라더니 수첩과 펜을 꺼내 적기 시작했다.

내용인즉슨,

4살 이하의 아이들을 때리는 건 좋지 않아. 인격 형성에 악영향을 끼칠 수 있거든. 되도록이면 말로 타일러.

허어~ 그런가? 그치만…….

"희은인 5살인데?"

"……."

어, 어이~ 세희 양. 그렇게 벙찐 얼굴을 할 필욘 없잖수.

뭐, 만으론 4살이구나.

세희를 집까지 바래다 준 나는 우리 집까지 뛰어들어 왔다. 현관에 들어서자마자 희은이가 보였다. 동글동글 커다란 눈을 게슴츠레하게 뜨고, 그 하얗고 고운 미간을 잔뜩 찡그린 채 날 바라보고 있는 것이 표정 하나로 인간문화재감이었다. 저게 젊은 나이에 김선미 꼴 나고 싶나?

"배고파! 밥 줘! 나 점심도 굶었단 말야!"

조그만 게 픽픽 반말이다. 이 오라버니께서 힘들게 학교 생활을 마치고 돌아왔는데 고작 한단 소리가 밥 줘냐? 너 같은 여자가 커서 남편들 바가지 긁는 거야! 에잇! 남자들의 적 같으니!

"김치찌개밖에 없는데 그거라도 먹을 거냐?"

"게안후아이! 고기!"

"그럼 먹지 마."

"…퉤!"

"······."

···나는 조용히 패닉에 빠져들었다. 그리고 생각했다.

내가 지금 희은일 때려야 할까? 세희가 때리지 말랬지만 희은인 정말 귀엽다. 크면 남자들 꽤나 울릴 것 같은 느낌이 팍팍 오는 저 얼굴. 나는 남자로서 그들의 복수를 미리 해줘야 하지 않을까? 그래, 미래에 희은이한테 채이고 다닐 남자들을 위하여! 내가 그들의 복수를 미리 해주는 거다! 저얼~때루! 희은이가 침을 뱉어서 그런 게 아닌 것이다(억지다)!

"이건 복수를 위해서다! 이리 온~"

도도도—

"어딜 도망쳐!!"

"꺄아아아아아아아!! 으아아앙!!"

이것이 나 없는 새에 기차화통을 삶아 먹었구만! 저녁은 없다

＊　　　　＊　　　　＊

신성이가 날 집까지 바래다 주고 나는 내 방으로 향했다. 그런데 갑자기 안방에서부터 누군가가 나타났다. 내가 깜짝 놀라 뒤로 흠칫 물러선 후, 안방에서 나온 사람이 누군지 알 수 있었다. 이모부?

"오오~ 세희 왔구나! 연락없이 갑작스럽게 찾아와서 놀랐지?"

어떻게 이모부께서 우리 집에 오신 거지? 중국에 계셔야 할 분이? 나는 펜과 수첩을 꺼내 적었다.

어떻게 오신 거예요, 갑자기?

그러자 이모부께서 웃으시며 말씀하셨다.

"데리러 왔단다, 세희야. 중국으로 가자꾸나."

*　　　*　　　*

희은이랑 레슬링을 했더니 피곤하다. 이 엿 같은 피곤함을 카도라스로 풀어보자! 오늘도 파이팅이오, 시신성!

막 PX 헬멧을 착용하려는데,

"나도 할래, 그거!"

희은이가 다가와 카도라스를 해보겠다고 나섰다. 웃기고 도는 군만두일세.

"너, 전에 게임기 하나 부숴 먹었잖아. 게임기도 없는데 어떻게 할래?"

"있어! 기다료 봐~"

도도도도―

희은이가 1층으로 내려가는 소리.

도도도도― 쿠당!

다시 2층으로 올라오려다가 계단에 발이 걸려 넘어지는 소리.

"우아아아아앙!! 아퍼!"

이건 희은이가 우는 소리. 하지만 도와줄 생각은 없었다. 그냥 울든지 말든지 해라, 피곤하다. 그렇게 10초 정도 신나게 울어대던 그 애가 방에 들어왔다. 손에 PX 게임기를 들고… 얼라려? 또 한 대가 있었나? 내 건 아닌데?

"칫! 매노도 없어! 오빤 숙녀가 넘어져 우는데 보러 오지도 안치?"

…세상에 숙녀가 다 죽어버렸나 보다. 요조숙녀 세희가 졸도하시겠네.

“매노가 아니라 매너다, 꼬맹아.”

“희은인 꼬맹이 아냐!”

그 소리가 나올 줄 알았다. 그보다,

“그거 어디서 났어? PX 게임기.”

“이거 오빠의 아빠 꺼. 나한테 조따!”

오빠의 아빠라면… 우리 아버지가? 허어~ 나한테나 줄 것이지.

희은이가 그 게임기를 나에게 건네주며 말했다.

“이거 빨리 연결해 죠!”

“너 바보냐? PX 헬멧이 있어야 뭘 하든 말든 하지!”

그러자 희은이가 다시 1층으로 내려갔다.

도도도도—

이번에도 그냥 콱— 넘어져 버려라!

도도도— 쿠궁! 쿠쾅! 쾅쾅!

“우에에에에에엥! 아아아아아앙!!”

…….

“훌쩍! 흑! 흑! 훌쩍!”

“그만 좀 짜라. 어디 부러진 것도 아니잖냐.”

희은이의 상처난 이마에 연고를 바르고 반창고를 붙인 나는 그녀를
위로(?)했다. 그런데도 계속 질질 짠다. 하여간 꼬맹이들 우는 거 보면
짜증나 미쳐! 내가 이래서 꼬맹이들을 싫어하는 것이다!

“나도 게임할 꾸야! 훌쩍!”

“알았어. 연결해 줄 테니까 그만 좀 짜라.”

“응! 알았어!”

참내, 그냥 뚝 그쳐 버리네.

"아이디 있지?"

"아이디? 오빠 바부야? 당근 있찌!"

…쟤한테 바보 소리 들을 줄 몰랐다. 천하의 소더러 마스터 시신성도 타락할 대로 타락했구나. 빨리 연결하고 게임이나 하자.

[아이디:sss0226/패스워드1:********/패스워드2:******]

[로그인되었습니다.]

세희가 게임에 접속한 시간은 내가 접속하고도 훨씬 더 늦은 때였다. 무슨 일 있나 전화하러 나가던 참이었는데. 희은인 기다리다 못해 자러 가버렸다.

세희가 약간 초췌해진 모습으로 다가왔다.

"미안. 많이 늦었지?"

"아니, 괜찮아. 그런데 무슨 일 있었어?"

"응? 아니, 그런 거 없었어. 이모부하고 대화를 나누다 보니 늦어진 거야."

이모부? 세희 친척 말인가? 세희는 15살 때 부모님을 여의고 친척들이 보내주는 돈으로 혼자 생활해 나간다고 들었는데. 지금 그 친척들은 모두 중국에 산다고…….

"이모부, 집에 오셨어?"

"응."

"무슨 일로?"

"…아무것도 아니야. 어서 가자."

에~ 아무 일도 아닌 게 아닌 것 같은데. 정말 아무 일 없는 걸까?

그런데 이모부라면… 세희는 장차 내 아내가 될 사람인데 이참에 점수 따려가 봐?

*   *   *

중국으로 유학… 아니, 이민이라고 해야 할 것이다. 하지만 이대로 떠나야 할까?

침대 위에서 곰곰이 생각해 보는 중 문득 신성이의 모습이 떠올랐다. 언제나 다정스럽게 웃어주며 나에게 새로운 것을 깨우쳐 주었던 신성이. 그런 신성이를 생각하면 떠나고 싶지 않았다. 하지만 친척들에게 더 이상 걱정을 끼쳐 드리고 싶지도 않다.

난 어떡하면 좋지?

혼란스러움을 뒤로하고 게임에 접속했다. 좀 늦은 시간이었다. 아마 신성이는 가고 없겠지. 그렇게 생각했는데 신성이가 보였다. 지금까지 기다리고 있었던 건가? 5시간 동안?

"미안. 많이 늦었지?"

그러자 신성이는 아무것도 아니라는 듯 밝게 웃어 보였다.

"아니, 괜찮아. 그런데 무슨 일 있었어?"

"응? 아니, 그런 거 없었어. 이모부하고 대화를 나누다 보니 늦어진 거야."

"이모부, 집에 오셨어?"

"응."

"무슨 일로?"

"…아무것도 아니야. 어서 가자."

나는 발걸음을 돌렸다. 아직 마음의 결정도 내리지 못했는데 섣불리 말하고 싶진 않았다. 내가 중국으로 떠나면 신성이는 어떨까? 슬퍼해 줄까? 그래도 나에게 사랑 고백까지 한 신성이인데… 나도 신성이에게 사랑한다는 말을 하고 싶었지만… 그렇지만 사랑한다는 말쯤은 가상에서가 아닌 현실에서 하고 싶었다. 그래서 아직 신성이의 고백을 받아들이지 않은 상태였고… 하아~

신성이가 다가와 내 어깨에 팔을 걸쳤다.

"내일은 토요일이구나. 데이트나 하러 갈까? 하하!"

데이트… 그러고 보니 신성이와 한 번도 데이트를 한 적이 없구나. 가상에서밖에……

"…실리? 안색이 정말 나빠 보인다. 무슨 일이 있긴 있는 모양이구나."

"아니, 아무것도 아니야. 그냥… 좀, 어지러워서 그래."

일주일 후.

이모부께서 학교로 직접 찾아와 담임 선생님과 면담을 나누었다. 이민에 대한 이야기 때문이었다. 외가 쪽으로서는 무남독녀인 내가 중국으로 갈 수밖에 없었다. 결국 중국으로 가기로 마음먹은 것이다.

종례 시간.

담임 선생님께서 말씀하셨다.

"세희가 사흘 후에 중국으로 이민을 간다고 한다."

"그게 무슨 소립니까?"

"세희야, 가지 마!"

"네가 가면 카도라스는 누가 지켜?"

절규하는 친구들 사이로 신성이에게 시선을 돌렸다. 믿을 수 없단 눈빛으로 날 바라보는 신성이의 모습에 나는 고개를 떨굴 수밖에 없었다.

미안해, 신성아. 갈 수밖에 없는 날 용서해 줘. 이젠 친척들에게 걱정을 끼치고 싶지 않아.

*   *   *

어이가 없었다. 세희가 중국으로 이민을 간다니. 유학도 아니고 이민? 어째서 지금까지 나에게 단 한 마디도 없이? 나는 방과후에 그녀를 부른 뒤 공원으로 향했다.

직접 확인해 보겠어! 세희는 거짓말을 못하니까 분명 진심으로 말할 거야.

인적없는 공원 한가운데.

"세희, 거짓말이라고 고개를 끄덕여 줘. 너 이민 간다는 거 거짓말이지?"

세희는 잠시 뜸을 들이다 고개를 설레설레 저었다. 부정의 뜻… 인가?

"왜 가는데? 무슨 일이 있는 거야? 어째서 가냔 말이야?"

언성이 약간 높아졌지만 지나칠 건 없었다. 생각해 보면 바보 같지 않은가? 난 그동안 세희를 가장 많이 알고 있었다고 자부했는데, 그런데 갑자기 떠난다니… 하나도 몰랐어.

세희가 수첩과 펜을 꺼내 들고 적었다.

그리 먼 곳도 아니잖아. 언제나 연락을 주고받을 수 있어.

"……"

미리 말 못했던 건 미안해. 나도 너무나 갑작스러워서…….

…그럼 나는 이럴 때 뭐라고 말해야 하지? 잘 가? 행복해? 좋은 사람 만나? 하, 정말 바보스럽다. 내가 왜 세희 데리고 이 지랄을 떨고 있는지… 생각해 보니 나도 참 웃기구나. 내가 세희 찜한 것도 아니잖아? 지금껏 세희한테 사랑한다는 소리 들어본 적이 있던가?

"후우~ 세희야."

그래, 넘어가자. 중국으로 이민을 간다고 했지? 비행기 타고 한 시간 반 거리밖에 안 된다. 일주일에 한 번씩 비행기 타고 놀러 다니면 되는 것이다(말로만). 그리고 곧 카도라스 서버도 통합돼서 게임에 접속하면 매일 볼 수 있다.

그래도…….

"떠나기 전에 내 부탁 한 가지만 들어주라."

역시 떠나보내긴 아쉬워! 어느 중국 놈이 세희의 미모에 빠져 꼬시려들면 어쩌라구! 그럼 난 여자 쫓던 개새끼 꼴 나는 거 아냐!

내가 세희에게 부탁했던 것은 데이트다. 세희를 떠나보내기 전에 꼭 한 번 해보고 싶었다. 솔직히 나, 데이트 처음 해본다. 당연하지! 세희가 내 첫사랑인데!

오늘은 구름 한 점 없는 맑은 일요일. 나와 세희의 첫 데이트를 축복하는 건지 하늘이 금연했나 보다.

세희의 집 앞에서 그녀를 기다리는 중.

현재 시각 오전 10시. 세희가 나왔다. 밝은 색 가을 원피스 차림의 모습으로. 크으, 오늘따라 세희가 더 예뻐 보인다. 눈에 콩깍지가 쓰인 건 저얼때루~ 아니다. 저어엉~말로 예쁜 것이다!

지나가는 절세미인, 팔방미인, 요조숙녀들이 세희의 미모가 너무 아름다워 경악을 금치 못해 턱이 빠져 버리고, 한창 자라나고 있는 수많은 미소녀들은 세희의 미모에 자신의 미모가 너무 초라해 보임을 느껴, 성형 수술을 하다가 현대의 과학 기술로는 자신의 미모가 세희의 미모를 따라잡지 못한다는 것을 알곤, 결국 자신의 외모를 비관, 자살하기까지 하는 미소녀 사태가 벌어진 데에 이어, 수많은 남성들이 세희를 얻기 위해 세희 전쟁을 일으켜 결국엔 제3차 세계 대전이 일어나고야 마는 상황이 벌어지지 않을까 심히 걱정되었다.

허억! 허억! 어쨌든 그 정도로 세희는 예뻤다.

"세희, 오늘따라 너무 예쁜 거 아냐?"

나의 칭찬 때문인지 세희가 얼굴을 발그스름하게 물들었다. 나는 싱긋 웃으며 팔을 내주었다. 세희는 잠시 우물쭈물하더니 내 팔에 팔짱을 꼈다.

아~ 황홀하여라~

시신성, 18년 인생 동안 통풍이 너무 잘 들다 못해 찬바람이 제 집 드나들듯 드나들던 옆구리가 드디어 어느 한 아낙네의 팔짱으로 인하여 데워(?)졌도다! 아, 이 얼마나 감격스러운 순간이더냐!

"그럼 가볼까?"

끄덕―

우리 둘은 그렇게 시내로 향했다.

거의 이틀간을 고심하여 작성해 낸 데이트 코스는 오전 11시부터 1시까지 영화를 보고 1시부터 2시까지 점심을 먹은 다음 2시부터 5시까지 쇼핑을 하고, 5시부터 9시까지 밤 놀이공원에서 신나게 노는 것이다.

그리고 가장 중요한 것! 9시부터 10시까지 집으로 돌아오며 공원을 지나칠 때 굿바이 키… 스를 하면 끝! 완벽해!

지금은 극장.

극장 조명이 꺼지며 주위가 어두워졌다. 굿스럽게도 나와 세희의 자리는 맨 뒤다. 영화가 시작되며 주위가 조용해졌다. 세희는 스크린에 시선을 집중했고 나는 팝콘에만 집중했다. 정확히는 집중하는 척했지만.

"……."

은근슬쩍 세희의 옆얼굴을 바라보았다. 어쩜 이리도 고울까? 이 얼굴을 몇 년간이나 못 본다니.

"……."

"……."

오른손으론 팝콘을 집어먹으며 왼손은 은근슬쩍 세희의 어깨로 가져갔다. 세희는 내가 자기 어깨에 손을 올려놓은 줄 아는지 모르는지 영화만 보고 있다. 게임상에선 자주 스킨십을 했지만 현실에선 이번이 처음(?)… 은 아닌가?

나는 그렇게 세희의 체온을 느끼며 잠에 빠져들었다.

다음은 점심 시간이다. 우리는 가까운 음식점에 들어가 점심을 시켜 먹었다. 그렇게 점심을 먹고서 극장 옆 백화점에 들어가 쇼핑을 했다. 전부터 세희에게 꼭 사주고 싶었던 물건이 있었다.

"이거 얼마예요?"

"80만 원인데 이거 사려고? 탁월한 선택이야."

나는 그에게 돈을 지불한 뒤 그것을 세희에게 주었다.

"이거 내가 세희에게 주는 선물이야."

그러자 세희가 깜짝 놀라더니 수첩에 글을 적어 보여주었다.

난 그런 거 필요없어. 부담스럽잖아. 난 아무것도 해준 게 없는데.

"아무것도 해준 게 없다니. 그냥 받아줘. 그거면 된 거야."

세희는 몇 번을 더 거절했지만 마지못해 그것을 받아들였다. 세희에게 꼭 필요했으면 하던 것이었다. PDA.

쇼핑을 끝마치고 이번엔 놀이공원이다. 휴일이라 그런지 사람들이 무지 많다. 롤러코스터, 바이킹, 후룸라이더 같은 것들은 한 시간씩 줄서야 할 것 같다.

"이런, 뭐 탈 게 없네?"

그때 세희가 내 옷깃을 잡아당기며 손가락으로 무언가를 가리켰다. 타고 싶은 거라도 있나?

그녀가 가리키고 있는 것은······.

"······."

눈을 씻고 봐도,

"······."

회전목마였다.

회전목마를 타고 나자 속이 메스껍고 머리가 어지럽고 구토감이 밀려오고 다리가 떨리진 않지만 의외로 재밌었다. 6살 때 한 번 타보고 이번이 두 번째 탄 거다. 겨우 회전목마 정도로 즐거움을 느끼는 거 보니까 나도 아직 동심은 살아 있었나 보다. 개인적으로 동심하곤 거리가 멀다고 생각했는데. 초등학교 3학년 때 모든 걸 알아버린 나였으니.

"……."

문득 주위를 둘러보자 많은 연인들이 지나다니고 있는 것을 볼 수 있었다. 손에 뭔가를 하나씩 쥔 채 말이다. 저건 연인들의 데이트 필수 아이템 솜사탕이 아닌가!

"우리 솜사탕 먹으러 갈까?"

"……?"

예전부터 여자 친구 사귀면 꼭 한 번 같이 먹어보고 싶었다. 아이스크림, 솜사탕 먹으면서 하하호호 하던 연인들이 얼마나 부러워 보이던지.

나는 세희를 데리고 근처 솜사탕 아저씨한테 갔다.

"아저씨, 솜사탕 하나 주세요."

"허허! 연인들인가? 연인들은 꼭 하나씩만 사더군."

"……."

주위를 둘러보자 연인들 모두 솜사탕을 '하나씩' 들고 서로 나눠 먹고 있었다. 아~ 내가 세희와 저 짓(?)을 해야 한단 말인가? 나는 벅찬 기대감을 안고 세희의 어깨에 어깨동무를 했다(다들 어깨동무하더라). 그리고 먼저 솜사탕을 한입 베어 물었다. 달콤한 맛이 혀끝을 휘감으며 입 안으로 사르르 녹아 들어간다. 12년 만에 먹어보는군.

"세희야, 너도 먹어봐."

"……."

세희의 입에 솜사탕을 가져가자 세희는 그것을 살짝 뜯어 맛보고는 인상을 상큼(?)하게 찡그렸다. 그리곤 고개를 돌렸다.

"……."

"왜? 싫어?"

끄덕—

단 걸 싫어하나? 그럴 리가? 여자는 원래 단 거 좋아하지 않나?

원래는,

'우아~ 달다~ 신성이도 먹어봐, 맛있지?'

'응. 세희가 먹여주는 거라 더 맛있어.'

'아잉~ 몰라~'

…이래야 하는데.

"세, 세희야. 왜, 단 걸 못 먹어? 좀 먹어보렴. 일케 맛있는데?"

절레절레—

세희는 고개를 가로저으며 수첩에 글을 적어 보여주었다.

나 솜사탕 처음 먹어봐. 너무 달다. 나 단 건 잘 못 먹거든.

"……!!(충격)"

이럴 수가! 나는 순간 놀라 버렸다! 세희가 단 걸 잘 못 먹는다는 것에서 놀란 게 아니다! 세상에 18년 인생 동안 솜사탕 한번 먹어본 적 없는 사람이 있었을 줄이야!

나는 빠져든 패닉을 뒤로한 채 솜사탕을 한입에 넣고 다음 데이트 코스로 향했다.

밤 9시.

한적한 공원… 은 아니었다. 공원 벤치는 이미 수많은 연인들이 자리를 차지하고 있었고, 공원 거리는 솜사탕 장수들로 북새통을 이루고 있었다. 공원 가로등 빛을 받아 멋지게 키스하려는 나의 의도는 45도 각도로 깨끗이 빗나간 것이다.

공원을 지나쳐 결국엔 집 앞까지 와버린 우리들.

막상 내일 세희가 떠난다고 하니 기분이 착찹했다.

"세희야, 잘 가라. 몸조심하고, 아프지 말고, 밥 세 끼 꼬박 챙겨먹고, 치근덕거리는 녀석들 있으면 연락하고, 내가 그 새끼 반죽여 패줄게. 중국엔 추위가 상당하다는데 잘 때 창문 꼭 걸어 잠그고 자라, 이불도 꼭 덮어쓰고 자. 내가 그리우면 언제든지 돌아오고."

끄덕—

세희는 고개를 끄덕이며 집 안으로 들어섰다. 나는 한동안 그 자리에 멍하니 서 있었다. 그렇게 5분 정도 문 앞에 서 있었을 것이다. 눈시울이 시큰해졌다. 첫사랑을 떠나보낸다는 데서? 아니다, 게임에서라면 언제든지 만날 수 있다. 내가 우는 건… 결국… 데이트의 마무리를 찍지 못했기 때문이다.

키스를 못했잖아, 키스를! 이번 데이트는 무효야!!

학교.

다시 솔로로 돌아가는 느낌은 그리 좋지 못했다. 세희의 빈 자리를 바라보며 나는 수업 시간 내내 그렇게 누워 있었다. 사나이 시신성, 사랑을 떠나보내고 개꿀났구나.

보통 판타지 소설에서 보면 주인공이 히로인을 떠나보내고 반쯤 미쳐 버려서 자폐증 환자가 되던데… 폭주하던가?

“여기서 화학 반응식으로 따지자면…….”

“…….”

수업을 하고 계시는 선생님 목소리만 빼면 조용한 교실 안. 반 친구들은 모두 꿈나라를 헤매고 있었다. 나는 창밖으로 시선을 돌렸다.

세희는 오전 10시 비행기로 떠난다고 했다. 지금 시각 정오 12시. 지금쯤 도착했을까? 그보다 세희가 살게 될 집은 어디 있다냐?

“…….”

…가만, 세희가 중국 어디로 갔지? 북경? 상하이?

나는 책상 밑으로 핸드폰을 꺼내 세희의 전화번호를 눌렀…….

“…….”

세희는 핸드폰이 없다. 당연하지~ 실어증이니까!

그럼 세희 친척네 집으로 전화를… 해… 야… 하… 는… 데…….

“으아아아아아악!! 전화번호를 모른다아아아아!!”

나의 절규가 학교 전체를 메아리쳐 울려 퍼졌다.

*　　　　*　　　　*

“세희 왔구나!”

도착하자마자 이모가 날 반겨주었다. 이모뿐만이 아니라 외할아버지와 외할머니, 삼촌도 날 맞이주었다. 다들 2년 만이었다.

집에 들어선 나는 외할아버지와 외할머니에게 절을 하고 무릎을 꿇고 앉았다.

외할아버지께서 말씀하셨다.

“그래, 세희야. 혼자 고생 많았겠구나.”

이번엔 외할머니께서 말씀하셨다.

"정말 못 본 새에 많이 예뻐졌구나. 이젠 다 큰 처녀가 됐어. 그래, 이젠 우리랑 함께 사는 거란다. 이제야 내 마음이 편하구나."

삼촌께서 말씀하셨다.

"전학 수속은 언제라도 가능하단다, 언제부터 학교에 갈 거냐?"

학교… 그래, 이제부터 새로 친구를 사귀어야지.

*　　　　*　　　　*

신자이 고등학교.

2학년 5반 교실.

"헉! 헉! 시아! 전학생이 온대!"

"유이, 전학생이 오는데 무슨 호들갑이야?"

"그게 말이야! 한국에서 전학 온 애라는데, 되게 예뻐! 완전 퀸카야! 그런데 말을 못해! 실어증이래!"

실어증?

의아해하는데 교실 문이 열리며 담임 선생님이 들어섰다. 그리고 선생님 옆에 전학생도 같이 교실에 들어섰다. 그런데 정말 예뻤다. 전형적인 청순 소녀 스타일. 어디서 본 것 같기도 한데…….

"전학생을 소개하겠다. 한국에서 온 이세희라고 한다. 말을 못하니 여러분들이 잘 대해주기 바란다. 세희는 시아 옆 자리에 앉거라."

끄덕―

고개를 끄덕이는 걸 보니 정말 말을 못하는 것 같았다. 세희가 내 옆 자리에 앉아 나에게 웃어 보이더니 주머니에서 뭔가를 꺼내 적었다.

PDA?

반가워.

PDA에는 중국어로 그런 내용이 적혀 있었다.
나는 그녀에게 마주 웃으며 손을 내밀었다.
"반가워. 나는 시아라고 해."

*   *   *

세희를 번갯불에 콩 볶아 먹듯 그렇게 떠나보내고 자폐증 환자처럼 지낸 지 이틀째.
벌써 이틀째 식음을 전폐한 상태다.
"오빠~ 오빠~ 일어나아아~ 지각한단 마리야~"
웬일인지 희은이가 아침부터 날 깨웠다. 나는 이불을 걷으며 날 깨우는 희은이에게 고개를 돌렸다. 젖살 통통하고 동글동글한 눈망울의 희은이가… 희은이가!!
"세, 세희!!"
세희로 보였다! 으어어! 미쳐 버린다! 나는 벽에 대가리를 박아댔다. 미쳤어! 미쳤어! 어째서 저따위 꼬맹이가 세희로 보이냔 말이야?
쿵쾅쿵쿵쿵쿵! 쿵―!
"오빠! 끼야아! 그만 해! 오빠가 그러니까 무섭자너. 흑! 훌쩍! 으에엥!"
저건 왜 또 아침부터 울면서 지랄이야?
"시끄러! 아침부터 왜 질질 짜대? 나 옷 갈아입을 거니까 나가 있어!"

"훌쩍! 흑! 흑! 훌쩍!"

희은이가 울면서 방을 나갔다. 나는 잠시 침대 위에 멍하니 앉아 있다가 시계를 올려다보았다. 정확히 8시 30분을 가리키고 있는 시계. 허허! 지각인가?

나는 다시 침대에 누워버렸다.

지각인 줄 뻔히 알면서도 누워 자버리는 나의 이런 반미친 상태는 계속되었다. 간혹 멍하니 앉아 별 하늘을 바라본다든지 희은이가 읽는 동화책을 뺏어 읽는다든지.

하지만 영원할 줄 알았던 이런 미친놈의 상태는 결국 한 아낙네의 도움으로 깨어날 수 있었으니…….

"시신성! 내 말 듣고 있는 거야? 어이, 시신성!!"

"시끄러! 조용해! 입 닥쳐!"

"뭐? 이게 간이 배 밖으로 튀어나왔구나!"

퍼버벅— 우지끈— 콰직— 퍼벅!

그래! 때려! 날 죽여! 어디 죽어보자!

선미한테 맞아도 제정신으로 돌아오지 않는 이 기분.

퍼버벅— 콰드드득— 우득!

…야, 약간 정신이 돌아오는 것 같은……

퍼벅— 콰득! 쾅쾅쾅!

"그, 그만 해! 살려줘! 아아악!!"

거의 30분간을 쥐 터졌을 것이다. 거의 반시체가 되어 양호실로 실려 간 나는 양호실 침대에서 눈을 뜨자마자 제정신으로 돌아올 수 있었다.

세희가 떠난 뒤 이 주일 후.

[로그인되었습니다.]

맨 처음 눈에 들어온 광경은 확 달라진 이라스 광장 거리의 모습이었다. 바로 30분 전에 확장팩이 오픈했는데 지금 이라스 중앙 광장은 유저들로 꽉 들어차 있었다.

한동안 달라진 이라스의 거리를 둘러보던 나는 장비품점으로 향했다. 확장팩이 도입되면서 새롭게 변경된 대륙 지도를 사기 위해서다. 건물이 조금 바뀌었을 뿐 이라스의 내부 지리는 전과 비슷해서 쉽게 장비품점에 도착할 수 있었는데, 장비품점의 앞은 수많은 유저들로 붐비고 있었다. 이래선 지도를 살 수가 없잖아!

이런 경우 방법은 두 가지다. 하나는 새치기를 하든지, 또 하나는 지도 사 들고 나오는 유저 삥 뜯든지… 역시 후자 쪽이 낫다.

막 지도를 사 들고 나오는 한 남성 유저에게 다가가려는데 누군가 내 이름을 불렀다.

"어이~ 신성아. 간만이구나."

"헛! 최준 형?"

내 이름을 부른 그는 최준 형이었다. 깔끔하게 차려입은 검은색 정장과 단정하게 기른 금발 스포츠 머리, 무테 선글라스와 입에 한 가닥 물고 있는 담배.

확장팩이 되어도 그 모습 그대로였다. 확장팩인데 빠숑(패션)을 좀 업그레이드시켜야 하지 않겠어?

최준 형이 담배 연기를 길게 내뿜으며 말했다.

"후우~ 너, 삥 뜯으려고 했지?"

"어떻게 알았어?"

"네 행동 패턴이야 뻔하지. 따라와라. 줄 게 있다."

오오~ 확장팩에서 새롭게 추가된 유니크(Unique) 아이템을 주려는 것인가?

나는 그를 따라 이라스 남쪽 공원으로 향했다. 최준 형이 공원 벤치에 앉아 아이템 창을 띄우더니 지도 한 장을 꺼내 나에게 넘겨주었다.

"자, 지도다. 이제 확장팩인데 넌 뭐 할 거냐?"

"이벤트 깨러 다녀야지. 아, 그전에 세희부터 찾아야겠다. 중국 서버와 통합되었으니 볼 수 있을 거야."

"그래? 그런데 그건 알고 있겠지? 한국 유저들의 시작 장소는 가니아 대륙 이라스지만, 중국 유저의 시작 장소는 터릿 대륙에 벤제우란 거."

"당근이지."

유저는 그 국가의 PX 케이블 선을 따라야 하기 때문에 우리 나라 유저가 중국으로 가면 중국의 서버를 이용하게 된다. 물론 계정도 자동적으로 그 나라의 서버로 이전된다. 세희는 중국에 있으므로 중국 서버를 이용할 것이다. 그러므로 중국 유저들의 시작 장소인 터릿 대륙 벤제우에 있을 것이었다.

최준 형이 입에 물고 있던 담배를 땅바닥에 비벼 끄며 말했다.

"오늘 저녁 6시경에 미아 찾기 이벤트가 있다. 아마디스 숲으로 가도록."

"미아 찾기 이벤트?"

"그래. 그럼 수고."

최준 형은 그 말만 전하곤 그대로 로그아웃해서 사라졌다. 이벤트에 관한 자세한 사항 같은 건 알려줘야 할 것 아냐!

미아 찾기 이벤트를 하기 전에 새로운 마음가짐으로 패션을 바꾸기로 했다.

시신성! 21세기 빠숑의 선두주자가 아니던가?

이라스의 제~일 큰 옷 가게에서 옷을 고르는 중이었다.

"역시 검은색이 때 안 타고 좋겠죠?"

"방어구는 미스릴로 된 게 좋겠군요."

"가죽 장갑 있습니까?"

"허리띠 좀 보여주세요."

거의 1시간가량 입고 벗고 고르고를 반복했을 것이다. 드디어 옷을 골라 입었다.

검은색 반팔 상의에 검은색 긴 바지, 미스릴 무릎 보호대와 경갑 미스릴 부츠, 검은색 칠긴 가죽 장갑과 허리띠, 그리고 마지막으로 가장 중요한 포인트인 검은색 롱코트.

검은색으로 도배를 해놨다.

"이거 다 얼마죠?"

"미스릴 갑주가 좀 비싸요. 총 십만 골드입니다."

나는 머니 창에서 십만 골드를 꺼내 옷 가게 주인 NPC에게 넘겨주고 가계를 나섰다.

현재 시각 오후 5시.

미아 찾기 이벤트까지 한 시간가량 남았다. 그럼 천천히 가볼까나?

무작정 아마디스 숲으로 들어섰다. 나무가 더 무성해지고 풀벌레, 숲 짐승들도 많아진 것 같았다. 원랜 몬스터밖에 없었는데 이젠 동물들이 몬스터하고 동거를 하네.

숲에는 사람들이 꽤 많았다. 확장팩이 도입되면서 새로 캐릭터를 키우려는 유저들 때문에 저 레벨들이 이곳으로 몰린 것이다.

"거긴 내 자리야!"

"여긴 내가 한 시간 전부터 찜하고 있었어! 내 영역이라구!"

"야 이, X쌔들아! 여기 나무에 묻은 분비물이 보이지 않느냐? 내 거 아냐! 유전자 검사해 봐!"

숲은 넓은데 자리 싸움이 웬 말이오. 쯧쯧.

나는 한참 동안 아마디스 숲을 돌아다녔다. 6시가 조금 넘은 시간. 미아는 어디 있는지 코빼기도 비치지 않는다. 숲 깊숙한 곳까지 들어섰는데…

"살려주세요! 사람 살려요!"

순간 정체 불명의 구조 요청이 숲 안에 울려 퍼졌다. 나는 깜짝 놀라 뒤로 흠칫 물러났고 그 순간 재수없게도 나무뿌리가 발에 걸려 넘어지면서 돌에 뒤통수를 받아버렸다.

빠악—!

"우아아아악!"

으쓰… 머리 저려! 문득 뒤통수에 손을 대보니 희은이 젖살만한 혹이 튀어나온 걸 알 수 있었다. 쌍할! 이미지 망가진다!

"살려주세요!"

너 같으면 이 상황에서 살려주겠니? 그냥 죽든 말든 맘대로 해라! 기분 최악이야!

막 아이템 창에서 포션을 꺼내려는데,

"까아악! 까아아아!"

까아악?

어려운 처지에 놓인 유저들은 서로 돕는 것이 진리이거늘! 난 엄살을 뒤로한 채 비명 소리가 들린 곳으로 향했다. 풀숲을 헤치고 나가자 보이는 것은,

쿠릌! 쿠릌!

쿠릌쿠릌!

오크 열 마리와 그에 둘러싸인 한 여성이었다. 그런데 저 여자, NPC다. 구조 요청을 한 게 저 여자 NPC인가 보다. 아~ 아쉬워라. 유저였음 더 좋았을 것을… 오크들에게 둘러싸인 NPC가 절체절명의 위기를 맞으려는 순간, 나는 오크들과 여자 NPC 사이에 끼어들었다.

구릌? 쿠르륵!

"어이, 아마디스 똥돼지들, 감히 누구 앞에서 행패냐?"

NPC가 내 다리를 붙잡고 애원했다.

"살려주세요! 살려주세요! 흑흑!"

알았으니까 바지 좀 놔요. 벗겨져요.

"검참."

손가락을 한 번 까딱 하는 것으로 오크들을 몰살시킨 나는 그 여자 NPC와 눈 높이를 맞추기 위해 무릎을 구부렸다. 그러자 그녀가 울면서 내 품에 뛰어들었다. 오옷~ 무엇인가? 확장팩이 도입되면서 NPC 인공 지능 지수가 향상된 건가?

"흑! 흑흑! 무서웠어요. 정말 죽는 줄 알았어요."

"울지 마세요, 아가씨. 이젠 괜찮습니다."

…라는 둥의 닭살 대사를 내뱉은 난 그녀를 살며시 껴안았다. 이건 절대 욕구불만 행위가 아니다! 그녀를 안심시키려는 행위인 것이다! 어쨌든 세희 이후 처음으로 타 여인을 안아보는구나.

그녀에게 물었다.

"그런데 어쩌다 오크들한테 붙잡힌 거예요? 여자 NPC 혼자 다니기엔 이 숲은 위험하지 않습니까?"

"훌쩍. 꽃을 찾으러 왔다가 길을 잃어버렸어요. 그러다 오크들과 마주쳤구요. 저는 이라스에서 작은 꽃 가게를 운영하고 있는 NPC랍니다."

아~ 그렇구나. 그런 심오한 사연이 있었구나. 꽃을 찾으러 왔다가 길을 잃어버렸다고? 길을 잃어버렸다면 미아로구나.

"……."

…미아?

"헛! 혹시 당신이 미아 찾기 이벤트에 그 미아?"

"네, 제 이름은 미아예요. 어떻게 아셨어요?"

"아니요. 그게 아니라 미아냐구요."

"네, 제 이름 미아예요."

"아니, 미아냐구요."

"네, 미아라니까요."

"……."

도대체가 말귀를 못 알아먹는 아가씨다. 뭐, 미아 맞겠지? 맞을 거야, 분명해! 누가 맞다고 말해 줘! 만약 이 아가씨가 미아가 아니면 또 숲을 돌아다녀야 한다. 하지만 나의 귀차니즘은 그것을 용납하지 못한다.

"어쨌든 미아 찾기 이벤트 성공이다."

어정쩡하게 넘겨짚은 나는 하늘을 향해 주먹을 불끈 쥐었다.

"에? 절 찾는다니요? 어쨌든 감사합니다. 덕분에 살았어요. 큰 은혜를 입었네요."

"하하! 뭘요! 집까지 바래다 드리죠! 집이 이라스에 있댔죠?"

"네."

"그럼 이라스까지 가죠! 따라오십쇼!"

빨리 이 아가씨를 이라스에 데려다 주고 유니크 아이템을 뜯자!

"염원의 꽃이에요. 제 성의입니다. 받아주세요."

"……."

나는 말없이 그녀가 내주는 염원의 꽃을 받았다. 아직 봉오리가 채 열리지도 않은 보라색 꽃이었다. 이것이 바로 유니크 아이템이란 말인가?

으어어어! 이 꽃잎을 한 장 따서 먹으면 무한 정력 파워로 오크가 드래곤을 한입에 씹어먹는다는 그 필살의······!!

"사람이 진정으로 염원을 빌었을 때 피는 꽃이랍니다. 꽃이 피면 꽃에 빌었던 소원이 이루어져요."

"저기, 미아 양? 혹시 이거 먹으면 마왕을 종으로 부리고 4대 마룡을 개새끼로 부린다는 그런 능력은 없나요?"

"호호! 농담도 잘하시네요. 꼭 꽃이 피는 걸 보셨으면 좋겠어요."

"······."

이라스 동쪽 퍼브.

서버는 하나지만 한·중·일 유저가 모두 모여 게임을 플레이한다. 각기 지네들 영역이 따로 있지만.

우리 한국 유저들은 맨 처음 가니아 대륙, 세잎 클로버 모양 대륙에서 시작한다. 지도의 맨 중앙에 있다. 그리고 가니아 대륙 옆에 터릿 대륙이 있다. 중국 유저들이 시작하는 곳이다. 가니아 대륙보다는 조금 크고, 초승달 모양이다.

가니아 대륙과 터릿 대륙 위에 키탄 대륙이 있다. 일본 유저들이 시작하는 곳으로 모양은 알파벳 E를 엎어놓은 걸로 생각하면 쉽다. 스미시아 타워가 있는 스미시아 대륙은 터릿 대륙에 가장 가까이 있고, 카밀리베아 대륙은 전의 네잎 클로버 모양에서 완전히 바뀌었다. 축구공을 앞으로 놓고 여섯 개의 점을 생각하면 쉽다.

그렇다! 카밀리베아 대륙은 여섯 개의 섬으로 나뉘어진 군도로 바뀐 것이다. 마공왕이 죽어서 마족들이 분열되었다, 운영자들이 카밀리베아 대륙을 싫어해서 땅덩이를 부쉈다, 핵폭탄이 떨어져 분열되었다, 등

등 근거도 없는 설이 나돌고 있지만 자세한 사항은 아직 밝혀지지 않았다. 아참, 드래곤 대륙은 없어지고 아도니아 대륙이라고 하는 조그만 돌섬이 생겼다. 아직 오픈되지 않은 미확인 대륙이란다.

"…이것이 대륙의 간단한 설명입니다."

위의 설명은 모두 시런터에게 전해 들은 것이다.

그가 이어 말했다.

"그리고 현재 대륙을 통틀어 마스터 레벨은 열일곱 명입니다. 그중 열세 명이 중국 유저구요. 나머지는 우리 나라죠. 그리고 아시다시피, 특히 '마' 자로 시작해서 '라' 자로 끝나는 누구는 가장 잘~ 아시다시피 일본의 마스터 레벨은 없습니다."

저 자식이 왜 날 꼴아봐? 내가 아무리 잘생겼다지만 동성 취향은 아닌데. 내 미모는 남자까지 끌어들이는 건가? 아~ 여자들만도 피곤한데~ 그리고 난 임자있는 몸이라구.

"그 외 특별한 사항은 아직 들어오지 않았습니다. 아, 하나 있군요. 아이템이 좀 늘었다고 할까요? 화장품, 비아구라(?), 염색약 같은 아이템이 생겼답니다."

염색약? 머리카락 색을 바꾸는 거 말인가? 현실에서나 가상에서나 아직 한 번도 염색을 해본 적이 없는데 이참에 해볼까?

"그 염색약 어디서 파는데?"

"요 앞 잡화상점에서요."

나는 즉시 잡화상점으로 향했다.

이라스 동쪽 잡화상점.

"어서 옵쇼! 무엇을 찾으십니까?"

“염색약!”

“여기 있습니다! 골라보십쇼!”

주인 NPC가 진열대에 있는 염색약을 가리켰다. 거기엔 빨강, 파랑, 초록, 노랑 등등… 다양한 색상의 염색약들이 진열되어 있었다. 그런데 값이 조금 비쌌다. 나에겐 껌 값밖에 안 되는 것이었지만 일반 유저들이 사기엔 좀 비싸다. 한 병에 5백 골드라니.

나는 조용히 염색약을 골랐다.

“음~”

파란색은 어떨까? 아니아니, 색이 안 바래. 그럼 금색? 아니아니, 멀리서 보면 머리에 똥칠한 걸로 보일 거야. 빨간색은 너무 양아스틱하고… 노란색은 너무 흔해 빠졌고.

그래, 결정했어!

“하얀색으로 주세요.”

“네, 여기 있습니다. 5백 골드입니다. 사용법은 그냥 마시면 됩니다.”

허허! 마시는 염색약이라?

나는 잡화상 주인 NPC에게 돈을 지불하고 박X스 병만한 그것의 뚜껑을 열어 마셨다. 미에로 X이바 맛이 느껴졌다. 그렇게 원샷을 하고 아이템 창에서 거울을 꺼내 보자,

“오옷! 멋지다!”

거울엔 하늘이 울고 가고, 땅이 울고 가고, 미의 여신이 울고 가고, 세상 모든 여자들이 울고 갈 만한 미모의 남성이 보였다! 우아! 씨바! 고놈 졸라 잘생겼네!

머리가 하야니까 완전 다른 이미지가 풍긴다. 뭐라고 해야 할까? 말

로 표현할 수 없을 만큼 캡숑 울트라 짱급으로 잘난 놈으로 변신했다고 할까? 한데 걱정이다, 내가 시선을 주는 여자들마다 다들 내 미모에 빠져 상사병에 걸릴 테니.

나는 잡화상점을 뒤로하며 발걸음을 돌렸다. 이제 목적지는 터릿 대륙이다. 물론 목적은 세희를 찾는 것이다… 지만 역시 남남 북녀라 했던가? 중국 여자 면상 한번 구경해 보고 싶었다. 뭐, 예뻐봐야 세희의 미모에 발뒤꿈치 따라올까마는… 좋아! 가보십시다!

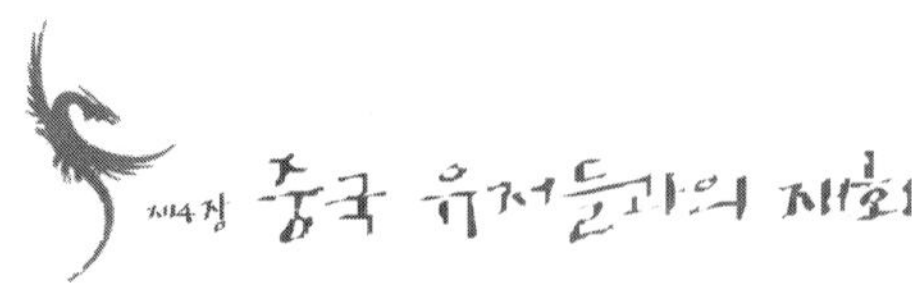

막강이는 연합 길드 군과의 전투 후 개박살나서 폐품 처리됐다. 고칠 수 없이 완전히 걸레짝이 되었다. 전쟁만 없었으면 몇 년은 더 쓰는 건데.

나는 배를 새로 뽑기로 했다.

"어서 옵쇼, 손님! 최고급 부양 함선입죠. 45노트까지 날 수 있고, 다기능 마법 증폭기와 최대 수용 인원 80명에 연료도 적게 먹는답니다. 참고로 자동 조종도 가능합니다! 여행 가실 건가요? 그럼 이게 딱이죠!"

여행 갈 건데 함선이 웬 말이오. 함선으로 여행하면 새우잡이 배 갖고 전쟁하나요?

상인 NPC에게 값을 물었다.

"이거 얼맙니까?"

"좀 비싼데… 깎아서 8십만 골드에……."

"여기 있습니다."

돈을 지불하고 배에 올랐다. 참고로 말하자면 배의 재료는 갑목(甲木)이다. 철목 다음으로 내구성이 뛰어나고 단단한 나무로써 철목은 무겁지만 갑목은 가볍다. 때문에 함선의 주재료로 쓰이고 있다.

배에 오르는데 아래서 상인 NPC가 말했다.

"손님! 조종법은 아십니까?"

"예, 압니다. 그럼 수고하십쇼."

나는 당장 조종석에 앉아 배를 출동시켰다. 떠올라라!

부우웅—

가볍게 떠오르는구나! 좋아! 막강 2호기 출동이닷!

"동남쪽으로 출발!"

그렇게 말하며 조종석 한가운데에 있는 자동 조종 버튼을 누르자 조종석에서 손을 떼어도 배가 저절로 움직였다. 자동 조종을 시켜놓고 선실에 들어가 있으면 머리도 안 망가진다. 정말 맘에 드는 기능이다.

*　　　*　　　*

게임에 접속하자 보이는 것은 만리장성 길드의 응접실이었다. 중국에 있으면 중국의 PX선을 따라야 하기 때문에 터릿 대륙으로 접속할 수밖에 없었다.

이곳 만리장성 길드는 시아의 오빠(친오빠는 아니지만)들이 만든 길드로서 요즘엔 거의 대부분의 시간을 이곳에서 보내고 있다. 시아의 오빠들은 전의 대전 대회에서 봤던 광신저우 씨, 자이로엔 씨 같은 분들이다.

"실리 왔구나."

"안녕."

시아. 게임 닉네임으론 시에리와 그의 친오빠, 겐베로 씨가 날 반겼다. 자리에는 그 둘뿐 아니라 광신저우 씨와 자이로엔 씨도 있었다. 둘 다 3대륙 대전 대회 후로 처음 보는 것이었다. 시아의 말로는 길드의 마스터, 부마스터라고 하는데…….

"반갑군. 광신저우라고 한다. 전엔 인사를 못 나눴었지?"

"반갑습니다. 자이로엔이라고 합니다. 전에 봤었죠? 3대륙 대전 대회 때."

두 분 다 나에게 손을 내밀며 자기소개를 했다. 나는 그들의 손을 마주 잡으며 인사했다.

"안녕하세요. 에실리스라고 합니다. 그리고 자이로엔 씨, 말 놓으세요."

"응? 음음, 그럼 말 놓지. 시에리와 같은 또래랬지? 학교도 같은 학교고. 중국으로 이민을 왔다고 들었는데?"

"네."

"대전 대회 때의 동료들은 다들 잘 있나? 특히 마듀라."

"네. 잘 있어요, 다들."

나와 가벼운 대화를 주고받던 자이로엔 씨가 광신저우 씨를 돌아보며 말했다.

"모든 준비가 끝났습니다. 이제 사냥만 남았습니다."

"그래? 조금 이르군. 조심해서 다녀와라. 아참, 실리 양. 이번 이벤트에 동참할 계획 있나?"

이벤트?

나는 광신저우 씨에게 물었다.

"무슨 이벤튼데요?"

"별거 아냐. 던전 클리어지. 별로 위험하진 않을 거야."

던전? 뭐, 할 일도 없으니.

"네, 같이 가겠어요."

그러자 자이로엔 씨가 자리에서 일어섰다.

그때 시아가 불만을 토했다.

"너무해요, 오라버니들. 실리는 데려가고 왜 저는 데려가지 않는 거죠?"

"실리 양은 마스터 레벨이고 전투 경험도 풍부하니까 데려가는 거지. 너는 아직 미숙하잖냐."

"너무해, 정말!"

"어이, 겐베로. 시에리 잘 간수해라. 저번처럼 몰래 따라 나올지 모르니까."

"걱정 마라, 로엔. 그럼 시에리. 오빠랑 데이트나 하러 갈까?"

"너무해! 너무해! 너무해! 흥!"

시아가 자리에서 나가 버렸다. 그러자 겐베로 씨가 호위 NPC들을 데리고 시아의 뒤를 따랐다. 저럴 때 보면 시아가 너무 부럽다. 자신을 걱정해 주는 오빠들이 있으니까. 나도 신성이 같은 오빠 한 명 있었으면…….

장장 3시간여에 걸친 대이동(?) 끝에 터릿 대륙의 벤제우에 도착할 수 있었다. 벤제우의 항구에 도착하자마자 보이는 것은 엄청난 인파!

참고로 벤제우는 항구 도시다.

"우아아! 장난 아닌데?"

인간들 장난 아니게도 많다. 이라스 광장 거리에 있는 인파들은 이에 비하면 새 발의 피도 못 될 정도다. 1억 유저란 말이 실감이 나네.

시끌시끌— 북적북적— 중얼중얼— 씨부렁씨부렁—

일단 모험자 휴게소로 갈 생각이었다. 현실로 말하면 여관.

잘못하면 인파들 사이에 깔리는 사태가 벌어질지 모르기 때문에 조심해야겠다.

그렇게 인파들 사이로 몇 발짝 내딛는데,

쿠당—

"엇?"

"아얏!"

터릿 대륙에 발붙인 지 6초 하고도 35만에 누군가와 부딪치고 말았다. 누군가가 머리를 내 가슴에 박은 것 같은데, 누가 잘못했든 사과는 해야지. 나는 21세기 최고의 매너남.

"죄송합니다."

"아, 아니에요. 제가 잘못했는걸요. 죄송합니다."

상대는 여자였다. 그것도 엄청난 미소녀! 터릿 대륙에 발을 내디딘 지 6초 하고도 35만에 세희만한 미소녀를 만나다니! 이건 꿈이오~ 생시오~?

허리까지 내려오는 길고 찰랑이는 검은색 머리카락과 크고 맑은 검은빛 눈동자. 오뚝한 코와 갸름한 얼굴에 하얗다 못해 진주 빛이 나는 피부!

그녀의 붉디붉은 입술이 달싹이며 입을 열었다. 말과 입 모양이 따로 노는 것으로 보아 중국 유저 맞았다.

"죄송합니다. 어디 다치지 않으셨어요? 제가 한눈을 파는 바람에……."

"아닙니다. 전 괜찮습니다."

헤헤, 괜찮고말고~

그런데 나와 부딪친 이 소녀 말이다, 복장이 매우 특이했다. 일반 중국 유저들도 이런 복장은 아닌데? 선녀 복장 코스튬인가? 자신의 머리카락 길이와 같은 빨간색 머리 끈과 하얀색 옷이 가장 큰 특징인데. 옷 테두리가 붉은색 끈으로 장식(?)되어 있었다. 허리는 천 같은 걸로 감싸져 있고, 새하얗고 가는 팔뚝과 쫙 빠진 각선미는 그대로 보인다. 우아~ 저 허벅지 빽 간다! 세희도 저런 옷 입으면 얼마나 예쁠까? 아~ 세희가 보고 싶어라!

한동안 그녀의 옷차림새를 감상하던 때였다.

"누구냐? 감히 내 동생을 건드린 녀석이! 시에리! 괜찮니?"

"전 괜찮아요, 오라버니."

"어떤 자식이 감히 내 동생을? …너로구나!"

덩치 아저씨가 나에게 송곳니를 드러냈다. 그리고 아이템 창에서 거대한 배틀 해머를 꺼내 들었다. 무슨 짓을 하려는…….

슈우우우— 쾅!

순간 난 깜짝 놀라 자리를 비켜섰고 내가 서 있던 자리에 헤비급 배틀 해머가 떨어졌다! 우아~ 저 인간 보소? 나, 네 동생한테 안 찝쩍댔어! 그리고 무조건 공격하는 것은 어느 나라 법이야?

인파들이 순식간에 우리 주위로 몰려들었다.

"오, 오라버니! 너무하시는 거 아니에요? 저는 괜찮……."

"물러서 있거라! 얘들아, 시에리를 보호해라!"

사내의 말에 따라 그의 뒤에 있던 수십 명의 호위 NPC들이 시에리란 소녀를 둘러쌌다.

오라버니라 불린 그가 나에게 배틀 해머를 겨누며 송곳니를 드러냈다.

"너 오늘 잘못 걸렸다. 내 동생을 건들면 어떻게 되는지 뼈저리게 느끼게 해주지! 오늘 게임 오버인 줄 알아라!"

허허! 우리 이러지 말고 미래 지식인답게 말로 합시다.

"오해가 있으신 것 같군요. 저는……."

슈우와아악―

"……?!"

나는 다시 몸을 뒤로 피했고, 상대의 배틀 해머가 내 앞을 스치고 지나갔다. X발! 뭐 저런 개망나니 같은 X끼가 다 있어? 이유나 좀 들어보고 공격한다면 모를까.

상대가 연이어 배틀 해머를 휘둘러 왔다.

쾅― 콰캉! 부웅―

몇 번의 이어진 망치 공격을 피해내며 나는 반격 기회를 노렸다. 이대로 맞아준다면 우리 시씨 가문에 먹칠이다.

"소환주의 명을 따라 나타나라, 영검 베도밀!"

베도밀을 소환한 나는 해머 사내의 앞 땅바닥에 베도밀을 내리찍었다! 돌 깨지는 음과 함께 땅바닥이 부서지며 파편이 튀었고, 나의 위압감 때문인지 뭔지 잠시 주위에 정적이 흘렀다.

"뭐, 뭐냐?"

"마, 마스터 무기 베도밀이다!"

"마스터 레벨이다!"

살기를 뿌리며 베도밀을 다시 치켜들었다가 이어서 그 사내에게 무지막지하게 내려쳤다. 평소라면 PK로 이어질 것이었지만 나는 정당방위가 성립되기에 맘대로 공격할 수 있었다. 무엇보다 주위에 증인이 있지 않나?

"으아아압!"

쿠콰앙— 채쟁까가강—!

상대가 들고 있던 배틀 해머가 부서져 나가며 그가 서 있던 바닥이 움푹 들어가 버렸다. 허허! 내 일격을 막아? 내 일격을 막아내려면 전사 클래스 고 레벨 정도는 되어야 할 텐데?

"크윽!"

신음을 토하는 녀석에게 다시 한 번 베도밀을 내려치려 들어 올리는데, 시에리란 소녀가 지 오라비와 나 사이에 뛰어들어 가로막고 섰다.

우뚝 멈춰 선 나.

"죄송해요. 저희 오라버니가 실례를 했어요. 정말 죄송합니다. 용서해 주세요. 제가 대신 사과드릴 테니! 제발!"

"……."

어이없다. 이렇게 되면 내가 악역이 된 것 같잖아. 내가 여동생을 납치하러 왔다가 그의 오빠와 시비가 붙어 싸움 난 것 같은…….

실제로 주위 중국 유저들이 나를 막 욕했다. 내가 무슨 잘못이 있다고… 억울해!

"부탁드려요. 죄송합니다. 죄송해요… 죄송……."

굽신굽신—

허리가 빠져 버릴 정도로 굽신거리며 나에게 사과를 하는 그녀의 모습에 나는 개미 가슴만큼이나 넓은 아량으로 용서해 주기로 했다. 나도 웬만하면 피 보고 싶지 않았다.

그나저나 빨리 자리를 벗어나야겠는데? 사람들이 돌을 던질 기세야.

*　　　*　　　*

"함부로 나서지 말라고 했죠! 별일도 아닌 거 가지고 일을 크게 만들고 그러세요! 오라버니도 참!"

"하하! 미안해, 시에리. 설마 상대가 마스터 레벨일 줄이야 꿈에도 생각 못했지. 하하!"

"그럼 그분이 마스터 레벨이 아니었으면 어떻게 하셨을 건데요?"

"음음, 그야……."

오라버니는 아무 말도 하지 못하고 얼굴만 붉적였다. 원랜 인정이 많으신 분인데 나와 관련된 일이라면 너무 흥분하신다. 그것만 없으면 정말 멋진 오라버니가 될 수 있을 텐데.

"저우 오라버니에게 말씀드려야겠죠? 오라버니와 대적하셨던 분 말이에요. 타국의 마스터라면 한국 분이실 텐데, 저우 오라버니는 알고 계실지 모르잖아요. 그분은 개인적으로 한국 유저들에게 호감을 가지고 계시니까. 그런데 한국에 그런 마스터가 있는 줄 몰랐어요."

"응. 나도 몰랐어. 하얀 머리 마스터라니."

이런저런 이야기들을 주고받으며 나와 오라버니는 만리장성 길드 본관 응접실에 들어섰다.

응접실엔 저우 오라버니와 쉐이로 오라버니밖에 안 계셨다. 세희와 자이로엔 오라버니는 벌써 나간 것 같았다.

우리 오라버니께서 저우 오라버니에게 말했다. 저우 오라버니는 우리 오라버니보다 다섯 살이 많으시다.

"형님, 오늘 나갔다 오는 도중에 한국의 마스터 레벨 유저 중 한 명을 만났습니다."

"…이름은?"

"모르겠습니다. 하얀 머리에 키는 6척(180) 정도. 곱상하게 생긴 녀석이었습니다."

오라버니, 골탕 좀 먹어보세요!

"만나자마자 오라버니께서 시비를 거셔서 하마터면 죽을 뻔했어요."

"헉! 시, 시에리!"

오라버니께서 난감한 표정을 지으셨다. 이번 기회에 버릇을 고쳐 줄 테다!

저우 오라버니께서 약간 인상을 굳히며 말씀하셨다.

"되도록이면 한국의 유저들과는 마찰하지 말라 했는데 일을 벌이는구나, 겐베로. 그나저나 어쩌다 시비를 건 거냐?"

"아, 저 그게……."

"제가 한눈을 팔다가 실수로 그분과 부딪쳤는데 오라버니께서 막 오버하시면서 그분에게 시비를 걸었어요. 오라버니가 무작정 배틀 해머를 휘둘렀는데 그분께서 워리어 마스터 아이템을 꺼내시더니 오라버니의 배틀 해머를 가볍게 부수지 뭐예요? 제가 도중에 끼어들어서 싸움은 중지되었는데 그분께 얼마나 죄송스럽든지……."

"잠깐! 워리어 마스터 아이템? 아직까지 워리어 클래스를 마스터한 사람은 두 명뿐인데? 한 명은 막강길드 마스터 마듀라, 또 한 명은 막강길드 부마스터 시린터."

에? 그게 무슨 소리지?

"혹시 그가 사용했던 무기, 모양이 어땠지?"

"에, 날이 한쪽으로 선 대검이었어요. 정말 대단했죠! 엄청난 힘이었어요. 우리 오라버니께서 그거에 힘 한 번 못 써보시고 당했다니까요."

"에, 에리야……."

"이런! 빨리 그를 찾으러 가자! 중요한 손님이 온 줄도 모르고!"

저우 오라버니께서 황급히 밖으로 뛰어나가자 저우 오라버니의 뒤로 몇 명의 호위 NPC들이 따라붙었다. 도대체 무슨 일이길래 그러시지? 저우 오라버니께서 저렇게 흥분하는 모습은 3대륙 대전 대회 이벤트 후로 처음 본다.

오라버니와 내가 어리둥절해하는데 쉐이로 오라버니께서 다가오셨다.

"너희들이 마주쳤던 그가 한국의 소더러 마스터… 아니, 소더러 엠페러 마듀라일지도 몰라. TV에서 보지 못했니? 나와 광신저우를 단번에 깨부순……."

아, 그러고 보니 머리 색깔이 바뀐 것 빼고는 그분과 인상착의가 비슷한데? 설마, 우리 오라버니께서 그런 엄청난 분과 대적했단 말인가?

옆으로 시선을 돌리자 안색이 새파래진 오라버니의 모습을 볼 수 있었다.

"빨리 그분을 찾으러 가요!"

*　　　　*　　　　*

터릿 대륙의 포션은 가니아 대륙 것과 맛이 달랐다. 우리 나라 포션은 박X스 맛인데 중국의 포션은 까스 활X수 맛이다. 체할 때 먹는 포션인가?

모험자 휴게실에서 포션 몇 병을 사는 도중이었다.

덜컥ㅡ

"마듀라!"

휴게실 문이 열리는 소리에 이어 누군가 내 닉네임을 불렀다. 돌아보자 빡빡머리에 우람한 근육질 아저씨가 보였다. 에, 어디선가 본 듯한 얼굴? 가물가물한데?

아! 맞아! 3대륙 대전 대회 3차전 때 나한테 졸라 깨지고서 고국으로 돌아갔던 중국의 소더러 마스터 광신저우! 오오! 두 달 만인가?

"안녕하세요, 광신저우 씨."

"반갑네! 하하!"

광신저우 씨가 웃으며(똥 씹고 맛있어하는 표정) 나에게 성큼성큼 다가왔다. 조직 폭력배 사돈의 팔촌의 칠촌 같은 인상이 천연기념물이다.

그가 날 꽉 껴안았다.

와락ㅡ!

"설마 이렇게 만날 줄은 몰랐네! 하하! 진작에 연락 주지!"

"하하."

숨 막혀 X발! 지금 지 갑빠 크다고 자랑하는 거야?

"크하핫! 당장 우리 길드로 가지! 내가 거하게 한턱 쏘겠네!"

"네? 아, 그러실 필요는……."

"무슨! 그냥 가면 섭하지! 따라와!"

"…네."

얼떨결에 승낙해 버린 나는 그에게 끌려갔다. 멀리서 봤다면 폭력배

한테 뺑 뜯기러 가는 고딩처럼 보였을 것이다. 인상부터 덩치까지 비교된다. 젠장!

"아, 오라버니! 그분은 찾으셨어요?"

휴게소를 막 나서는데 한 소녀와 덩치 아저씨가 보였다. 저들은 아까 마주쳤던……!

"아, 안녕하세요. 좀 전엔 죄송했습니다."

시에리(용케도 이름 안 까먹었다)가 나와 마주치자마자 또다시 허리를 굽신했다. 나도 얼떨결에 따라서 허리를 숙였는데,

"죄, 죄송했습니다."

나에게 배틀 해머를 겨누었던 덩치사내도 죄송하다고 사과의 말을 했다.

이제 보니 인상이 서글서글한 게 웬만큼 생겨먹었다. 훗! 죄송하다면 그쪽의 동생을 나에게 넘겨라.

광신저우 씨가 호탕하게 웃으며 날 그 둘에게 소개시켰다.

"이쪽은 한국의 소더러 마스터 마듀라. 내가 전부터 엄청나게 동경했던 인물이지."

허허! 동경이라니요! 존경이라면 모를까. 그리고 그냥 소더러 마스터가 아니죠. 최고, 최강, 최초을 잊으셨군요!

그 남매가 통성명을 했다.

"안녕하세요. 시에리, 인사드립니다. 만나뵙게 되어 영광이에요! 좀 전엔 정말 경황이 없었어요."

"안녕하십니까. 겐베로, 인사드립니다. 시에리의 오라버니입니다."

나도 가볍게 통성명을 했다.

"안녕하세요, 마듀라입니다."

$$* \qquad * \qquad *$$

"어제 카도라스에서 정말 대단한 유명 인사를 봤다!"

시아가 교실에 들어서자마자 카도라스 얘길 꺼냈다. 어떤 유명 인사길래 그러지?

"호호! 세희가 아주 잘 아는 사람이야! 한번 알아맞춰 볼래?"

내가 잘 아는 사람? 글쎄?

나는 PDA에 글을 적어 그녀에게 보여주었다.

누군데 그래?

"호호! 가르쳐 줄까 말까? 힌트 줄게! 하얀 머리카락이야. 하얀 머리카락이 너무 매력적이었어!"

시아가 황홀한 표정을 지으며 얼굴을 붉게 물들였다. 그 사람한테 홀딱 반해 버린 눈빛이었다. 하지만 도저히 떠오르지 않았다. 내가 카도라스에서 알았던 사람 중에 하얀 머리카락은 한 명도 없거니와 잠깐 본 적도 없었기 때문이다.

하얀 머리카락은 빼고, 내가 알고 시아가 한눈에 홀딱 반해 버릴 정도의 남자라면 신성이밖에 없는데(콩깍지 동화 현상)?

시아가 말했다.

"오늘 게임에 접속하면 만날 수 있을 거야. 그런데 세희는 그분과 별 사이 아니었나 봐? 모르는 거 보면?"

＊　　　　＊　　　　＊

아침.

아침과 저녁만 되면 어김없이 희은이와 실랑이가 벌어진다.

"반찬 투정하지 말랬지! 당근을 왜 골라내? 그러고도 니가 토끼를 좋아한다 할 수 있어? 세상 토끼들이 졸도할 일이야! 당장 처먹어!"

"싫어! 싫어! 싫어! 싫어! 싫어! 싫어!"

"먹기 싫다면 먹여주지!"

나는 먹기 좋게 썰어진 당근을 몇 숟가락 퍼서 희은이의 입을 강제로 벌린 다음 입에 처넣어 주었다. 희은이는 발버둥을 쳤지만 내가 그녀의 몸 위에 올라타 있어서 반항은 거의 불가능했다.

"크엑! 캑캑!"

"뱉지 말고 씹어! 어쭈, 안 씹어? 죽어도 먹여 버리고 만다!"

누가 죽나 해보자! 내가 얼마나 잔인한 놈인지 똑똑히 보여주겠어! 난 당근을 입에 몇 숟가락 넣고 씹었다. 그리고 입술을 희은이의 얼굴로 가져갔다. 나도 이런 방법까지 쓸 줄 몰랐다.

내가 무슨 짓을 하려는지 눈치 간 건지 희은이가 몸을 흠칫,

"엉엉엉! 끄헙! 머, 먹을게! 먹을게! 먹을 테니까! 까아아! 으아아앙!!"

…떨며 나에게서 떨어지려 했다. 하지만 이미 늦었답니다, 희은 양. 사실 나도 너하고 첫 키스를 하게 될 줄은 꿈에도 몰랐단다. 아니지, 아기 때 엄마가 내 첫 입술을 앗아갔으니 첫 키스는 아니구나. 뭐, 상관은 없지만 네가 너무 개기니 어쩔 수 없잖니? 널 위해 내 이 한 몸 희생하마. 나중에 커서 '책임져요, 오빠!' 하면 모르는 척해줄 테니 걱정 말고.

크으! 내가 생각해도 난 너무 착한 오빠인 것 같아. 한 어린아이의 식습관을 고쳐 주기 위해 당근 키스를 마다하지 않다니. 이건 노벨 교육상 백만 개 줘도 아깝지 않을 것이었다. 아, 노벨 교육상은 없구나.

"까아아아아아!! 읍!"

희은이와 당근 키스를 나눴더니 피곤하다. 희은이는 지금 안방 침대에서 이불 뒤집어쓰고 울고 있는 중이었다. 어린 마음에 얼마나 충격이 컸으면 그럴까? 문득 유아기에 당한 성폭행이 인격 형성에 아주 안 좋은 영향을 끼치게 된다고 얼핏 들은 것도 같았다. 남성 혐오증이라든지…….

하지만 뭐, 희은이는 강한 여자이기 때문에 괜찮겠지.

희은이는 이제 신경 끄고 오늘도 카도라스의 세계로 떠나봅시다!

[아이디:sss0226/패스워드1:********/패스워드2:******]

[로그인되었습니다.]

게임에 접속하자 보이는 것은 만리장성 길드의 응접실이었다. 아무도, 심지어는 광신저우 씨도 보이지 않았다. 아직 다들 접속 안 했나?

주위를 둘러보던 나는 발걸음을 돌렸다. 연무장으로 가서 스킬이나 연마할 생각이었다. 응접실을 나가는 문을 열기 위해 문고리에 손을 뻗는 순간,

그때였다, 내 앞에 시에리가 나타난 것은. 방금 로그인한 모양이었다.

"어맛! 마듀라 씨!"

"……."

…문고리에 손을 가져가려는 엉거주춤한 자세의 그 순간, 시에리가 앞에 나타나자 내 손은 시에리의 아랫배… 에서 조금 더 아래로 향해 있었다. 아~ 어쩜 이리도 절묘한 자세가 나올 수 있을까? 사진으로 찍어 보관하고 싶을 정도다.

쌍할! 내가 지금 뭘 하고 있는 거지?

"…내가 지금 뭘 하고 있는 걸까요?"

"꺄아아아아앗!!"

짜아악—!

변태로 오인받은 나는 시에리에게 귀싸대기를 맞고 10분간 동작 불능 상태에 빠졌다. 현실로 말하자면 기절이라고도 한다.

"죄송합니다. 죄송해요. 제가 그만 오해를… 실수였어요. 저도 모르게 그만… 죄송합니다."

"괜찮습니다아~ 그만 하시죠오~"

"말꼬리가 올라가는 걸 보니 안 괜찮은 것 같은데요?"

그럼 넌 괜찮겠니? 아무 잘못 없이 생 싸대기 맞았는데. 그래도 내가 참지. 역시 예쁘면 모든 게 용서가 되는구나.

"삐치지 마세요~ 화 푸시라니까요~ 제가 죄송하단 의미로 친구 한 명 소개시켜 드릴게요! 소개랄 것도 없지만. 헤헤! 마듀라 씨도 잘 알고 있는 사람이에요. 하지만 둘이 근래에 만나본 적 없을걸요?"

오오! 소개팅 주선인가? 그런데 내가 잘 알고 있는 사람이라니? 누구?

그때, 누군가 우리 앞에 로그인되었다.

"앗! 왔구나, 실리!"

실리?

"어? 시에리, 먼저 와 있었구나. 그런데 옆엔… 앗!"

"앗!"

순간 나하고 그녀는 놀라 버렸다. 상대는 분명…….

"세희야!"

"신성아!"

세희였던 것이었다. 설마 여기서 이렇게 만날 줄이야! 감격의 눈물이 눈앞을 가린다. 어떻게 연락을 주고받나 고심하던 차였는데!

나는 세희에게로, 세희는 나에게로, 우리는 서로의 이름을 외치며 달려들어 껴안았다.

"세희야! 그동안 잘 지냈어? 연락처를 몰라서 그동안 얼마나 애태웠는데!"

"신성이 머리가… 몰라볼 뻔했잖아. 그보다 시에리가 말했던 그 사람이 신성이였어?"

세희의 질문을 받은 시에리가 얼떨떨한 표정을 지으며 대답했다.

"응. 그런데 둘이 그렇게 가까운 사이였어?"

하핫! 몰랐냐? 나하고 세희가 연인 사이란 거! 어째서 나하고 세희가 사귀고 있단 것을 몰랐을까? 3대륙 대전 대회 때 어필하지 못한 점이 있긴 하지만 그래도 세희 이름 나오면 딱 내 이름 나와야 하는 거 아냐?

시에리 말로는 나하고 세희 사이가 별거 아닌 줄 알았단다. 때문에 맨 처음 한 번 엇갈렸었다. 내가 터릿 대륙에 발을 들여놓을 즈음에 세희는 이벤트 깨러갔다더라. 이건 누구누구가 나와 세희의 사이를 갈라 내려는 음모가 도사리고 있음이야! 걸리기만 해봐라! 가만 안 둔다! 특히 작가 녀석!

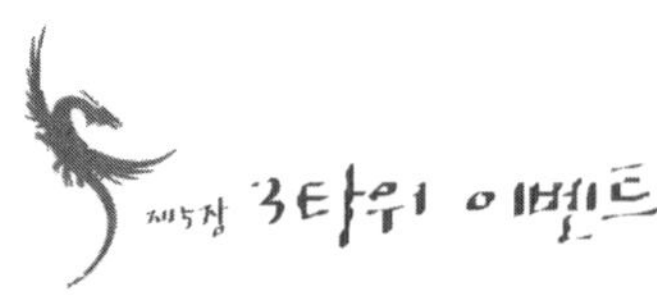

그렇게 세희와 재회한 지도 일주일이 지났고 요즘엔 세희하고 자주 연락을 하는 상황이었다.

물론 공부 시간에.

학교에선 세희하고 채팅(PDA로)하고 집에선 세희하고 게임한다. 당연 공부가 될 턱이 없다. 덕분에 이번 2학기 학력고사 평균 40점 나왔다. 시험 시간에도 채팅하고 놀았으니 당연한 결과지.

어쨌든 카도라스에 접속한 나는 광신저우 씨에게 이벤트에 관한 소식을 접할 수 있었다.

"피닉스 타워요?"

"그래. 터릿 대륙의 중앙엔 피닉스 타워라고 확장팩 후 새로 추가된 타워가 있다. 130층의 대탑이지."

"거기 정복하면 유니크 아이템이라도 줘요?"

"응? 그렇지. 탑 꼭대기에 둥지를 틀고 있는 피닉스에게 깃털을 받으면 그게 바로 유니크 아이템이 되지."

"그 깃털, 무슨 능력이 있는데요?"

"깃털만으론 뭘 할 수 없어. 키탄 대륙의 중앙에 있는 유니콘 타워에서 유니콘의 뿔과 가니아 대륙 중앙에 있는 스파이더 타워에서 거미의 실을 얻어야 하지. 그걸 가지고 가공하면 카도라스 최고의 무기가 만들어진다는군."

카도라스 최고의 무기? 그런 건 진작진작 좀 알려줄 것이지! 주인공 필수 아이템이 아닌가?

그렇게 해서 막강 2호기를 타고 피닉스 타워로 향하는 중이다. 인원은 나와 세희, 시에리뿐. 시에리는 오라버니들 몰래 따라나온 것이었다. 오라버니들한테 걸리면 죽을라구…….

나는 현재 뱃머리 위에 서서 바람을 맞는 중. 지금 이 모습을 보며 세희와 시에리는 나에게 홀딱 빠져 버렸으리라. 아~ 난 왜 이리 잘난 걸까?

"저기, 마듀라 씨."

보다 못한 시에리가 다가왔다. 그동안 마음속으로 품어왔던 나에 대한 속내를 털어놓으려는 것이리라.

'마듀라 씨, 저 마듀라 씨를 처음 본 순간부터 홀딱 반해 버렸어요.'

'죄송합니다, 시에리 양. 난 이미 임자가 있는 몸이에요. 옆에 세희가 눈에 불을 켜고 있는데 감히 양다리를 걸칠 순 없잖습니까?'

'아아~ 그치만 당신을 향한 이 마음을 어찌 접을 수 있겠나이까? 저는 이미 마듀라 씨에게 모든 것을 바쳤사와요. 부디 저를 가져주세요.'

크으! 그럼 난 어찌해야 하나? 세희는 조강지처(Manula)로 세우고 시에리는 첩(Bu—manula)으로 세워야 하나?

속으로 이런저런 고민을 하는데 시에리가 말했다.

"마듀라 씨, 세희와 사귄다는 게 정말인가요?"

크으! 결국엔 이 소리가 나오는구나. 사실 시에리의 말속에 내포되어 있는 뜻은 '세희하고 사귀지 말고 저렁 사귀어요' 인 것이다! 아~ 고민된다. 지금 여기서의 내 한마디가 한 소녀의 여린 가슴에 사시미 칼을 박느냐, 안 박느냐인 것이다.

하지만 나는 폭렙을 위해 동료까지 무참히 밟아(골렘으로)버렸던 잔혹한 냉혈마(冷血魔). 나는 그녀의 가슴에 칼을 박고야 말았다.

"네, 사귑니다."

푸욱―

"……."

가슴에 엄청난 충격이 전해진 듯 시에리가 고개를 떨구었다. 동시에 말이 끊기며 분위기가 어색하게 흘렀다.

그렇게 1분 정도? 이 어색한 분위기를 깬 사람은 시에리였다.

"…아, 정말 기대되네요. 간만에 이벤트에 나가보는 거거든요. 그것도 호위 NPC들 없이요. 옛날부터 오라버니들과 사냥터에 나가면 호위 NPC들에게 보호만 받고 앞서서 싸우지 못했거든요. 그래도 가끔가다 뒤에서 서포트하는 게 즐거웠었는데."

그랬나? 귀하게 자라셨나 보군. 그런데 어째 분위기가 더 어색해진 것 같다?

"저 정말 열심히 싸울 거예요! 이번 이벤트에서 최선을 다해 마듀라 씨를 서포트할 거예요!"

시에리의 뒷말은 대충 흘려들으며 나는 배 난간 저 너머로 시선을 돌렸다. 저 멀리 탑의 형상이 어슴푸레 보이는 것 같다. 도착인가? 무쟈게 높구만. 거의 스미시아 타워만하다.

저길 올라야 한단 말이지?

"……?!"

엇? 잠깐! 탑 주위에 저것들은 무엇이더냐? 나는 깜짝 놀라며 시에리에게 외쳤다.

"시에리 양, 배 주위에 뇌격계 바리어를 펼치세요!"

"알겠어요."

시에리가 배 주위에 뇌격계 바리어를 펼쳤다. 나는 아이템 창에서 망원경을 꺼낸 뒤 탑을 향해 시선을 집중했다.

흐아~ 저것 좀 보소. 탑 주위에 시커멓게 몰려 있는 와이번 떼들. 그것들을 바라보며 지금까지 아무 말 없던 세희가 나에게 물었다.

"듀라야, 이제 어떡할 거야? 와이번들을 뚫고 갈 거야?"

"물론!"

곧 와이번 떼들이 우리를 알아차리고 날아왔다. 날아오자마자 배 주위에 펼쳐진 시에리의 뇌격계 바리어에 타 죽었지만. 문득 타 죽는 와이번들의 모습을 보니 확장팩 전에 마룡 찾으러 드래곤 대륙에 갔을 때가 떠올랐다. 그때도 와이번들이 1초에 2~30마리씩 타 죽고 그랬었는데…….

어느새 꼭대기가 보이기 시작했다.

여기까지 올라오는 동안 얼마나 많은 고생을 했던가? 시에리 말이다. 바리어를 너무 오래 시전시키다 보니 캐릭터가 탈진해 버려 지금

선실 안에 누워 있는 중이었다. 로그아웃하고 나면 머리가 띵할걸? 날
서포트 하겠다는 꿈은 고이 접으실 수밖에 없겠군. 쯧쯧.

어쨌든 꼭대기에 다다랐을 무렵.

끼이이이이이이익!!

"아으으으~"

갑작스레 들려온 칠판에 손톱 긁는 소음에 나는 몸을 떨었다. 이건
피닉스의 울음소리인가? 탑 꼭대기에서 배가 멈춰 섰고 탑의 주인이
모습을 드러냈다. 오오옷! 역시 내 예상이 정확했어!

"피닉스로군."

50m짜리 초대형 짭새 피닉스. 생긴 건 마공왕 이벤트 때 봤던 네크
로 피닉스와 별반 다르지 않다. 다만 깃털 색깔이 흰색과 빨간색으로
이루어졌다는 것을 빼면.

─인간들, 나의 영역에 침범한 이유가 무엇인가?

피닉스가 우리를 바라보며 전음을 보냈다. 지금 그걸 질문이라고 하
는 거야?

나는 피닉스에게 크게 외쳤다.

"이 마듀라님께서 네 깃털을 접수하러 오셨도다!"

그러자 옆에 있던 세희가 깜짝 놀라며,

"듀라야, 저 피닉스 무지 세다고 들었는데 웬만하면 말로 해."

뭣 하러 미래 지식인처럼 말로 해결하려는가? 무조건 행동! 말보단
무력이 한 수 빠르지!

피닉스가 다시 전음을 보내왔다.

─내 깃털을 갖고 싶다면 직접 뺏어라.

"그러지 말고 한 장만 바쳐라."

─인간 유저 주제에 건방지구나!

피닉스가 날개를 펼쳐 비상했다. 날개를 펼치니까 길이가 100m는 되어 보이는 게… 덩치만 큰 놈이군.

나는 입고 있던 코트를 벗어 던진 뒤 기고만장하게 외쳤다.

"좋아! 맞짱 떠보자고! 실리, 너는 배를 지켜."

"알았어. 조심해, 듀라야!"

"걱정 마! 소환주의 명을 따라 나타나라, 영검 베도밀!"

베도밀을 소환한 나는 이어서 점프 마법 스킬을 발동하여 배 난간에서 도약했다. 그렇게 피닉스의 머리 위까지 뛰어오른 나는 베도밀을 휘둘러 피닉스의 머리를 내려쳤다.

하지만 징에 짱돌 부딪치는 요란한 소리만이 울리며 베도밀이 그냥 튕겨져 나오는 것이 아닌가?

"뭐야, 이 새대가린?"

머리에 짱돌을 박아놨나?

구오오오오오오오!!

다시금 피닉스에게 공격을 가하려는데 동굴 구멍에 바람 새어 나가는 비슷한 음과 함께 피닉스가 입을… 정확히는 부리를 벌려 브레스를 발사했다. 새 입에서 브레스가 나오는 광경은 처음 본다.

나는 황급히 비행 마법을 시동하며 브레스를 피해낸 뒤 다시 한 번 피닉스에게 달려들었다.

"야, 이 짭새야! 빨리 깃털 내놓고 사라져라! 응?"

─뭐? 짭새? 나는 새들의 왕 피닉스다! 짭새 따위가 아냐!

"그래, 왕인 거 인정할 테니까 깃털이나 내놔!"

─그냥은 못 줘!

아, 정말 쌍소리 나오게 하네. 베도밀로는 정신 못 차리겠다. 그럼 이거면 정신 차리려나?

"소환주의 명을 따라 나타나라, 마갑 알트레탈리!"

알트레탈리를 소환한 나는 검광진 열다섯 개를 띄워 하나로 겹친 뒤 무형참황검을 빼냈다. 마공왕도 한 수 접었던 필살의 절정 스킬!

"먹고 떨어져랏!"

한 번의 일격으로 피닉스의 오른쪽 날개가 주욱— 찢겼다. 다시 한 번 플라이 마법을 시동해 공중에서 방향을 바꾼 난 다시금 녀석의 왼쪽 날개를 찢었다.

추락하려는 몸체를 가까스로 띄우며 피닉스가 욕지거릴 날렸다.

―크윽! 젠장!

"지금이라도 곤히 깃털을 내놓으시지! 하지만 이젠 내놔도 살려주지 않아."

―흥이다!

후후! 좋아! 어디, 언제까지 부리를 세우나 보자! 예상컨대 넌 10초 도 못 버텨!

1초, 2초…….

녀석의 왼쪽 다리를 잘라낸 나는 이어서,

3초, 4초, 5초…….

녀석의 머리를 면도해 주었다. 대머리 독수리가 된 듯 녀석의 머리 깃털이 모두 잘려 나간 데 연이어,

6초, 7초, 8초, 9초…….

드디어 녀석의 급소에 칼을 박은 나는 서서히 추락하는 피닉스를 마 법으로 띄웠다. 거봐, 10초도 못 버티지? 한낱 이벤트 용으로 만들어진

짭새 주제에 감히 나한테 개겨?

나는 녀석의 몸에서 깃털 몇 장을 뚝— 뜯어낸 뒤 속박했던 마법을 풀었다.

이로써 피닉스 타워 공략 완료였다. 추락하는 피닉스는 뭐, 와이번들의 밥이나 되겠지.

*   *   *

그분이 우리 길드에서 일주일간을 머물렀다. 그동안 나와 그는 많은 대화를 주고받았다. 비록 그가 나와 함께한 시간보다 세희와 함께한 시간이 더 많았지만 그분과 대화를 나눌수록 그에게 빨려 들어간다는 건 부정할 수 없었다.

이제 생각해 보니 후회가 밀려왔다. 내가 그때 마듀라 씨를 세희에게, 세희에게 마듀라 씨를 소개시키지 않았으면 지금 이렇게 가슴이 아프지는 않았을 텐데.

내가 언제부터 이렇게 나빠진 걸까? 친구하고 그의 사이가 갈라지기를 원하다니.

"…그렇게 해서 카도라스 운영진의 이벤트는 하나로 통합… 주절주절, 재잘재잘……."

저우 오라버니가 하시는 말씀은 대충 아는 내용들이라 한 귀로 흘려 버렸다. 나뿐만은 아니었는지 로엔 오라버니와 마듀라 씨, 세희도 하품만 연발하고 있었다. 저우 오라버니의 말이 거의 다 끝나갈 때쯤이었다.

"내일 실리랑 떠날 생각입니다."

그분이 떠난다고 하셨다, 세희와 함께…….

그러자 주위가 조용해졌다. 나도 아무 말도 할 수 없었다.

"좀 더 있다 가지. 아쉽군."

"언제까지 여기에 머무를 수만은 없잖아요."

언제까지 있어도 좋은데… 비록 바라볼 수밖에 없지만 그래도…….

설마 벌써 여기가 싫어지신 건가요?

나는 용기를 내어 그에게 말했다.

"그냥 이곳에 계셔주시면 안 돼요?"

"여행 중이었는데 실리 찾으러 잠시 들른 것뿐이야. 이곳저곳 더 돌아다녀야지. 언제 다시 만날 수 있을 거야, 게임을 접지 않는 이상."

다시 만날 수 있겠지만… 그렇지만…….

"그럼 내일 뵙겠습니다. 저는 이만 들어가 봐야겠군요. 실리, 연락할게."

"응, 듀라야. 시에리도 내일 학교에서 보자. 그럼 모두 안녕히 계세요."

"그래, 내일 보도록 하지."

"……."

마듀라 씨와 세희가 사라진 자리.

"후우~ 아쉽군. 좋은 친구들이었는데. 마듀라도 그렇고 실리 양도 그렇고. 길드에 포섭하긴 글렀군."

저우 오라버니께서 안타까운 한숨을 내쉬셨다. 자리에 있는 이들 모두 그랬다. 나 또한… 괜히 눈가가 시큰해졌다.

"흑, 흐윽!"

"시, 시에리, 우는 거야? 괜찮아?"

"전 괜찮아요. 흑!"

난 무작정 응접실을 뛰쳐나왔다. 우는 모습을 오라버니들에게 보이고 싶지 않았다.

정말 바보 같아. 내가 왜 우는 거야?

*　　　　*　　　　*

다음날.

막강 2호기에 올라 광신저우 씨와 자이로엔 씨, 겐베로 씨에게 작별 인사를 하는 중이었다.

"그간 실례했습니다."

"무슨 소리. 다음에 또 놀러 와라!"

"잘 가라."

작별 인사를 나누는데 시에리가 보이지 않았다. 아직 학교 안 끝났나?

세희에게 물었다.

"세희야, 시에리는?"

"응? 모르겠어. 오늘 학교에도 안 나왔는데."

그럼 무슨 일 있나? 좀 아쉽네. 시에리한텐 신세 많이 졌었는데.

나는 생각없이 아이템 창을 열어보았다. 아이템 창엔 별거없었다.

일반 포션 2천 병, 마나 포션 2천 병, 3대륙 대전 대회 때 받은 엑스 로시버, 미아 찾기 이벤트 때 받은 염원의 꽃, 피닉스 타워에서 피닉스 한테 뜯은 깃털, 망원경, 지도. 이게 전부다. 마스터 레벨의 아이템 창이라고 하기엔 너무도 초라한 꼬라지다.

"그럼 출발해 볼까?"

나는 조종석으로 가 배를 출발시켰다. 다음 목적지는 키탄 대륙의 유니콘 타워다.

키탄 대륙.

일본 유저들의 시작 장소다. 모양은 전에 설명했다시피 알파벳 E를 엎어놓은 걸로 생각하면 된다. 우리가 향한 곳은 키탄 대륙의 키레아. 아티스트의 도시. 가니아 대륙에 묘리코 정도로 생각하면 쉽다.

"와~ 멋진 공예품들이 많네?"

세희가 거리를 둘러보며 감탄사를 내뱉었다. 거리는 온갖 장신구들 천지였다. 실용성없게 생겼는데 값이 꽤 나가 보인다. 저런 거 사는 사람이 누가 있을까?

우리들은 그 거리를 지나쳐 정보 길드에 들어섰다.

"안녕하십니까? 어떤 정보를 원하십니까?"

정보 길드 내부에 들어서자 여성 직원 NPC가 다가왔다. 정보 길드는 초보 유저들의 길잡이를 위해 정보를 주는 곳이다. 그동안 언급을 안 했을 뿐인데 어느 도시에나 하나씩 있다.

직원 NPC에게 말했다.

"유니콘 타워 이벤트에 대한 정보를 구합니다. 그에 관해서라면 전부 다요."

"유니콘 타워 말씀이십니까? 여기서 잠시만 기다려 주시기 바랍니다."

직원 NPC는 그렇게 말하곤 관계자 외 출입 금지가 붙은 방으로 휑하니 사라졌다.

그녀가 사라지자마자 세희가 물었다.

"유니콘 타워도 정복하려고?"

"당근이지! 카도라스 최고의 무기가 만들어진대잖아. 여느 판타지 소설에도 주인공이 그런 무기 하나씩은 다 있어."

"……."

잠시 말이 없던 세희가 다시 물었다.

"그런데 유니콘은 전설 속의 동물 아니야? 그… 뿔 달린 말."

"알고 있네. 바로. 그거야."

"그런데 게임에 왜 전설 속 동물을 넣는 거지?"

그 이유를 최준 형한테 물어보니까 몬스터를 새삼스럽게 상상해서 만드는 것보다 일반적으로 알려진 상상 속의 동물을 모델로 하는 게 더 친밀감… 어쩌구 하는 이유로 썼다고 한다. 제작비도 줄일 수 있다고 하고.

위의 이유를 세희에게 설명하자 그녀가 고개를 크게 끄덕였다.

"그럼 오크나 오우거도 전설 속 동물이야?"

"어, 그렇지. 어디어디에 사는 사람들이 지어낸 전설 속 동물이라는데 오크나 오우거는 떼를 지어 다니며 사람을 잡아먹는 귀신이었대."

"에헤~ 신기하네?"

나도 최준 형한테서 들은 거다. 물론 사실 가능성 —99%이므로 신경 쓰지 말자.

그때 관계자 외 출입 금지 문이 열리며 아까 그 여성 직원 NPC가 나왔다.

그녀가 손에 들린 종이 뭉치를 넘겨주며,

"이것이 유니콘 타워에 대한 모든 정보입니다. 정보료는 30골드 되겠습니다."

"여기요."

그에게 정보료를 지불하고 정보 길드를 나섰다. 그리고 정보 길드 문 앞에서 서류 뭉치를 뜯어 내용물을 확인해 보았다.

그것엔 탑 어느 위치에 어떤 몬스터가 나타나는지까지 세세하게 적혀 있었다.

하지만 무작정 탑으로 올라가는 건 말이 안 된다. 이번에도 날아갈 생각이다. 보니까 탑 주위에 그리폰들이 상당수 있다는데. 뭐, 와이번이나 그리폰이나 그게 그거지.

키레아에서 유니콘 타워까지는 막강이를 최고 속도로 놓고 1시간 거리였다.

바람 때문에 머리가 헝클어져 배는 자동 조종을 시켜놓고 선실 안으로 들어가 있었다. 자동 조종시켜 놓고 있으면 앞에 장애물이 있어도 배가 알아서 피하더라.

1시간 후, 타워가 보였다.

정보 길드에서 받은 유니콘 타워에 대한 정보를 보자 높이 8천 5백 미터에 125층이란다. 타워 안 몬스터로는 팬텀. 타워 밖 몬스터로는 그리폰. 역시 유령 따위보다는 그리폰이 낫지. 세희는 프리스트인데 언데드 몬스터는 질색을 하니까.

"내가 그리폰들을 격추시킬게. 실리는 배 주위에 뇌격계 바리어를 펼쳐."

"알았어."

곧바로 실행에 들어간 후 30분 뒤,

꽤 타워에 올랐는지 그리폰들도 더 이상 보이지 않게 되었을 때였다.

그리폰들을 상대하느라 둘 다 약간 지쳤지만 그런대로 괜찮은 것 같았다. 배도 멀쩡하고… 이제 유니콘한테 뿔만 뜯으면 되는 건데… 보고서에 따르면 유니콘 진짜 짱급으로 세단다. 지가 세봐야 마공왕보다 세겠느냐마는.

속으로 유니콘 공략을 짜던 중 꼭대기에서 괴음이 울려 퍼졌다.

쿠우우우우!

"유니콘 소리 같은데?"

유니콘이 사는 곳이니까 유니콘이 있겠고 유니콘이 내는 소리겠지. 당연한 진리 법칙을 세희는 입 아프게 두 번 말한다.

나는 꼭대기 위에서 배를 멈췄다. 탑 꼭대기에 커다란 말이 한 필 보였다. 날개하고 뿔 달린 100m짜리 하얀 백마.

녀석이 우리들을 바라보며 전음을 날렸다.

―인간들, 나의 영토에 침범한 이유가 무엇인가?

하하! 알면서~

"고이 뿔을 바쳐라."

―…….

나의 단도직입적인 말투에 감동 먹었는지 유니콘이 잠시 패닉에 빠졌다. 하지만 곧 프로그램대로 대답했다.

―내 뿔을 갖고 싶다면 직접 뺏어라.

전에 만났던 피닉스와 같이 프로그램되었나? 대사가 깃털에서 뿔로 바뀐 것뿐이군.

그럼 타협 끝이다!

나는 입고 있던 코트를 벗어… 역시 다시 입으려면 귀차니즘이 발동할 테니 그냥 입고 싸우기로 했다.

"실리, 뒤를 서포트해 줘."

"알았어!"

"그럼 말 사냥 시작이다!"

쿠오오오오오!

유니콘이 먼저 선빵을 날렸다. 세상 참 많이 좋아졌지. 이젠 말의 입에서도 브레스가 나오는 세상이다. 세상 말세로세~

어쨌든 세희가 배에 바리어를 형성시켜 유니콘의 브레스를 막아냈다. 그 틈에 나는 소더러 스킬을 발동시켰다.

"만류기격화방성!"

나의 공격을 풀쩍 피해낸 녀석이 공중으로 높이 솟구쳐 올랐다. 피했단 말이지? 나는 연이어 스킬을 쏘았다.

"광살참!"

검광진 8구에서 뿜어져 나가는 수많은 빛의 창들이 유니콘을 덮치며 나아갔고 유니콘은 공중을 이리저리 피해 다니며 나에게 날아왔다. 실로 바람 같은 빠르기!

어느새 내 앞까지 날아온 유니콘이 그 거대한 뿔을 나에게 찍자마자 나는 반사적으로 손을 들어 올리며 외쳤다.

"소광신화무!"

아슬아슬한 차이로 유니콘의 뿔이 나의 검기막에 가로막혀 버렸다.

흐아~ 하마터면 배에 뿔 박힐 뻔했다.

―꽤 하는군.

"너야말로."

유니콘과 간단한 말을 주고받은 후 녀석이 뿔을 치우고 입을 벌려 브레스를 발사했다. 참고로 녀석의 위치는 내 3m 앞. 이렇게 가까운 거리라니!

나는 반사적으로 양팔로 얼굴을 감쌌다.

"바리어!"

순간, 게임 오버까지 각오하며 운에 맡기려는데 세희의 바리어가 내 앞에 씌워졌다. 세희의 바리어 덕분에 나는 유니콘의 브레스에서 무사할 수 있었고, 그것은 나에게 역습 기회를 주는 것이었다.

유니콘의 브레스가 그치자마자 나는 근사한 스킬을 녀석에게 선사했다.

"검폭소멸신!"

쏘아 보낸 검기 구체는 유니콘의 몸에 명중해 터져 버렸고 유니콘은 비명을 지르며 저만치 나가떨어져 탑에 고꾸라 박혔다.

"후유~"

일단 숨부터 쉬고 보자. 10초도 안 되는 짧은 순간이었지만 정신없이 싸우다 보니 캐릭터가 벌써 지쳐 버렸다. 슬쩍 뒤를 돌아 세희 쪽을 바라보자 그녀는 밝게 웃으며 엄지손가락을 세워 보였다.

나는 그녀에게 마주 엄지손가락을 세워 보인 뒤 유니콘에게로 날아갔다.

그렇게 30분 동안의 사투 끝에 드디어 녀석을 궁지로 몰아넣는 데 성공했다. 나는 뒤에서 세희의 피로 회복 마법을 몇 번이나 받아서 전혀 피로하지 않았지만 유니콘은 상당히 지친 기색이었다.

나하고 세희 콤비를 누가 막아?

"어이~ 유니콘. 조용히 뿔을 상납하시지."

―흥이다!

개겨도 꼭 피닉스처럼 개긴다. 그러다 두 대 맞을 거 한 대 더 맞고, 보너스로 또 맞고, 덤으로 또 맞고, 팁으로 또 맞지. 꼴에 자존심은 있어 가지고…….

나는 왼손을 뻗어 아래로 획― 그었다. 녀석이 자리를 피하려 했지만 내가 더 빨랐다. 나의 검기 공격이 녀석의 뿔을 먼저 잘라 버린 것이다.

녀석의 뿔을 가볍게 잘라낸 나는 바람 마법을 이용해 떨어지는 뿔을 낚아챘다. 뿔 한번 진짜 크다. 뿔 하나가 배 갑판 반의 반을 차지할 정도니까.

뿔이 잘린 유니콘이 절규하듯 외쳤다.

―크으어어어! 이게 내 뿔을 가져가? 당장 내놓지 못해? 내 자존심인 뿔을 잘라내다니!

"그럼 즐~"

―여기서 살아 돌아갈 생각은 하덜덜 말아라!

저런 말대가리 녀석. 유니콘은 뿔이 없으면 반쪽짜리 말 새끼에 불과하다는 걸 모르나? 그 꼴로 날 이기는 건 무리라고. 뭐, 뿔이 있어도 내 상대가 될 리 없지만.

유니콘이 홧김에 브레스를 발사했다. 하지만 세희의 바리어에 막혔고, 나는 오른손에 검기를 모은 뒤 그것을 유니콘에게 날렸다. 검기는 유니콘의 앞에서 터져 버렸고 유니콘은 지상으로 추락했다. 피닉스의 최후와 거의 복사판인 유니콘의 허무맹랑한 최후였다.

제6장 고스티스터 삼총사

터릿 대륙 피닉스 타워에서 피닉스의 깃털을 얻고 키탄 대륙 유니콘 타워에서 유니콘의 뿔을 얻었다. 이제 가니아 대륙 스파이더 타워에서 거미의 실을 얻어야 하는데… 여기서 문제가 발생했다.

스파이더 타워.

여기서 스파이더 타워의 보스는 스파이더맨이 아니라, 스파이더걸도 아니라 그냥 스파이더다. 순 우리말로 거미라 부른다. 다리 여덟 개에 눈 여덟 개 달린…….

피닉스 타워에 피닉스도 몸 길이가 50m였고 유니콘 타워에 유니콘도 몸 길이가 100m는 되었으니 스파이더 타워의 거미도 몸 길이가 50~100m 되지 않으리란 보장은 없다.

쌍할! 100m짜리 초대형 거미란다. 게다가 타란튤라 종이면 말할 것도 없다.

"난 거미 싫어. 예전에 잠자는 동안 거미가 내 팔을 기어간 적이 있었거든. 그때 얼마나 소름이 끼쳤는데. 그때 심장 마비로 죽는 줄 알았어."

"걱정 마. 나도 거미 싫어."

아무래도 스파이더 타워 오르는 건 보류해야겠다.

다음날 학교.

내일 겨울 방학을 한다. 고로, 오늘까지 수업에 들어간다. 겨울 방학 계획은 역시 놀고, 먹고, 게임하고… 곧 폐인 모드에 들어서게 되는군.

막 교실에 들어서는데 복도에서 누군가와 마주쳤다. 카이데스, 본명 강태민이었다.

"네가 웬일이냐?"

"당연히 할 말이 있어서 왔지."

"그럼 용건만 말하고 사라져."

"…안 그래도 그럴 생각이었다. 내가 어제 키탄 대륙엘 갔다 왔었거든. 거기서 요상한 놈들과 마주쳤는데 녀석들이 널 알고 있더라구. 너도 그놈들을 알고 있나 해서 말이지."

바보 아냐? 내 명성은 이미 하늘이 알고 땅이 알고 모든 여자들이 알고 있다고. 카도라스 하는 사람들 중에 내 이름 모르는 사람이 어딨냐?

강태민이 신문을 펼쳐 나에게 보여주었다. 일본판 카도라스 타임즈였다. 꼬부랑 히라가나와 가타카나가 난무하고 한자들이 군데군데 꼽사리 껴 있는…….

"너, 일본어 좀 안다고 재는 거야? 그래! 나 일본어 모른다! 니 잘났수!"

"야, 누가 일본어 모른다고 놀려댔냐? 여기 말이야, 이 사진. 내가
어제 봤던 놈들이 이놈들이야. 알아?"

"……?"

강태민이 타임즈에 찍힌 사진을 손가락으로 가리키며 물었다. 웬 남
자 한 명과 여자 두 명의 사진이었다. 남자나 여자나 대충 못생긴 축에
속하는 건 아니지만 특별히 잘생긴 축에 속하는 것도 아니다.

"얘들이 누군데 그래?"

"역시 모르는 모양이군. 얘들이 일본에서 한창 떠들어대는 녀석들이
야. 일본의 마스터들이지."

일본의 마스터? 일본의 마스터라면 내가 전에 다 PK한 걸로 아는데?
지금은 일본의 마스터들이 하나도 없다고… 설마, 그동안 알려지지 않
은 녀석들인가?

"일본의 17대 길드 간부들을 모조리 아웃시킨 놈들이지. 직업도 현
재에 알려지지 않은 클래스. 사람들은 고스티스터라고 부르대?"

"고스티스터?"

"응. 자세한 건 나도 잘 몰라. 그리고 녀석들이 왜 길드의 간부들을
게임 오버시키는지도 모르고. 어제 놈들과 잠깐 마주쳤었는데 녀석들
이 날 포함한 너와 길원들을 카도라스에 발 못 붙이게 한댔어."

허허! 짜식들이 간땡이가 붓다 못해 터진 놈들이군. 감히 날 협박해?

"곧 녀석들이 가니아 대륙으로 넘어올 거야. 녀석들이 그랬거든."

"넌 그걸 믿냐? 허풍일 수도 있잖아."

"글쎄, 허풍일 수도 있지. 하지만 조심해서 나쁠 거 없잖아? 그리고
그 녀석들 실력이 정말 장난 아니야."

"태민아, 뭐 해?"

그때 누군가가 태민의 이름을 불렀다. 여학생이었는데 생긴 건 미소녀 소리 들을 만하게 생긴 것 정도? 그런데 스타일이 진짜 촌스럽다. 머리 모양부터 시작해 옷차림까지… 세상에 교복에 학교 뺏지 달고 이름표 단 학생은 처음 본다. 학교 선도부장들도 보통은 빼고 다니는데.

"어, 유리야. 간다~"

그녀에게 불린 태민이 좋아라 웃으며 쫄래쫄래 반으로 사라져 갔다. 쟤는 저런 스타일 취향인가? 난 암만 봐도 세희가 젤 예뻐 보이는데.

때맞춰 핸드폰 벨 소리가 울렸다. 세희한테서 온 연락이었다.

오늘도 세희와 신나게 채팅을 하여봅시다. 이제 핸드폰으로 문자 쓰는 속도가 8백 타는 나올 것 같다.

*　　　*　　　*

"이곳인가? 가니아 대륙 이라스가?"

"맞아. 유저들의 수준이 가장 높다는 한국 대륙."

"흐음~ 다들 구질구질해 보이는데?"

한 여성이 길거리를 지나다니는 유저들을 보며 숙덕였다. 그녀의 뒤로 신장이 2m는 넘어 보이는 거구의 사내가 굵직한 목소리로 입을 열었다.

"한국 유저들 중에서 가장 인지도가 높은 길드가 세 곳이랬나?"

그의 말을 붉은 머리 여성이 받았다.

"응. 불사파 길드, 무한척살 길드, 막강 길드. 확장팩 전에 연합 길드라고 있었는데 막강 길드한테 무너졌대. 막강 길드는 한국의 4대 마스터들이 이끄는 길드야. 익히 알고 있지? 3대륙 대전 대회 때 봤던……."

"그럼 내가 막강 길드로 가겠다. 시작하지."

"라져!"

"수고!"

두 명의 그녀들이 동시에 외치자 세 명의 인영들은 그 자리에서 사라졌다.

*   *   *

"다녀왔습니다."

"오빠."

학교를 마치고 돌아왔는데 희은이가 외출용 드레스 복장을 하고 현관 앞에 서 있는 것을 볼 수 있었다. 뭐지? 왜 저러고 있다냐?

"어디 가냐?"

"응, 오늘 떠나잖아. 마지막 인사하려구."

허어! 떠난단 말인가? 희은이를 우리 집에 맡긴 날이 지난 해 10월 초. 지금이 2035년(어느새 새해가 밝았다) 1월 3일이다. 우와! 내가 석 달 동안 희은이를 키웠단 말인가? 나조차도 대견스럽다! 언제 가나~ 언제 가나~ 벼르던 중이었는데.

"그래, 잘 가라. 그동안 널 인간으로 만들지 못했다는 게 너무나 아쉽구나."

"오빠, 이거 받아."

"……?"

나는 희은이가 내준 조그만 종이쪽지를 받았다. 그곳엔 삐뚤빼뚤 제대로 알아보기 힘든 숫자가 적혀 있었다. 이, 이건 최첨단 악필? 이걸 희은이가 썼단 말인가?

"그거 우리 집 전화번호야. 혹시라도 내가 그리우면 전화하라구."

…어이가 없어라. 당근 먹기 싫다고 지X을 해대던 꼬맹이가… PX 게임기를 짜부러뜨려 박살을 내버린 꼬맹이가… 꼬맹이 주제에 꼬맹이가 아니라고 우겨대던 꼬맹이가… 내가 뭐가 좋다고 그리워한단 말인가?

"그럴 일은 없을 거네요. 가려면 빨리 가! 골칫덩이가 사라진다니까 후련하구나!"

"칫! 나 갈끄야! 끝까지 매노도 없어!"

"빨랑 사라져라! 사라져! 와아! 자유다! 해방이야!"

이번 겨울 방학은 맘 편히 지낼 수 있겠다.

희은이를 기분 좋게 떠나보내고 방에 들어서자마자 컴퓨터를 켜고 CD를 돌렸다. 전에 아버지께서 주신 그거다. 이제 CD 해독 90%까지 완료했다. 하루에 3시간씩 꼬박 했으면 지금쯤 다 해독했을 텐데, 나의 게으르즘과 귀차니즘은 그것을 용납치 않았다.

막 CD 해독을 시작하려는 찰나에……

삐리리리리― 삐리리리리―

전화벨이 울렸다. 바쁜데 뭐야?

"여보세요?"

「신성이냐? 나다, 용태! 지금 당장 이라스 동쪽 퍼브로 나와! 어떤 미친놈이 길원 패 죽이고 난리났어!」

"뭔 소리야?"

「빨랑 와!」

뚜우— 뚜우—

"어, 어이~ 여보셩. 헤이~ 단세포!"

끊어버렸잖아. 이거… 게임에 접속해야 하나? 말아야 하나?

게임에 접속한 나는 이라스 동쪽 퍼브로 향했다. 퍼브 앞에서 유저들이 우왕좌왕하는 모습이 보였다. 수많은 인파들을 헤치고 퍼브 안으로 들어서자 보이는 것은 창이란 창은 모조리 깨져 나간 동쪽 퍼브의 모습이었다. 우와~ 깡 세다! 운영자한테 걸리면 죽었네!

어디선가 용태가 날 알아보곤 외쳤다.

"어이! 마듀라. 여기다!"

"용태, 무슨 일이냐?"

"웬 미친놈이 쳐들어왔어! 시린터하고 카이데스가 길원들 데리고 뒷간으로 쫓아갔어!"

"뒷간?"

"남광장 공원 말야!"

한발 늦었군. 뛰어가면 늦을 테니 텔레포트하자!

*　　　*　　　*

"으아악!"

"까아앗!"

길원들의 비명 소리가 울려 퍼지는 가운데…….

"막강 길드라더니만 겨우 이 정도냐?"

　2m가 넘는 거한의 사내가 공원 가로수 위에 나타나며 중얼거렸다. 나는 즉시 즈루커에 검기를 담아 가로수를 내려쳤다. 가로수는 세로로 갈려 나가며 양 옆으로 쓰러졌고 가로수에서 훌쩍 뛰어넘은 녀석은 안개가 되어 공기 중으로 사라졌다.

　나는 욕지거리를 날릴 수밖에 없었다.

　“젠장! 뭐가 이 따구야?”

　안개가 길원들을 스치고 지나가자 길원들은 땅바닥에 고꾸라 박히며 게임 오버되어버리고 만다. 안개를 향해 아무리 검을 휘두른다 해도 소용없었다. 무조건 안개가 다가오는 대로 피해야 하는 것이다.

　“허억! 헉! 시린터, 괜찮냐?”

　“안 괜찮아.”

　카이데스와 등을 맞대고 간단한 문답을 주고받은 나는 안개가 다가오는 즉시 몸을 굴렀다. 카이데스는 있는 힘껏 지 여자 친구를 지키고 있다. 이 상황에서 여자 친구가 눈에 들어오는지…….

　“엘라! 더 이상 못 버텨. 로그아웃해!”

　“그, 그치만 너도 위험하잖아!”

　카이데스와 엘라 양의 앞으로 안개가 뭉쳐들더니 순식간에 사람의 형상을 만들었다. 위험해!

　“까악!”

　거한의 사내에게 목을 붙잡힌 카이데스와 엘라 양은 땅바닥에 내동댕이쳐졌고, 엘라 양은 그 자리에서 게임 오버, 카이데스는 아직 숨이 붙어 있었다.

　“크윽!”

　퍼억—

카이데스의 안면으로 발길질이 처박히며 카이데스는 코와 입에서 다량의 피를 흘리며 저만치 굴렀다. 나는 거한의 사내에게 달려들어 검을 휘둘렀다.

그치만 나의 공격은 안개만을 베고 지나갔고, 그 안개 속에서 다리가 튀어나와 나의 안면을 가격했다. 고개가 뒤로 젖혀진 나는 땅바닥에 고꾸라져 신음만을 토했다.

몸을 일으키려는데 녀석이 내 머리를 발로 밟았다.

"네가 부마스터라고 했나?"

"으으… 큭!"

"마스터 마듀라와 에실리스는 어딨나?"

"고, 곧 올 거다! 너 마듀라 씨 오면 죽었어! 썅!"

빌어먹을! 이미지 다 망가졌다. 한국 4대 마스터라는 작자가 이런 개꼴이라니…….

그때였다, 하늘 저편으로부터 불덩어리가 날아온 것은. 지름이 2m 정도 되는 그것은 거한의 사내 앞에 떨어졌다. 그리고 불덩이가 사라지며 한 여성이 모습을 드러냈다.

불덩이에서 나타난 여자는 붉은 머리카락의 15~6세 여성이었다.

"호호! 다 끝냈어? 척살 길드 손봐주고 오는 길인데. 어머! 얘가 그 소드 마스터 시린터?"

한패거리인가? 그녀가 나에게 힐끔 시선을 주더니 혀를 찼다.

"너도 오늘로써 마스터 인생은 끝이로구나. 쯧쯧."

"크으."

당장 일어서서 저것의 혀를 뽑아주고 싶었지만 몸이 말을 듣지 않았다. 이대로 로그아웃하면 좋겠지만 어이없게도 로그아웃이 불가능했다. 빨리 마듀라 씨가 와야 할 텐데!

"이게 무슨 짓거리들이냐?"

호랑이도 제 말하면 온다 했더라… 으으흑! 마듀라 씨.

나는 최대한 불쌍한 표정과 포즈로 그에게 외쳤다.

"마듀라 씨! 엉엉! 살려주세요! 어흐흑! 지금 길원들 완전 개꼴났어요. 으흐흑!"

＊　　　＊　　　＊

텔레포트하자 보이는 것은 이곳저곳에 널브러져 있는 길원들과 저 멀리 보이는 거구의 남자, 그리고 조그만 여자였다. 그들의 발 밑에 채여 개꼴나 있는 시린터 녀석은 제대로 보이지 않았다.

나는 그들에게 외쳤다.

"이게 무슨 짓거리들이냐?"

모두의 시선이 나에게로 쏠리는데, 시린터가 그 퉁퉁 부운 얼굴로 나에게 외쳤다.

"마듀라 씨! 엉엉! 살려주세요! 어흐흑! 지금 길원들 완전 개꼴났어요. 으흐흑!"

…사내자식이 개꼴난 채로 우는 거 보니까 재수 털린다.

"울면 안 돼~ 울면 안 돼~ 마듀라 형아는 우는 아이에게~ 게임 오벌 선사하신대~"

"……."

나의 표정과 율동과 안무가 얼마나 극강 예술의 경지에 이르렀으면 저들이 저렇게 굳어버릴까? 나는 그들에게 당당히 외쳤다.

"감히 누가 우리 애들을 건드려? 앙? 네놈들이 진정 내 손에 죽고 싶은 게냐?"

그러자 자그마한 체구의 여자가 나에게 이를 갈았다.

"마듀라, 널 찾고 있었다. 일본의 마스터들을 모조리 싹쓸이한 녀석! 감히 우리 오빠를 건드렸단 말인지? 너 때문에 우리 오빠는 고개도 못 들고 다녀! 알아?"

…그댄 누구신데 오빠타령?

내가 모르겠단 표정을 짓자 그녀가 발끈 외쳤다.

"카이토! 우리 오빠의 닉네임이다!"

아~ 카이토! 그 자식 이름을 내 어찌 잊을 수 있으리요? 3대륙 대전 대회 때 그 수많은 인파들 사이에서 세희를 성희롱하고 엄청난 쪽을 주었던 빌어먹을 짭새?

"니가 걔 동생이냐? 어우~ 너도 남자들 성추행하고 다니냐?"

"뭐어? 이씽~!"

"기다려라. 녀석의 상대는 나다."

흥분하는 여성의 앞으로 거구의 사내가 손짓으로 그녀를 막았다. 그 거구는 정말 키가 컸다. 장난 아니게 크다. 터릿 대륙에서 봤던 광신저우 씨보다 더 크다. 뭘 먹어서 저리도 키가 클까?

"우리의 소개부터 하지. 우리는 고스티스터 삼총사. 키탄 대륙에선 그렇게 불린다."

고스티스터 삼총사? 고스티스터라면 강태민이 오늘 아침에 보여줬던 신문에… 그러고 보니 사진에서 봤던 녀석들과 인상착의가 비슷하다. 아니, 똑같다!

"……!"

녀석들의 정체 파악 중 갑자기 거구 사내의 몸이 사라졌다. 대신 희뿌연 안개가 그 자리에 자욱하게 깔렸다. 이게 뭐지?

"마뉴라 씨, 조심하십쇼! 안개가 녀석의 정체입니다!"

안개?

안개가 내 주위로 빠르게 퍼졌다. 일반적인 안개라곤 생각할 수 없을 정도로 말이다. 마치 안개가 살아 있는 듯?!

나는 본능적으로 위험을 느꼈다.

"소광신화무!"

검기를 뻗어 막을 형성시키자 내 주위에 몰려 있던 안개가 옆으로 퍼졌다.

"이게 고스티스터 클래스의 능력이냐? 신기한 스킬이다만 어디, 나한테도 먹히나 한번 보자!"

내가 도발적으로 외치자 안개 상태였던 녀석이 본래의 형태를 갖추었다. 그리곤 손바닥을 펼쳐 땅바닥에 대고 있길 10초. 녀석의 몸이 다시 안개가 되어 땅바닥으로 빨려 들어갔다. 이어서 내 눈앞의 시야가 흐릿해졌다. 이건?

"안개?"

슈우우우— 퍼억!

안개 속에서 주먹이 뻗어 나와 나의 턱을 가격하고 사라졌다. 땅속을 뚫고 검기막 안으로 들어오다니. 제법 머릴 쓸 줄 아는 놈이구나! 일본의 17대 길드를 쳐부쉈다는 게 허풍은 아니었어.

"치잇!"

안개에서 두어 걸음 떨어진 나는 손을 그어 검기를 쏘았다. 하지만 나의 검기는 안개 사이를 아무 장애 없이 뚫고 지나가기만 할 뿐, 칼로

물 베기였다. 안개 속에서 부채질하면 안개가 사라지냐? 어쩔 수 없이 안개를 피하는데,

슈우우우—

녀석이 본체로 돌아왔다. 나는 그 틈을 타서 녀석에게 다시 검기를 쏘아 보냈다. 하지만 녀석은 안개로 변하지 않고 몸을 피했다. 안개로 변해서 피한다면 나에게 공격해 올 기회가 더 충분할 텐데?

"……?"

본체로 돌아오고 10초 후쯤 녀석이 다시 안개로 돌아갔다. 이제야 알겠군, 녀석의 약점을. 역시 이 천재적인 전투 레이더에 안 걸리는 녀석은 없다니까. 나는 일단 쎄 빠지게 안개를 피해 다녔다. 녀석이 본체로 돌아올 땐 30초 후.

예상대로 30초 후에 녀석이 다시 본체로 돌아왔다. 이게 바로 녀석의 약점인 것이다. 본체에서 안개로 변신하는 데 10초. 그리고 안개로 활동할 수 있는 시간은 고작 30초!

"소환주의 명을 따라 나타나라, 영검 베도밀!"

베도밀을 소환한 나는 녀석에게 검을 겨누며 달려들었다.

"네 약점은 간파하셨도다! 넌 이제 뒈졌어! 지금까지 내가 당한 거에 딱 6만 5천 배만 맞아라!"

"흐음~ 어쩔 수 없네. 역시 내가 나서야겠군."

한창 거구 사내와 싸우던 중 승리를 거머쥐기 직전이었다.

불꽃이 가스에 번지 듯, 타오르는 그 소리에 고개를 왼쪽으로 돌렸을 때 직경 3m나 되는 불꽃의 덩어리가 그 붉은색 혀를 날름이며 공원을 가로지르는 것을 목격할 수 있었다. 나는 있는 힘껏 몸을 피했다.

"젠장!"

쿠카카카카카카카카—!!

대포알 터지듯 폭음이 일대를 뒤흔들었고 공원 한가운데에 불꽃이 지나간 크레이터가 새겨졌다. 위력 하난 끝내주는구나, 저 일본인 계집애!

"우리 고스티스터들의 능력은 안개 말고도 여러 가지가 있지. 나의 능력은 불꽃 폭발! 네놈을 지글지글 태워주마!"

쟤 나보다 3~4살 정도 더 어려 보이는데 저렇게 반말 틱틱 내뱉어도 되는 거야? 그리고 지 능력을 다 말해 준다. 참내, 어이가 없어서…….

"이거나 먹어라아앗!"

그녀의 몸에서 불꽃이 방출되며 주위가 그 불길에 휩싸였다. 불 쑈를 해라.

"헤븐 워터!"

타오르던 불꽃은 나의 물 마법에 의해 가볍게 꺼졌고 물을 뒤집어쓴 그녀가 비명을 내지르며 뒤로 물러섰다. 역시 물이 약점이었다.

"어, 어떻게 내 약점을?"

"바보냐? 화속성은 수속성에 밥이란 것도 몰라?"

"치잇! 간파당했군!"

그녀가 엄지와 중지손가락을 몇 번 튕겼다. 손가락을 튕김으로써 마찰을 일으켜 불꽃을 만드는 것 같다. 그런데 물에 젖어 불이 안 붙나 보다. 저런~ 저런~

"네 상대는 나다!"

"……?"

아차! 불꽃여자애 때문에 안개사내를 깜박했다! 나는 즉시 안개를 향해 마법 스킬을 외쳤다.

"파이어 볼!"

화르륵—!

불꽃이 터지자 안개사내의 몸이 불타올랐다. 여기서 녀석의 약점을 또 하나 발견할 수 있었다. 저놈은 불에 약하다는 거. 의외로 약점들이 쉽게쉽게 잡히는군. 2:1 상황이지만 쉽게 이길 수 있겠어.

하지만 나 잘되는 꼴은 못 본다는 누구누구의 농간으로 인해 나는 또다시 고생길을 걸어야 했다. 이 상황에서 초를 치는 또 한 명의 불청객이 있었으니.

"어머~ 뭐니? 마듀라 아냐? 벌써 붙고 있었나 보네?"

"……?"

그렇다. 또 한 명이 있었다. 오늘 낮에 카도라스 타임즈에서 봤던 사진 속 세 명의 인물들이 모두 모인 것이다. 이번에 나타난 상대는 나랑 동갑내기뻘 되는 여성이다. 쟤는 또 무슨 능력을 가지고 있을지… 한숨만 저절로 터져 나오는구나. 휴우~

"오호홋! 꽤나 고전하고 있네, 마듀라 한 명을 상대로?"

그녀의 말은 '마듀라를 상대로 고전하구 있구나' 가 아니라 '고작 마듀라를 상대로 고전하고 있니?' 란 말투였다. 저 지지배가 지금 날 갈구는 건가?

내가 그녀를 슬며시 노려보자 그녀가 보조개 미소를 걸치며 말했다.

"후후훗! 저를 포함한 우리 셋이 뭉치면 마스터 레벨 열 명쯤은 거뜬히 잡아내는 능력을 가지고 있습니다. 바짝 긴장하시는 게 좋을 겁니다."

열 명 같은 소리 하고 자빠질렀네. 나하고 세희가 뭉치면 운영자 백

명도 잡아낸다.

"어맛?! 듀라야!"

세희의 목소리가 들려온 것은 그때였다. 오오! 세희. 이름 꺼내자마자 와주다니! 나와 텔레파시가 통한 건가?

세희가 황급히 다가와 물었다.

"용태가 말해 줘서 왔는데 이게 어떻게 된 거야? 저 사람들은 뭐고?"

"설명하자면 길어. 분명한 것은 우리가 저 계집 둘과 거인 아저씨를 처리해야 한다는 거지. 실리, 서포트 부탁해."

"응."

세희와 간단한 대화를 주고받으며 우리는 공격 자세를 취했다. 세희의 서포트를 받으며 싸워 나갈 생각이었다.

세희를 알아본 흑발여성 고스티스터가 말했다.

"에실리스? 호호! 명을 재촉하는군, 제 발로 찾아오다니."

저것들이…….

"너희들 실리가 얼마나 강한 줄 몰라서 하는 소리 같은데. 너희 잘못 걸렸어. 곧 뼈와 살이 분리될 것이다."

그러자 흑발여성이 높은 톤으로 웃었다. 기고만장이시군!

"글쎄요? 저희들도 그동안 PK로 다져진 몸. 얕봤다간 그쪽이 큰코다칠 겁니다. 그리고 과연 3대 2가 유리할까요? 저는 마듀라 씨, 당신 혼자 우리 셋을 상대하는 게 더 나을 듯 보이는데……."

뭔 개소리냐?

"호호! 잡설은 이쯤 하고 본게임으로 들어가도록 하지요."

흑발여성이 양손을 들어 올렸다.

나는 바짝 긴장하며 세희에게 말했다.

"간다, 실리."

"응!"

곧 양방이 서로 붙었다. 상대는 절대 만만치 않은 놈들. 두 명은 이미 약점을 파훼했지만 저 흑발여성의 약점은 아직 파훼하지 못했다. 뭘 해야 약점을 잡든가 말든가 하지. 그녀는 그냥 눈 감고 손만 휘젓고 있었다. 마임 연습이라도 하나?

안개사내의 공격을 피해낸 나는 안개를 향해 마법 불꽃을 날렸다. 안개는 발화성 가스마냥 타올랐고 그는 어쩔 수 없이 본체로 돌아와 몸에 붙은 불을 꺼야 했다.

틈을 타 마스터 아이템을 불러들였다.

"소환주의 명을 따라 나타나라, 마갑 알트레탈리!"

손에 알트레탈리가 씌워졌고 와중에, 세희가 내 몸에 축복 마법을 걸었다. 시야가 명확해지고 캐릭터 능력치가 일부 향상된 것이다. 이 상태라면 드래곤도 맨손으로 때려잡겠는데?

"조심해, 듀라야."

"걱정 붙들어매, 실리."

검광진 열다섯 개를 띄운 나는 무형참황검을 빼내 상대에게 달려갔다. 상대는 카이토의 동생이라 밝힌 붉은 머리 여자!

허공에 검은 빛줄기와 불꽃이 여러 차례 난무하였고, 그녀는 얼마 버티지 못하고 쓰러져 버렸다. 실력도 없는 것들이 스킬만 조금 강해 가지고 설쳐 댔다니! 이런 녀석들한테 시린터와 카이데스가 당하다니 어이가 없다.

"크윽! 젠장!"

"돌아가면 네 오라비한테 안부 전해주려무나. 끝이다!"

그녀에게 마지막 일격을 가하려는 순간, 굿 타이밍하게도 누군가의 발길질이 나의 안면에 떨어졌다.

퍼억—!

"크윽!"

샌드백에 야구 배트 내려친 소리와 같은 둔탁한 음과 함께 나는 땅바닥을 나뒹굴었고 저려오는 코를 부여잡으며 상대에게 시선을 돌렸다. 안개사내의 공격인 줄 알았는데 나에게 발길질은 먹인 사람은 다름 아닌 세희였다!

이게 어떻게 된 거야?!

"시, 실리! 무슨 짓이야?"

"듀라아! 몰라! 나도 몰라! 몸이 제멋대로 움직여!"

몸이 제멋대로 움직인다니?

세희가 나에게 달려와 내 멱살을 쥐곤 주먹으로 가차없이 면상을 후려갈겼다. 남자가 여자한테 맞고 턱 돌아가는 경우가 바로 이런 경우다.

"시, 실리!"

"듀라야!"

퍽!

"세, 세희야!"

"안 돼! 멈추지 않아!"

퍽!

"사, 살려."

"꺄악!"

세희의 주먹질에 기절 직전의 상태가 되어서야 그녀의 주먹이 멈췄다. 시에리한테 싸대기 맞았던 것이 면역이 됐기에 망정이지 안 그랬음 게임 오버였으리라.

세희가 울먹이는 말투로 말했다.

"괘, 괜찮아, 듀라야?"

"괜… 찮은 것 같아."

괜찮으면 내가 사람이겠니? 고통 정도는 아니지만 얼굴이 꽤 저리다. 아니, 그보다 망가진 이미지가 더 문제다.

저 가로수 위에 서 있던 흑발여성이 특유의 높은 톤 웃음을 지으며 말했다.

"호호! 저의 능력입니다. 제가 에실리스 양을 끈으로 조종하고 있거든요. 어때요, 여자 친구한테 맞는 기분이? 아파요? 아플 리가 있겠어요? 게임인데. 어쨌든 에실리스 양은 저의 꼭두각시가 되었습니다. 당신이 살 수 있는 방법은 에실리스 양을 죽이는 것뿐."

죽긴 뭘 죽여, 이 계집애야!

다시 내 얼굴을 향하려는 세희의 주먹을 잡아내며 말했다.

"감히 세희를 건드렸다 이 말이지? 넌 죽었다, 이제."

"호호! 과연 당신이 그 상태로 저를 이길 수 있을까요?"

"지금 이 상태로 너 따위는 백 명이 덤벼도 이겨!"

"……?"

나는 세희의 팔과 다리, 허리와 목에 연결되어 있는 투명한 끈을 잡아당겼다. 끈은 세희의 몸에서 떨어져 나갔고, 나는 그 끈을 손에 돌돌 묶어 잡아끌었다.

"까악!"

철푸덕—

흑발여성이 비명을 지르며 가로수에서 떨어졌다. 드디어 저 계집의 약점을 찾았다!

"어, 어떻게 끈을 볼 수 있지?"

"긴말 필요없고, 내가 세희한테 맞은 거에 딱 7만 8천 배만 맞아라."

"으읏!"

그녀와 연결되어 있는 끈을 화악 잡아당기자 그녀가 내 앞까지 가볍게 끌려 나왔다. 넌 이제 죽었어, 쌍할 계집 같으니!

나는 손가락을 우두둑— 꺾으며 이를 갈았다.

"죽어보자!"

"꺄아아악!"

그녀의 가슴 앞으로 손을 뻗은 나는 뻗은 손바닥 앞에 검광진을 만들었다. 그리고 검기 빔을 날렸다. 그것에 정통으로 맞은 그녀는 저 멀리 나가떨어져 가로수를 들이받고 고꾸라 처박히며 일어서지 못했다. 세희를 건드린 데에 이 정도로 끝낸 걸 고맙게 생각해라. 남자였음 바로 게임 오버으니까.

"퉤! 다 덤벼! 개기는 놈, 년은 방금 나가떨어진 계집처럼 만들어준다!"

"……."

"……."

안개사내와 불꽃소녀는 아무 말도 못하고 뒤로 주춤 물러났다. 나의 살기와 위압감에 눌린 것이리라. 그 상태에서 나한테 한 발자국이라도 다가오면 죽일 생각이었다.

자신들이 불리하다는 걸 파악한 안개사내가 입을 열었다.

"…이만 물러나도록 하지. 하지만 명심해라, 우리는 언제나 너에게 칼을 들이대고 있다는 것을. 그리고 그도 너와 만날 날만을 손꼽아 기다리고 있다."

그?

"가지."

안개사내와 불꽃소녀, 흑발여성의 몸이 동시에 사라졌다. 남겨진 것은 폐허가 된 남공원뿐. 이대로 있는다면 운영자한테 걸려서 공원 수리비를 물어줘야 하기에 나는 세희를 데리고 재빨리 텔레포트했다.

*   *   *

(주)카마디.

프로그램 부, 시 부장실.

"드디어 문제아들이 카도라스에 복귀하게 되는군요."

"그렇게 된 거지. 축하하네. 자네가 추진한 일이 아닌가? 세 달 전부터."

"하하! 감사합니다. 그런데 문제아들 중에서도 특별한 문제아 하나가 있는데요."

"……?"

"복귀 유저 리스트 중에 소더러 A가 있었습니다."

시 부장의 표정이 약간 굳어진다. 소더러 A라면?

"…내 아들 녀석과 한패였던 그 녀석 말인가? 뭐, 내 아들이 잘 처리하겠지."

"훗! 하여간 아들 걱정은 하나도 안 하는군요. 신성이도 자기 아버지 걱정은 하나도 안 하는 데에선 둘 다 똑같지만. 부전자전이라더니……."

쥐고 있던 자판기 커피를 한 모금 들이킨 최준이 화제를 돌렸다.

"신성이 말 나와서 말인데요, 통계 프로그램 체크 결과 랭킹 순위 후보 1위라면서요? 지 여자 친구랑 단둘이. 아, 신성이 여자 친구 보셨어요?"

"어, 봤다. 이세희 양 말이군. 그런데 말이다, 너도 신성이 이상의 마스터 플레이어라고 들었는데… 아닌가, 최준 군? 회사에 들어오지만 않았으면 랭킹 순위 1위라고 하던데……."

최준의 표정이 살짝 흠칫했지만 여전히 태연한 표정으로 화제를 돌렸다. 그는 과거 카도라스의 이야기를 꺼내는 것을 좋아하지 않았다.

"프로젝트 인형은 완성되었습니까? 초특급 미소녀로 디자인했다면서요?"

"어이~ 말 돌리지 말고 대답해. 마스터 플레이어였냐고?"

"아~ 빨리 보고 싶군요. 내 타입이면 좋겠는데 말이죠. 하하!"

"어이, 최준! 내 말 자꾸 씹을 건가?"

*　　　*　　　*

고스티스터 삼총사.

그들의 정체는 무엇인가? 그들에 대해 알고 있는 것이라면 일본 유저란 것과 나에게 원한을 가진 자들이란 것뿐이다.

원한이라…….

생각해 보니 지난 5년간 밤길에 뒤통수 맞을 짓 하면서 살아온 나였

다. 유저 10만 명을 PK하지 않았나, 일본의 마스터들을 모조리 쓸어버
리지 않았나. 나도 처음엔 그리 악독한 녀석이 아니었는데 어쩌다 이
렇게 타락했을까?

세희도 혼자 있을 땐 몸조심해, 언제 놈들이 기습해 올지 모르니까.

"애들아, 오늘은 방학 기념 빅뉴스다!"
핸드폰으로 세희의 PDA에 문자를 보내는 도중 용태가 카도라스 타
임즈를 들고 또 설쳐 대기 시작했다.
"운영자들이 계정 정지당했던 유저들의 계정을 복구한대! 5천 명 정
도 된다나 봐."
계정 정지 유저들의 계정을 복구한다라… 문제아들이 게임에 돌아
오는 건가? PK범이나 사기를 치던 녀석들이 대부분이겠지.
띠리리링— 띠리리링—
쥐고 있던 핸드폰이 울렸다. 세희에게서 온 벨 소리는 아니었다. 핸
드폰 액정을 보자… 최준 형? 이 형이 웬일로 전화를 했다?
"여보세요?"
「여~ 신성! 잘 있었냐?」
"무슨 일이야?"
「짜식이~ 안부를 물으면 대답을 해야지! 카도라스 타임즈 봤지?」
"봤어. 계정 정지당한 녀석들이 복귀한다더라?"
「후후! 그래. 이제 이틀 남았다. 녀석들이 접속할 거다.」
"그보다 진짜로 전화를 건 목적이 뭐야? 이런 잡설 따위 전할 목적
으로 전화를 한 것은 아닐 텐데?"

그렇다. 그냥 수다나 떨자고 전화를 할 사람이 아니다, 최준 형은.

「후후! 아직도 눈치를 못 채다니. 너와 함께 5백만 골드의 목이 걸렸던 '그'도 계정 복구 리스트에 포함되어 있다.」

"……!"

「바싹 긴장하는 게 좋을 거다. 그럼.」

"자, 잠깐!"

뚜우— 뚜우—

전화가 끊겼다. 묘한 적막감이 내 주위를 가득 메웠다.

소더러 A… 녀석이 복귀한단 말인가?

*　　　*　　　*

이틀 후,

[로그인 계정 복구되었습니다.]

"간만에……."

하늘이 맑았다.

"보는……."

느껴지진 않지만 바람도 기분 좋게 불고 있다.

"세상이로군."

좀 변하긴 했지만.

"녀석은……."

그런대로 그리웠다.

"보이지 않는구나."

마듀라 녀석, 거의 2년 만에 보는 건데 코빼기도 안 비친단 말이지?

“뭐, 기대도 안 했지만. 그럼 시작해 보실까나?”

뒤에서, 옆에서, 앞에서 그들이 나타났다. 지난 1년 9개월간 고심하여 만들어낸 애완용 가드들과…….

“야마모토 타케루…….”

나의 친우여.

제7장 스파이더 타워, 메듀라

탁탁탁— 타탁—

키보드 자판 두드리는 소리가 요란하게 들려오는 가운데.

[암호 해독 100% 완료되었습니다.]

드디어 아버지께서 주신 버그 백신 프로그램을 모두 해독해 냈다! 아~ 감격스러워라! 그동안 게임하는 시간까지 쪼개가며 얼마나 많은(3개월) 고생과 착오 끝에 이루어낸 결과란 말인가? 이런 노가다는 나밖에 할 수 없는 일이었을 거야. 보통 사람이었음 CD를 돌리기도 전에 포기했을걸?

"휴우~ 이제 PX에 돌리기만 하면 되는 건가?"

나는 컴퓨터 본체에서 버그 백신 CD를 꺼낸 뒤 PX의 CD롬에 넣었다. 지금까지 PX 게임기가 무슨 약자냐라는 의문을 가진 이들이 있으리라 생각한다. 본래는 Player X-box라는 엄연한 이름을 가진 것인데, 줄여서 PX라 부르고 있는 것이다.

CD를 먹은 PX는 3초 정도 기계음을 내더니 곧 잠잠해졌다.

이제 된 건가?

나는 PX 헬멧을 쓰고 게임에 접속했다.

[아이디:sss0226/패스워드1:********/패스워드2:******]

[로그인되었습니다.]

＊　　　　＊　　　　＊

"…왔나?"

마듀라가 게임에 접속했다. 한때 나와 같이 5백만 골드의 목이 걸렸던 동료. 드디어 만나볼 수 있게 되는 건가?

타케루가 말했다.

"지금 나설 건가?"

"그래야지. 어서 빨리 녀석의 얼굴을 보고 싶군. 하지만 재회 이벤트 준비는 철저히 해야지 않겠나?"

"나도 같이 갈까? 그 애들을 부를 수도 있다."

크큭. 눈물나게 고맙군.

"하지만 너희들은 이미 마듀라한테 약점을 잡힌 몸. 함부로 움직였다간 게임 오버를 면치 못할 거다. 마듀라는 너희들이 생각하고 있는 것 이상으로 강해. 나는 녀석을 가장 잘 알고 있어."

"……"

＊　　　　＊　　　　＊

게임에 접속하자 세희가 보였다. 오늘도 먼저 와서 기다리고 있었나 보다.

"실리, 오늘도 학교 잘 갔다 왔어?"

"응. 그보다 오늘은 어디 갈 거야? 무슨 이벤트라도 있어?"

"있지! 스파이더 타워 이벤트."

"아, 그렇구나. 스파이더 타워 이벤… 뭐라구?"

세희가 멍청하게 되물으며 나에게서 한 발자국 떨어졌다. '난 거미가 싫어요!' 라는 눈빛.

초롱초롱초롱(?)―

난 그 기대의 눈빛에 답했다.

"이번 기회에 전력을 증강시킬 필요가 있겠어. 고스티스터 녀석들이 다음번에 다시 나타나면 어떤 전력을 가지고 나올지 모르니까."

"그, 그치만 거미는……."

"걱정 마! 내가 실리를 지켜줄게!"

"…정말?"

"그러엄~ 내가 지금까지 실리를 지켜주지 않은 적 있었어?"

"없었어."

"그럼 스파이더 타워로 직행!"

그렇게 해서 우리들은 스파이더 타워로 향했다. 향했는데… 큰소리 땅땅 치긴 했지만 싫은 건 싫은 거다. 정보 길드에서 받은 스파이더 타워에 대한 보고서를 보니 이런 게 적혀 있더라.

스파이더 타워(7천 미터. 120층)

보스:메듀라(짱 큰 거미)

능력치:극강! 드래곤 다섯 마리쯤은 한 끼 식사용

필살기:실을 뽑아 적을 꽁꽁 묶은 뒤 압사시켜 죽인다

진짜 장난 아니게 셀 것 같은 필이 팍팍 오는 녀석이다. 이런 세디센 녀석을 무슨 수로 잡는단 말인가? 답은 금방 나왔다.

정면 맞짱.

그렇다! 카도라스 인생 5년간 한 번도 도망친 적이 없는 깡생깡사(깡生깡死) 인생의 나다! 내 사전에 '도망' 이란 단어는 없는 것이다(후퇴는 있어도)!

"저기 보이는 저 탑 아냐? 스파이더 타워?"

세희가 저 너머 하늘을 향해 우뚝 솟아 있는 탑을 가리키며 물었다. 딱 볼 때 음침한 분위기가 나는 것이 스파이더 타워가 맞는 것 같았다.

"맞는 것 같은데?"

"그런데 탑 주위에 왜 몬스터가 없지?"

"……."

그러고 보니 탑 주위에 와이번이나 그리폰 같은 몬스터들이 없다. 이게 무슨 이유일까? 피닉스 타워와 유니콘 타워에는 떼거지로 몰려 있던 녀석들이 없다니…….

운영자들이 깜박하고 탑 주위에 몬스터들을 배치하지 못했나? 보고서를 보자 탑 주위의 몬스터에 관한 내용은 하나도 없었다.

이런 경사스런 일이?

"더 잘됐지! 이대로 타워 꼭대기까지 직행이다!"

＊　　　＊　　　＊

"인간인가?"

손을 휘저어 수정 구슬에 화면을 비추자 부양 함선이 한 척 보였다. 아무래도 날 찾으러 온 인간들이겠지?

수정 구슬에 비춰진 화면을 확대시키자 배 갑판에 남자 한 명과 여자 한 명이 보였다. 10대 후반 정도로 보이는데 둘다 선남선녀. 특히 남자애!

"어머! 딱 내 취향이다!"

하얀 머리가 너무나 매력적인 초특급 꽃미남! 이런 꽃미남을 만난다는 건 절대 흔치 않은 기회인데! 적적하던 차에 잘됐군. 단번에 잡아버릴 테다!

＊　　　＊　　　＊

몬스터들이 없는 관계로 금세 타워의 꼭대기에 도착할 수 있었다. 도착하긴 했는데…….

나는 탑 꼭대기에 초대형 거미가 있을 줄 알았다. 그런데 그런 광경 대신 웬 집 한 채가 보이는 것이 아닌가? 세상에나! 탑 꼭대기에 지어진 조그만 초가집이라니… 돌로 만들어진 것도 아니고 흙으로 만들어진 거다.

저건 운영자들 중 누가 만들어낸 아이디어일까?

"저곳에 탑의 보스가 있는 게 아닐까?"

"아무래도."

나는 배에서 뛰어내려 탑 꼭대기에 착지한 뒤 주위를 둘러보며 트랩이나 함정 같은 것을 파악했다. 뭔가 있을 줄 알았는데 아무 반응이 없다?

아무 이상이 없다고 생각한 나는 세희를 손짓해 불렀다.

"아무것도 없는 것 같은데? 우선 저 집으로 들어가 보자."

"응."

우리 둘은 무작정 초가집으로 향했다. 약 15평 남짓 되어 보이는 집인데, 정말 이곳에 보스가 있을까? 타워의 보스란 작자가 이런 초라한 집에 살다니 조금 어이가 없지만…….

나는 초가집의 문고리에 손을 뻗었다. 그때,

"잠깐만, 듀라야!"

막 문고리를 잡는 순간 세희의 목소리가 날 가로막았다. 깜짝 놀라며 문고리에 가져갔던 손을 빼는데…….

"왜 그래, 실리?"

"저거 봐봐."

"……?"

그녀의 손가락이 가리키는 방향으로 시선을 돌리자 집 대문에 웬 종이가 붙어 있는 것을 발견할 수 있었다.

종이에 적혀 있는 내용인즉슨,

잘생긴 남자만 들어오시오.

"……."

“…….”

이게 뭘까? 이건 운영자들이 웃자고 하는 소리일까?

위의 뜻을 가볍게 풀이하자면 못생긴 남자는 들어오지 말라는 것이다. 그리고 ‘남자만’이라고 했으니 여자는 집에 들어갈 수 있는 자격이 없다. 이 집주인이 외모 지상주의적 남성 우상 숭배 사상이 있다는 것이다.

그럼 어찌해야 하는가?

나는 자타가 인정하는 최고의 호남아(?)! 집주인의 요구에 대한 것은 일단 합격이다. 하지만 세희는? 세희는 여자다.

“일단 나 혼자 들어가 볼게.”

“조심해, 듀라야.”

“언제나 말하는 거지만, 걱정 붙들어매.”

나는 두려움 반 호기심 반의 마음으로 집 안에 들어섰다. 집 안은 상당히 어두웠다. 마치 게임기 고장으로 렉 걸렸을 때를 보는 것같이. 내 주머니에 라이터가 있었을 텐데…….

막 라이터를 꺼내 불을 켜려는 순간(마법으로 빛 구슬을 만들면 될걸)… 불이 번쩍이며 주위가 밝아졌다.

“호호! 왔군요.”

“허억!”

주위가 밝아짐과 동시에 여성의 음성이 울려 퍼졌다. 뭐야, 갑자기?!

깜짝 놀란 나는 정면 소파를 향했다. 소파에 앉아 있던 여자가 그 붉은 입술을 열었다.

“호호! 귀여운 꼬마 씨, 이 누나가 얼마나 기다렸는지 알아요?”

상대는 20대 중반쯤으로 보이는 요염하게 생긴 미녀였다. 사창가를 지나가다 100명 중 한 명 꼴로 볼 수 있을 만한 미녀. 그런데 옷이 뭐 저리 선정적인지… 이거 19금 이벤트 아닌가 하는 생각까지 들 정도다.

쥐잡아 먹은 것마냥 새빨간 입술을 놀리며 그녀가 말했다.

"소개가 늦었군요. 제가 바로 스파이더 타워의 보스입니다, 귀여운 꼬마 씨."

귀여운 꼬마 씨? 남자한테 귀엽다는 건 욕이란 걸 모르나? 듣고 보니 상당히 기분 나쁘다. 기분이 나쁘면 어찌해야 하는가? 역시 나대로 복수해야 한다.

"그럼 '아줌마' 가 메듀라겠군요."

"뭣? 아줌마?! 이게, 생긴 게 조금 반반해서 귀여워해 줬더니 기어오르려 하네? 두 눈 똑바로 뜨고 봐! 넌 내가 아줌마로 보여? 앙?"

허허! 아줌마 콤플렉스인가? 뭘 저리 오버하면서 발끈하는지. 그나저나 저 아줌마가 스파이더 타워의 보스란다. 조금 의왼데? 사람의 모습이었다니. 어찌 되었든 거미의 실이나 뜯고 보자.

"아줌마, 조용히 실을 주시죠. 반항했다간 예쁜 얼굴에 상처날지 모릅니다."

"이, 이게, 정말! 자꾸 아줌마라고 부르면 실 안 준다!"

"그럼 아줌마라고 안 부르면 실 준다는 소리입니까?"

"그야 내 조건에 응한다면 말이지."

조건?

"무슨 조건입니까?"

"호호! 내가 무슨 조건을 내걸 것 같아?"

그녀가 그렇게 말하며 자신의 긴 검은 머리카락을 어깨 뒤로 쓸어넘겼다. 그녀의 새하얀 어깨 선과 풍만한 밀크박스가 속옷에 비쳐 보였지만 나에게 별 감응은 주지 못했다. 어차피 NPC일 뿐인걸.

나는 그녀의 질문에 정색하며 대답했다.

"모르겠는데요."

"호호! 순진한 척하기는… 이 누나는 말이야."

그녀가 소파에서 일어섰다. 그리고 천천히 나에게 다가왔다. 점점 이상하게 흘러가는 분위기… 이쯤에서 편집을 하는 것이 좋을 듯한데…….

벌컥—

"듀라야! 아직 멀었… 앗!"

나이스 타이밍하게도 세희가 문을 박차며 집 안으로 들어섰다. 역시 이 이상의 진부적인 진도는 나갈 수 없는 것이었나? 그녀가 집 안으로 들어서자 잠시 주위에 정적이 흘렀다. 나는 아무 생각이 없었고, 메듀라는 어이없다는 눈빛을 세희에게 보내고 있었고, 세희는 집 안의 요상한 분위기를 파악하려는 듯 속으로 쉴 새 없이 머리를 굴려댔다.

또르르르— 또르르르(세희의 머리 굴리는 소리)—

"…뭐 하는 거야?"

하지만 전교 1등의 머리로도 이해할 수 없는 상황이었나? 세희의 입장에서 보면 남자 친구가 웬 낯선 여자와 바람피우는 장면으로 볼 수 있었을 텐데, 세희는 오로지 나만 바라보는(?) 순진한 여성이므로 내가 딴 여자와 바람피운다는 상황을 꿈에도 인식하지 못하고 되물은 것이다.

나는 세희에게 지난 5분간의 상황 설명을 장황하게 펼쳐 냈다.

"실은 이렇게 돼서 요렇게 돼가지고 이러쿵저러쿵된 거야. 이제 알겠어?"

세희는 손바닥을 마주치며 고개를 끄덕였다.

"아! 그렇게 된 거였구나! 그럼 저 아줌마가 이 타워의 보스?"

"누가 아줌마야! 이 계집애가 감히 날 농락해? 그리고 이곳은 여자 출입금지 구역이라고!"

"아하하! 죄송합니다, 메듀라 씨. 실리는 자기를 제외한 모든 여자들을 아줌마로 보는 경향이 있거든요. 실리, 사과드려야지?"

세희는 군말없이 허리를 숙이며 정중히 사과의 말을 올렸다.

"죄송합니다, 아줌… 아니, 메듀라 씨."

다소곳이 사과를 하는 세희의 모습에 화가 풀린 건지 뭔지, 메듀라가 대충대충 고개를 끄덕이며 한숨을 내쉬었다.

"하아~ 요즘 피부가 많이 거칠어졌다 했는데 벌써부터 아줌마 소리를 들을 줄이야… 그런데 어디서부터 화제가 빗나간 거지?"

나는 표정 연기, 안무까지 해 보이며 친절히 답해줬다.

"호호! 순진한 척하기는… 이 누나는 말이야… 에서부터요."

"아, 그랬니? 흠흠! 어쨌든, 순진한 척하기는… 이 누나는 말이야… 널 원해!"

"……?"

메듀라의 손가락은 정확히 날 향하고 있었다.

날 원한다니, 이건 또 무슨 소리인가?

"구체적으로 설명해 주시죠. 절 원한다뇨?"

"귀 가까이… 소곤소곤, 수군수군, 속닥속닥… 어때?"

"……."

그러니까 이 아줌마 말로는 나보고 (심의 삭제) 하잰다. 이거 아무래도 19금 이벤트 같은데? 이런 건 정보 길드에서 받은 보고서에도 없던 내용이었다. 설마 스파이더 타워의 보스가 이런 님포 마니아였다니!

난 여자 색골이 싫어요!

"어떻게 할 거야? 응? 응?"

"싫습니다."

"에에?"

"싫다고 말씀드렸습니다. 차라리 실을 포기하고 말죠. 실리, 돌아가자."

"응."

나는 세희를 데리고 초가집을 나섰다.

겨우 게임 이벤트 하나 가지고 동정을 잃고 세희를 버리고 싶진 않았다. 나는야~ 21세기 최고의 양심 소년~ 어떠한 여자가 날 유혹하여도~ 나는 넘어가지 않아~ 오로지 세희~ 세희~ 세희~

"잠깐! 기다려!"

순간 메듀라의 목소리가 나와 세희의 발걸음을 멈추었다. 무슨 할 말이 남았길래?

돌아보는 우리들에게 메듀라가 말했다.

"생각이 바뀌었어. 들어와."

3대륙 타워의 보스들은 활동 구역에 제재가 있어서 자신의 탑에서 반경 1㎞ 이상 나갈 수 없단다. 그렇다 보니 혼자 탑에서 생활하는 메듀라는 자연히 무료해졌고, 자신의 욕구를 충족시키기 위해 타워에 오르는 남성 유저들을 꼬셔서 그 짓(?)을 해왔단다. 당근 남성 유저들은 이게 웬 떡이냐 하면서 메듀라의 요구를 흔쾌히 받아들였고.

그런데 얼마나 무료했으면 남성 유저들을 꼬드겨 그 짓을 할 생각을 했을까? 도대체 어떤 운영자가 저 캐릭터를 프로그램한 거지? 설마 최준 형?

"호호! 어떨 때는 남자 다섯 명하고 하룻밤을 보낸 적도 있었어."

그래서, 그걸 자랑이라고 말하는 거유?

메듀라의 말에 세희가 얼굴을 붉게 물들이며 고개를 숙였다.

나는 버럭 소리를 내질렀다.

"음담패설은 집어치워요! 듣는 우리가 더 민망하잖아요! 우리 순진한 실리 앞에서 무슨 소릴 하는 거야!"

"어머? 뭐 어때? 너희도 안 해본 건 아니잖아?"

이 아줌마가 우릴 뭘로 보고!

"저흰 동정입니다!"

"어멋! 정말? 너희들 유네스코 세계 문화 유산이었구나! 난 애인 사이인 줄 알았는데, 애인 사이면 대부분 갈 데까지 가지 않니?"

"닥치시고 실이나 주시죠."

"호호! 알았어~ 알았어~ 따라와."

메듀라가 자리에서 일어나 집구석으로 향하자 나와 세희도 그녀의 뒤를 따랐다. 메듀라가 향한 곳은 지하로 통하는 계단이었다. 지하실로 내려가는 곳인가?

아니, 설마?

"여기 혹시……."

"맞아! 타워 안이지. 100층부터 120층까지가 나의 집이야. 몬스터들이 출현하는 곳은 1층부터 99층까지고."

"…그럼 꼭대기의 초가집은 뭐죠?"

"그건 손님 접대용으로 만든 거."

"……."

"100층은 창고, 101층은 목욕탕, 102층은 욕실, 103층은 침실, 104층은 오락실, 105층은 식당……."

"됐어요! 그만 해요."

들을수록 타워에 대한 이미지가 깨지고 있다. 언제부터 타워라는 던전이 한낱 보스 몬스터의 집이 되어버렸지? 2~3년 전까지만 해도 타워 하나를 정복하기 위해 몇 날 며칠을 밤 새던 기억이…….

에고~ 관두자.

나는 아이템 창에서 스파이더 타워에 대한 보고서를 꺼냈다. 찢어버릴 생각이었다.

"어머? 그거 혹시 스파이더 타워에 대한 보고서 아냐? 여기 올라오던 유저들 대부분이 그 종이 가지고 오더라구? 이리 줘봐."

메듀라는 내 손에 쥐어진 보고서를 뺏고는 그것을 돌돌 말았다. 그리고 다시 폈다. 지금 뭐 하는 짓이야?

"호호! 읽어봐 봐."

그녀가 다시 내주는 스파이더 타워에 대한 보고서를 보자,

스파이더 타워(7천 미터. 120층)

보스:메듀라(짱 큰 거미)

능력치:극강! 드래곤 다섯 마리쯤은 한 끼 식사용

필살기:실을 뽑아 적을 꽁꽁 묶은 뒤 압사시켜 죽인다

원래는 이랬던 보고서의 내용이……

스파이더 타워(7천 미터. 1~99층까진 던전, 100~120층까지 집)

보스:메듀라(짱 섹쉬한 미녀)
능력치:극강! 남자 다섯 명쯤은 하룻밤용
필살기:밧줄로 남자를 꽁꽁 묶은 뒤 강제로 범한다(?)

…이렇게 바뀌었다. 하하하!

쫘악— 쫙— 쫘악!

"꺄악! 그걸 왜 찢어? 그거 정보 길드에 팔면 꽤 값을 받을 수 있을 텐데!"

"닥치고 빨리 실이나 내놔요!"

"쳇쳇!"

다시 한참 내려가던 중 메듀라가 물었다.

"그런데 3대륙 타워 아이템은 모두 모았어? 피닉스의 깃털하고 유니콘의 뿔 말이야."

"당근 다 모았죠."

"어머! 정말? 피닉스와 유니콘은 다들 한가닥 하는 놈들인데?"

"나는 두 가닥 해요."

어느새 115층까지 내려와서야 걸음을 멈추었다. 115층에는 웬 문이 하나 있었다. 뭐 하는 곳인지는 알 수 없지만 방이 있는 것 같다.

"여기서 기다리고 있어. 실 가지고 올게. 절대 들어오거나 훔쳐봐선 안 돼!"

메듀라가 문 앞에 우리를 세워놓고는 혼자 방 안으로 들어가 버렸다. 나와 세희는 그녀가 일을 끝마칠 때까지 짤짤이를 하며 기다리기로 했다… 라고 하면 역시 재미없다.

하지 말라고 하는 것은 더 하고 싶은 법! 나와 세희는 서로 눈빛을 교환하며 사인을 주고받은 뒤, 조용히 방문을 열었다.

방 안은 조금 어두웠지만 주위를 분간할 정도는 되었다. 그런데 저것이 무엇이다냐?

"……?"

"……?"

방 안을 꽉 채우고 있는 기분 나쁜 생김새의 그것은 다리 여덟 개, 눈탱이 여덟 개, 털이 복슬복슬 나 있는 요상한 생물체였다. 20m 크기의…….

"거미다."

"……."

풀석―

세희가 땅바닥에 그냥 고꾸라져 버렸다.

한 시간 후,

메듀라가 식은땀을 훔치며 방에서 나왔다.

"휴우~ 끝냈다. 자, 이거 받아."

"……?"

그녀가 내어준 것은 낚싯줄 같은 투명한 실 뭉치였다.

"거미의 실. 3대륙 타워 아이템 중 하나지."

이것이로군! 이로써 3대륙 타워 아이템이 모두 모이게 된 건가? 이제 이걸 가공만 하면 카도라스 최고의 무기가 만들어진다 이거지?

"그런데 얘는 왜 자고 있냐?"

메듀라가 세희를 가리키며 물었다. 세희는 자는 게 아니고 아직까지 기절 중이었다. 세상에나, 얼마나 거미를 혐오하였으면 보자마자 픽―

쓰러지냐고.

나는 벼르고 있던 질문을 메듀라에게 물었다.

"그런데 말입니다, 지금 당신의 모습이 본체인가요, 아니면 거미의 모습이 본체인가요?"

"어머! 너 봤지, 방에 있을 때의 내 모습?"

"네, 본의 아니게 보고 말았습니다."

본의 아니게는 무슨…….

"휴우~ 사실 이게 나의 본모습이야. 거미로 변한 모습이 폴리모프 상태지. 사람들은 내가 거미로 변한 모습을 떠올리곤 나를 피하더라구. 하긴, 나도 내가 거미가 변한 모습은 끔찍해, 사실은……."

그렇게 말하는 그녀의 말속엔 왠지 모를 쓸쓸함이 배어 있었다. 간혹 이런 NPC들의 모습을 보고 있으면 정말로 사람이 아닐까 하는 생각까지 든다. 프로그램에 짜여진 대로 생각하고 움직이는 거지만…….

"아차, 깜박한 게 있는데 그 3대륙 타워 아이템 말이야, 일반 NPC직인들은 그걸 가공할 수 없어. 아도니아 대륙에 있는 최고의 직인 더프론을 찾아가 봐. 그만이 그것을 가공할 수 있을 거야."

더프론? 더프론이고 나발이고 간에 아도니아 대륙은 아직 오픈되지 않은 대륙이라 발을 들여놓을 수가 없다. 한 달 후에나 오픈된다고 들었는데…….

"내가 가진 정보는 그것뿐이야. 나중에라도 아도니아 대륙이 오픈되면 그를 찾아가 봐. 정보 길드를 수소문하면 그의 행방을 금방 찾을 수 있을 거야."

"으음~ 좋은 정보 감사합니다, 메듀라 씨."

"뭘. 그보다… 네 애인 좋겠다, 사랑받을 수 있어서."

“……?”

“네 애인을 위해서 내 조건을 거절하고 실까지 포기했었잖아. 그때 저 애가 얼마나 부러웠는지 몰라. 자신을 사랑해 주는 사람이 있다니… 나는 프로그램에 짜여져 있어서 사랑을 하면 가슴에 설렌다거나 하는 느낌을 받지 못해. 하지만 좋은 거겠지? 그렇게 들어왔으니까.”

“…….”

“잘 대해줘, 네 애인. 사랑을 할 수 있다는 건 나에겐 정말 부러운 일이야.”

“…….”

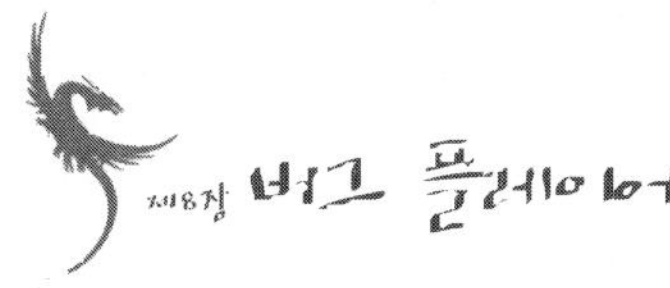

제8장 비그 플레이어

그렇게 스파이더 타워를 뒤로하고 이라스로 돌아왔다.

이라스에 도착했을 때 즈음에야 기절해 있던 세희가 깨어났다.

"…여기는 어디야?"

"막강이의 선실. 막 이라스에 도착했어."

세희가 선실 침대에서 몸을 반쯤 일으키며 눈을 멀뚱멀뚱 껌뻑였다. 처음 보는 세희의 부스스한 모습이었다. 귀엽기도 하지.

잠시 부스스하던 그녀가 어느 순간 눈을 크게 뜨며 물었다.

"거미의 실은?"

내가 깜박했을까 봐?

"당연히 받았지. 그보다 피곤한가 봐, 3시간 동안 기절해 있던 거 보면?"

보통은 자동 자명종 기능으로 플레이어가 자거나 기절했을 시에 10분간격으로 신호가 울린다. 일찍이 깼어야 정상인데 세상모르고 기절해 있던 거 보면 깊이 잠들었었나 보다.

"으응. 조금 졸려서. 중국은 방학을 아직 안 했거든. 그리고 오늘 중요한 시험이 있어서 낮엔 공부하느라……."

맞아. 중국은 방학이 우리보다 늦는댔지? 그럼 낮에는 공부하고 밤에는 게임하는 건가? 아니, 공부도 못하겠구나. 낮엔 나하고 채팅하니까(PDA로).

"그럼 로그아웃하고 쉬어. 피곤할 텐데."

"알았어. 오늘 시험 끝내고 바로 접속할게."

"시험 잘 봐!"

그렇게 세희를 돌려보내고 나는 이라스 동쪽 퍼브로 향했다. 우리 길드 친구들이 그곳에 있을 거란 생각에서였다. 그런데 퍼브에 있을 길드 친구들은 한 명도 보이지 않았다. 매일 모여서 주스 홀짝이던 녀석들이 어디 갔지?

퍼브 주인 NPC에게 물었다.

"매일 여기서 놀던 애들 어디 갔는지 아세요? 내 또래 정도의 애들인데……."

"아, 그분들은 무슨 지옥 훈련인가 간다던데요?"

지옥 훈련? 허허! 이것들이 고스티스터한테 깨지고 나서 정신을 차렸나 보군.

"어디로 간다고 합디까?"

"듣기로는 카밀리베아 군도 센세에 간다는군요."

센세라… 이것들이 감히 길드 마스터인 날 두고 지들끼리 내뺐단 말이지? 시린터, 카이데스. 녀석들이 군기가 빠졌구만! 이참에 기름기를 빼주지! 당장에 카밀리베아 군도로 출발이다!

"마듀라."

막 길을 나서려는데 누군가가 내 닉네임을 불렀다. 언놈이 감히 나의 성스럽고 고귀한 닉네임을 불러?

"누구야?"

고개를 돌리자 퍼브 앞에 대여섯 명의 사내가 보였다. 다들 후드를 뒤집어쓰고 있어서 신원 파악은 불가능했지만 저들 중에 한 명이 날 부른 게 틀림없었다.

"겨우 2년밖에 지나지 않았는데 벌써 잊은 모양이군."

"……?"

가운데에 있는 후드에게서 목소리가 들려왔다. 말투로 보아 예전부터 날 알고 있는 듯했다. 정체가 뭐지? 고스티스터인가?

가운데 있는 그가 쓰고 있던 후드를 천천히 벗어제꼈다. 뒤로 묶은 말총머리와 무테 안경, 얼핏 보면 여잔 줄 착각하게 하는 외모. 조금 길어진 머리카락을 제외하면 그 모습 그대로 똑같은…….

"소더러 A?"

"이제야 기억하는가? 크크큭!"

그는 소더러 A였다.

"네가 어째서?"

"이런~ 소식 못 들었나, 몇 시간 전에 계정이 복구되었다는 걸? 후후! 네 성격상 인사치레 따위 싫어하는 거 알고 있다. 본론으로 넘어가서, 계산은 해야지?"

*   *   *

(주)카마디 프로그램 부.

버그 프로그램에 의해 시스템이 일부 망가져 버린 것은 새벽 1시경이었다. 우리 부서는 버그의 원인을 찾기 위해 난리도 아니었다. 갑자기 버그라니. 멀쩡하던 프로그램이 어떻게 갑자기?

벌컥—

"시 부장님! 급히 연락받고 왔습니다! 버그라뇨?"

최준이 급하게 들어서며 물었다. 자다가 뛰어왔는지 어지러운 모습이었다.

나는 그에게 시선을 힐끔 주다가 다시 컴퓨터에 집중하며 말했다.

"버그가 프로그램 내부에서부터 발생했다. 지금까지 원인이 밝혀지지 않고 있어."

"에? 그럴 리가요? 오늘 밤까지만 해도 멀쩡하던 프로그램이 맛이 갈 리 없잖습니까?"

"몰라! 너도 빨리 일이나 거들어!"

일반 해킹 프로그램보다 더 무서운 게 버그 프로그램이다. 버그는 프로그램의 꼬임 현상이라고 할 수 있는데, 문제는 그 버그를 유저들이 함부로 다룰 수 있단 것이다. 그렇게 되면 카도라스는 대혼란. 버그가 커지기 전에 빨리 제거해야 한다.

잠시 생각에 잠기던 최준이 말했다.

"…설마 유저가 유포시킨 버그가 아닐까요? 프로그램 내부에서, 그것도 오늘 밤까지 아무 이상이 없던 프로그램이 꼬일 리 없습니다."

키보드 위를 어지럽게 굴러가던 손가락이 멈춰 섰다. 설마 그것까진 생각 못했는데?

"그렇다면……."

"접속 중인 유저 리스트를 검사해 보십쇼."

서로를 바라보던 나와 최준은 급히 컴퓨터를 놀리기 시작했다. 유저가 유포시킨 버그라면 찾아내는 건 그리 어렵지 않다.

그렇게 5분쯤?

"…역시나."

잠시 컴퓨터를 놀리던 최준이 탄식에 가까운 한숨을 내뱉었다. 벌써 찾은 건가?

"누구냐? 누가 버그를 유포시켰냐고?"

지금 버그 하나 때문에 내 모가지가 잘리느냐 안 잘리느냐 문제란 말이다! 다행히 사장님이 회사를 비우고 계셨기에 망정이지!

최준이 앉았던 의자 등받이에 등을 기대며 날 돌아보았다.

"이번 복귀 계정 중, 소더러 A에게서 발견되었습니다."

*   *   *

이라스 동쪽 퍼브가 폭삭 무너져 내렸다. 나는 급히 근처 건물 위로 텔레포트하여 상대와 마주했다. 건물 위로 텔레포트하자마자 내 주위를 둘러싸는 여섯 명의 장정들.

나는 정면의 그를 바라보며 소리쳤다.

"소더러 A!"

"크큭! 머리 색깔만 빼면 하나도 변한 게 없군, 마듀라. 크큭큭!"

세상 참 좁기도 하지. 어째서 이렇게 마주치냐고? 젠장맞을!

"확인차 묻겠다."

소더러 A가 입가에 걸친 미소를 지우며 사뭇 진지한 분위기로 물었다.

"날 배신한 게 맞나?"

그에 대한 대답은 이미 수소문을 통해 들었을 것이라 생각했는데, 아니었나?

나는 간단 명료하게 대답했다.

"배신했다."

"…역시 그랬나? 크큭… 큭… 크크큭! 크하하하하핫! 하하하하핫!!"

소더러 A가 미친 듯이 웃어댔다. 진정 기쁨의 의미는 아니었다. 허망함과 허무함, 나에 대한 경멸만이 가득한 웃음소리였다.

한참을 웃던 그가 웃음 섞인 목소리로 말했다.

"크하하핫! 크큭! 너… 뚫린… 큭큭! 입이라고… 큭큭! 잘도 지껄이는, 큭크큭! 구나……. 크흐훗! 똑같아… 똑같아… 그 뻔뻔함만은… 크크크큭! 아주 똑같아! 크크큭! 크하하핫!"

못 보던 새에 많이 미쳤구나. 누구에겐가 배신당한 기분은 저렇게 미친 듯이 웃을 수 있을 정도로 유쾌하지 못한 것이다. 한참을 웃고 떠들던 그가 고개를 떨구었다. 입가에 걸려 있던 웃음기는 어느새 경멸과 살기로 가득했다.

"조용히 게임을 접어라. 그것이 네가 나에게 해줄 수 있는 최소한의 배려다."

말이 되는 소릴 해라.

"너를 배신해 가며 얻은 이 캐릭터를 쉽게 버릴 줄 알아?"

"당연히 못 버리겠지. 아니, 안 버리겠지. 하지만 말이다."

소더러 A가 숙였던 고개를 들어 올렸다.

"게임을 접어줘야겠다."

"……!"

나는 즉시 소더러 A에게 달려들었다. 그리고 그 순간, 다섯 복면의 사내가 내 앞을 가로막았다. 이 녀석들 일반 유저 같진 않다? NPC인가?

"소환주의 명을 따라 나타나라, 영검 베도밀!"

베도밀을 소환한 나는 장정 다섯 명과 대치했다. 소더러 A는 뒤로 빠지는 것으로 보아 싸우지 않을 생각인가 보다. 5대 1의 상황이군.

"그동안 심사숙고하여 만들어낸 나의 버그 NPC다. 사상 유례없는 마스터 레벨 NPC지."

이따위 버그덩어리들쯤이야!

"얕봤다간 큰코다칠 거다. 개개인이 마스터 레벨 두세 명쯤은 가볍게 잡아내는 능력치를 가졌거든."

＊   ＊   ＊

(주)카마디.

"소더러 A… 에게서라면?"

나는 자리를 고쳐 앉으며 시 부장님의 말에 답변했다.

"그렇습니다. 녀석이 움직이기 시작했단 거죠. 지금쯤 신성이와 대치하고 있을지 모릅니다. 잘못하면 신성이가 아웃당할 수도 있겠군요. 아무리 마스터 레벨이라도 버그와의 승부라면 예측할 수 없을 테니."

만약 신성이가 아웃이라도 당한다면 카도라스 프로젝트에 차질이 빚어진다. 그럼 그에 따른 모든 책임은 프로그램 부 부장인 시 부장님에게로 돌아간다. 곧바로 모가지란 말이다.

잠시 머리를 굴리던 시 부장님이 멍청하게 물었다.

"그럼 어떻게 하지?"

이 아저씨가 지금 그걸 말이라고 하시나?

"프로그램 부 부장 맞으세요? 당연히 소더러 A를 막아야죠."

"그러니까 어떻게 막냐고!"

인간은 자신의 모가지가 위기에 처했을 때 기가 막힌 잔머리가 떠올라 그 위기를 모면한다 하거늘… 시 부장님은 그 반대인가?

나는 해결책을 말해 주었다.

"지금의 소더러 A를 막을 방법은 단 한 가지밖에 없습니다. 프로젝트 인형을 가동시킬 수밖에요."

그러자 시 부장님의 표정이 약간 일그러졌다.

"하지만 사장님에게 보고도 안 하고 함부로 가동시키는 건……."

"모가지 잘릴 위기에 그런 거 따질 여유 있으세요?"

"당장 프로젝트 인형을 가동시킨다! 최준, 뭐 해? 빨리 가동시키지 않고!"

"프로젝트 인형 프로그램은 시 부장님이 가지고 계신 걸로 아는데요?"

"아차, 그렇지!"

시 부장님이 품속에서 CD 케이스 한 장을 꺼냈다. 얼마나 일이 시급하면 그런 것까지 까먹겠냐?

"그럼 가동시킨다."

＊　　　＊　　　＊

"으윽!"

건물들을 뚫고, 뚫고, 뚫어 나뒹굴 때마다 내가 뚫고 지나간 건물들은 폭삭폭삭 무너져 내리며 자욱한 먼지를 일으켰다. 간신히 몸을 일으킨 나는 다시 버그 NPC들과 대치했다. 저놈들… 의외로 강하다.

건물 옥상에서 나와 버그 NPC들의 싸움을 지켜보고 있던 소더러 A가 입을 열었다.

"대단하다, 마듀라. 그 깡과 맷집은 여전하구나."

쳇!

"소환주의 명을 따라 나타나라, 마갑 알트레탈리!"

마스터 무기를 소환한 나는 양손에 씌워진 알트레탈리의 손바닥을 펼치며 외쳤다.

"실리스의 에르기아!"

이어서 땅바닥에 20m 넓이의 별빛 문양 검광진이 새겨지며 그 주위로 돔 형의 검기막이 형성되었다. 녀석들이 제아무리 버그 NPC라고 해도 이 실리스의 에르기아는 못 빠져나가지!

"호오~ 또 하나의 절정 스킬인가? 나 없이 잘도 개발해 냈군."

소더러 A의 중얼거림을 뒤로 흘려들으며 검광진 스물한 개를 띄워 겹친 뒤 무형참황검을 빼 들었다. 그리고 기합과 함께 버그 NPC들을 도륙해 나가기 시작했다. 피해낸다 한들 검날에 스치기만 해도 최소 죽음이다!

그렇게 세 놈째 죽여 버리고 나자 더 이상 버그 NPC들이 다가오지 않았다. 죽는 게 두려워서 피하는 것은 아니다. 소더러 A의 명령 때문이었다. 한창 잘 나가던 중에 끼어드는군.

"대단하다. 역시 공격력 하나만은 카도라스 지존급이야. 버그 NPC 만으론 상대가 될 수 없겠어."

그럼~ 상대가 될 수 없지. 한때 나와 카도라스 최강지존을 겨루던 숙적 술따러도 결국엔 나의 실력을 인정했다. 그런데 그런 나를 한낱 버그 NPC들이 상대할 수 있으리라 생각했냐? 날 물로 봐도 유분수지.

"이봐, 소더러 A. 겨우 이 정도로 날 게임 오버시키겠다니 꿈이 너무 큰 거 아냐?"

"후후! 실망 마라, 본 게임은 이제부터니까."

소더러 A가 엄지와 중지를 이용해 손가락을 딱— 하고 튕겼다. 사인인가? 뭘 하려는 거지?

의아해하는 도중 갑자기 땅이 울렸다. 지진? 아니다. 이건?

"……!"

나는 재빨리 그 자리를 피했고, 이슬아슬한 시간 차로 내가 서 있던 자리에 거대한 불기둥이 솟아올랐다. 역시나 뭔가 이상하다 했는데 이런 기습 공격을 해올 줄이야! 나의 뛰어난 동물적 감각과 전투 본능이 아니었다면 저 불꽃에 재가 되어버렸으리라. 아마 시린터나 카이데스 였음 재가 되었겠지.

뻗어 나온 불꽃 기둥 속에서 웃음 섞인 여성의 목소리가 흘러나왔다.

"호호홋! 다시 만나게 되는군, 마듀라!"

이어서 불꽃 기둥에서 속에서 붉은 머리카락 소녀가 튀어나왔다. 카이토의 동생이라는 붉은 머리카락의 고스티스터. 뿐만 아니라 세희를 끈으로 조종했던 흑발여성과 안개사내도 나타났다. 이놈들은 갑자기 뭔 일로 모인 거지?

"야마모토 타케루, 가베사와 하쯔미, 와타나베 미카. 전부터 알고 있던 나의 동료들이지. 친히 불렀다."

소더러 A의 동료라… 그랬구나… 그랬었구나… 고스티스터들의 배후가 소더러 A였구나. 일본 유저를 동료로 사귈 줄이야… 발이 꽤 넓으시군.

"저놈들까지 부른 거 보니까 준비를 꽤 철저히 했군."

"재회 이벤트인데 이 정도쯤이야."

"하하! 나 이런 이벤트 필요없는데. 성의만으로 고마운걸, 뭐 이런걸다."

"아니, 당연히 했어야 하는걸. 고마워할 필요 없어."

"……."

능글맞은 놈.

"그래, 어디 한번 죽어보자!"

"역시 그렇게 나와야 정상이지."

나는 입고 있던 코트를 벗어 던졌다. 전에 상대하다 남았던 버그 두 마리와 고스티스터 셋, 소더러 A까지 합하면 6:1의 상황. 가장 문제가 되는 것은 소더러 A다. 버그 플레이어인지라 어떤 전력을 가지고 나올지 예측할 수 없다.

"와라, 마듀라."

소더러 A가 손가락을 까닥이며 내가 먼저 공격해 오길 유도했다. 날 우습게 보는 건 아니다, 녀석도 나의 실력을 잘 알고 있기 때문이다. 그럼에도 이런 여유를 부린다는 건 뭔가 생각이 있단 것인데… 어차피 녀석이 무슨 수를 쓴다 한들 싸워야 하는 건 매한가지다!

나는 무형참황검을 있는 힘껏 쥐고 실리스의 에르기아를 더욱 증폭시켰다. 단번에 끝장내겠어!

"하아아아!"

소더러 A에게로 끝장 쇄도한 나는 그의 앞에서 도약했다. 주위 공기가 빠르게 소용돌이치며 나와 소더러 A의 주위를 휘감았고 버그 NPC들과 고스티스터들을 몇 미터나 밀려 보냈다. 귓가를 스치고 지나가는 공기의 파공음이 시끄럽게 울려 퍼지는 가운데!

"죽어버려!!"

뛰어오른 나는 그의 왼쪽 어깨에 힘껏 검을 내리찍었다! 나의 검은 그의 왼쪽 어깨에 정확히 떨어졌고, 순간 소더러 A가 서 있던 자리의 땅바닥이 움푹 패었다. 드래곤은 고사하고 마공왕조차 이 공격에 재가 되었을 위력! 그 정도로 나의 이 일격기는 대단한 것이었다.

그런데……

"이게 다인가?"

무형참황검은 소더러 A의 어깨를 단 1㎜도 뚫지 못하고 막혀 버렸다. 내 주위를 미친 듯이 폭주하던 검기들은 눈 깜짝할 새에 사그라들었고 실리스의 에르기아 결계도 소멸되었다. 이게 어떻게 된 거야?

"후후. 지금의 나는 하나의 버그덩어리다. 내가 이 상태에 있는 이상 너는 내 털끝 하나 상처 입히지 못해."

"쳇!"

나는 왼손을 들어 올려 소더러 A 앞에 열다섯 개의 검광진을 띄워 겹쳤다. 이어서,

"검뇌격화성!"

겹쳐진 검광진에서 뿜어져 나가는 검은빛의 광선! 불과 2m 거리에서 직격으로 맞았으니 절대 무사하지 못할 것이리라! 하지만 이건 내

바람일 뿐이고… 소더러 A는 털끝 하나 다치지 않고 멀쩡히 서 있었다.

젠장맞을! 그럼 이것도 받아보시지!

다시 검광진을 띄우려 할 때 갑자기 무엇인가가 내 목과 허리를 붙잡았다.

"우리들은 안중에도 없다 이건가?"

"……?!"

고스티스터? 흥분하다 보니 깜박했다!

쿠당당탕!

안개사내가 날 들어 올려 땅바닥에 내리꽂자마자 시야가 3초 정도 어두워졌다. 그 3초의 시간도 아까운 그때 재빨리 몸을 일으킨 나는 우선 자리를 피했다. 이건 도망이 아니라 작전상 후퇴라는 거다. 소더러 A도 상대하기 벅찬 이때에 고스티스터들까지 어떻게 상대해!

하지만 이런 나에게 또다시 닥치는 고난이 있었으니…….

"오호호홋! 저의 덫에 걸려드셨군요."

내 주위에 거미줄처럼 얽혀 있는 이 실들… 이거 저년이 한 짓임에 틀림없었다. 전에 세희를 이용해서 내 면상을 갈겨댔던…….

이런다고 내가 후퇴를 못할 줄 알았나 보지? 텔레포트하면 그만인 것을.

막 텔레포트를 시동하려 할 때, 순간 눈앞에 바람칼날 같은 것이 지나갔다.

"이런!"

버그 NPC 두 마리를 깜박하고 있었다. 이렇게 협공을 하면 텔레포트 마법을 캐스팅할 수 없잖아! 싸운다기엔 쫄리고 피하기엔 막혀 버리니 이를 어찌하면 좋단 말인가? 젠장스럽게도 버그 NPC들은 주위에 깔린 실들이 아무 장해가 되지 않는 듯 주위를 자유롭게 활보하고 있었다. 역시 버그인가?

"젠장맞을!"

쿠콰캉!

욕설과 함께 다가오던 버그 NPC의 머리를 아래로 내리찍었다. 버그 NPC의 머리는 산산이 부서져 나갔고 몸체는 땅바닥에 떨어졌다. 하지만 가루가 되어 사라지거나 하진 않았다.

"마듀라, 과연 얼마나 버틸 수 있으리라 생각하나?"

소더러 A가 물었지만 나는 대답해 줄 생각이 없었기에 그의 말을 대충 씹었다. 지금 문제는 점차 좁혀들어 오는 실의 범위다. 내 주위를 속박하고 있는 이 거미줄, 점점 좁아지고 있어. 지금은 행동에 그리 제약을 받는 것은 아니지만 이것들이 점차 내 몸을 엉켜 들어가 움직임에 지장을 줄 것임이 틀림없었다.

"예상컨대 넌 10초도 못 버틴다. 그 이상 버틴다면 칭찬해 주지. 네 5년간의 전성기도 끝이로군."

소더러 A. 전부터 말 많은 거 알고 있었는데 못 본 새에 더 시끄러워졌구나. 버그만 아니었으면 옛날에 끝났을 것을!

"쳇!"

하지만 이 안타까운 현실에 무엇을 한탄하리?

그나저나 이 실 포박을 무슨 수로 뚫는다지? 이미 검기 같은 걸로 잘리지 않는다는 거 알고 있다. 버그 NPC들과 싸울 때 검기를 몇 번 날려봤는데 잘라도 잘라도 검기가 그냥 통과하더라.

"이걸 어찌해야 한다?"

나는 문득 하늘을 바라보았다. 지금 시각이 새벽 2시 30분. 달이 보였어야 정상일 터인데 웬 붉은 색 태양이 보였⋯ 가만! 저건?

"드디어 눈치 챘군. 내가 말했지? 10초 버티면 칭찬해 준다고."

소더러 A의 중얼거림을 들으며 나는 마른침을 삼켰다. 하늘에서 이쪽으로 정확히 떨어지고 있는 그것, 태양이 아니라 지름 10m 정도의 붉은색 불덩이였다. 정체는 말 안 해도 알리라.

"⋯⋯."

이럴 땐 어떡해야 하지? 막아야 하나? 아님 자리를 피해? 나의 전투 본능은 무엇을 택할 것인가?

"소광신화무!"

나의 전투 본능은 전자를 택했다. 검은빛의 장막이 내 주위에 씌워졌고, 그 장막은 불덩이를 맞을 준비가 되었다는 듯 크게 울리며 주위를 진동시켰다.

"와라!"

＊　　　＊　　　＊

(주)카마디.

[실험용 인형 게임 서버 접속 준비 완료되었습니다.]

"이제 다 된 건가?"

"다되다뇨. 코드네임하고 명령어를 내려야죠."

"아차! 깜박했다!"

⋯자기가 만들어놓고도 그걸 잊어버리다니⋯ 정말 한심하다. 이제 그만 부장 자리를 나에게 넘겨주실 때가 되지 않았을까?

시 부장님이 마이크에 입을 가져갔다. 이제 코드네임과 명령어만 내리면 카도라스 프로젝트에 첫발을 내딛게 되는 것이다. 자리에 사장님이 계셔야 했지만 지금쯤 꿈나라에 가 계시겠지.

시 부장님의 목소리가 또박또박 마이크에 전해졌다.

"코드네임 KDRS-00. 명령어는 마듀라의 친구, 동료, 연인, 그리고 그의 부하."

*　　　*　　　*

"크으윽!"

나는 신음을 지르며 몸을 일으키려 했지만 몸이 생각대로 움직여지지 않았다. 몸이 고장난 건 둘째 치더라도 시야가 제대로 보이지 않다는 게 더 문제였다. 왼쪽 시야는 완전히 맛이 가버렸고 오른쪽 시야는 흐릿해졌다가 보이고 흐릿해졌다가 보이고를 반복하고 있었다.

"호호호! 우리 오빠의 원수! 이렇게 갚게 되는구나. 오호훗! 아주 개 꼴났네~"

젠장! 저 계집애! 몸만 움직일 수 있다면 당장에 달려가서 목을 비틀어 버릴 텐데!

다행인지 불행인지 그 폭발 속에서 살아남긴 했다. 비록 이라스의 동쪽 1/10이 날아가 버리고 온몸이 화상을 당했지만.

"쿨럭! 쿨럭!"

허파에까지 불꽃이 번졌는지 기침을 하니 피가 섞여 나왔다. 내상을 크게 당한 모양이었다. 하지만 그리 고통스럽다고 느껴지진 않았다. 몸 밖과 몸 안이 심하게 저릴 뿐.

타박— 타박—

소더러 A가 이쪽으로 발걸음하는 소리가 들렸다.

걸어오던 그가 내 앞에 멈춰 서며,

“끝났군. 이게 너의 마지막이다. 이후로 카도라스에 더 이상 발을 들여놓지 말아라.”

“쿨럭! 쿨럭!”

“조용히 아웃시켜 주마.”

“닥쳐! 쿨럭!”

내가 이대로 죽을 줄 알아? 난 죽을 수 없어! 아직 세희하고 대륙 여행도 다 못했단 말이야! 젠장! 누가 이 자식 좀 말려봐!

그렇게 소리치고 싶었지만 어느 순간부터 말이 나오지 않았다. 목청까지 고장난 모양이었다.

“…….”

“콜록! 커윽!”

소더러 A의 손이 들어 올려졌다. 저대로 내리그으면 검기가 빠져나와 내 몸을 가르겠지. 내가 타인을 갈라본 경험은 많지만 타인에게 갈려본 경험은 별로 없는 것 같다. 그러고 보니 게임 이래 처음으로 맞아보는 PK구나. 그것도 과거에 알던 동료에게서. 이렇게 생각하는 걸 보니 내가 지금 포기 상태인가?

“포기하지 말아요.”

그럼 이 상황에서 날더러 어쩌라고? 네가 내 대신 싸워주기라도 할 거야?

“원한다면 당신의 적을 해치워드리겠어요.”

그럼 나야 좋다만… 그런데 넌 누구야? 누구한테서 들려오는 전음(傳

흡)이지?

"…글쎄요? 제가 누구죠?"

…너 바보냐?

"아~ 제가 바보였나요?"

짜증나게 하지 말고! 누구야?

"저도 잘 몰라요. 그보다 시급한 것 같은데."

그러고 보니 소더러 A의 손날이 내리그어지려 할 때였다.

내가 미쳤지. 게임 오버 직전에 뭔 이상한 소리가 들려오질 않나. 나는 반사적으로 눈을 질끈 감았다. 그런데,

"……."

"……!"

[게임 오버되셨습니다.]

…라는 카도라스 안내원의 목소리가 들려왔어야 정상인데 아무 반응이 없었다.

나는 조용히 눈을 떠보았다. 웬 소녀 하나가 나타나 나와 소더러 A 사이를 가로막고 있는 광경을 목격할 수 있었다.

뭐지, 이건?

"뭐냐, 너는?"

소더러 A가 당황해하며 뒤로 물러섰다. 나와 소더러 A 사이를 가로막던 그 소녀가 잔뜩 굳은 얼굴로 오른손을 뻗었고, 그 오른손에서 뻗어 나간 검은빛 광선은 소더러 A에게 명중했다. 소더러 A는 그것에 맞고 이라스 거리를 몇십 미터나 굴러가 처박혀야 했다.

내가 검뇌격화성을 썼을 때는 꿈쩍도 안 하던 녀석인데…….

"휴우~ 괜찮으세요?"

소더러 A를 날려 보낸 그녀가 날 돌아보며 물었다. 하얀색의 얇은 드레스 한 벌만을 걸친 모습에 나이는 17세 정도. 엉덩이까지 내려오는 길고 검은 생머리와 보석을 보는 것 같은 검은색 눈동자가 가장 먼저 눈에 띄었다.

나는 제대로 나오지 않는 목소리를 쥐어짜내며 그녀에게 말했다.

"너는… 누구야?"

"아까 몇 마디 주고받았잖아요. 그게 저예요."

아웃당하기 직전에 그 목소리였나?

"자세한 사항은 나중에 말씀드릴게요. 그보다 저 사람들을 처리하는 게 더 급선무 같은데요?"

고스티스터들을 말하는 건가? 하지만 난 움직일 수 없으니 네가 나 좀 살려줘!

"제가 책임지고 당신을 지켜 드리겠어요!"

가녀린 목소리로 힘껏 외친 그녀가 왼손을 들어 올렸다. 그러자 그녀의 주위로 열다섯 개의 검광진이 나타났다. 소더러 마스터인가?

"야아압!"

검광진 열다섯 개를 가볍게 겹친 그녀가 겹쳐진 검광진 안으로 손을 뻗었다. 그리고 무엇인가를 서서히 빼냈다. 검은색의 빛을 뿜으며 나타나는……

"무형참황검?!"

"칫! 방해되는 것들은 다 죽여 버려!"

소더러 A의 명령과 함께 고스티스터 삼총사들이 나와 소더러소녀에게로 달려들었다. 이 소더러소녀가 무형참황검을 사용하는 소더러 마스터래도 저 셋을 상대하는 건 무리다! 약점도 알지 못하면서 어떻게?

"하아앗!"

"야아압!"

불꽃소녀가 연신 공격을 가하며 소더러소녀를 밀어붙였다. 허공에 몇 번의 폭음과 검기가 난무하였고, 검에 가속을 붙인 소더러소녀가 이번엔 불꽃소녀를 밀어냈다.

엄청난 기세로 몰아붙이는 그녀!

눈 깜짝할 사이에 불꽃소녀의 상반신과 하반신이 분리되었다. 그녀는 비명도 지르지 못하고 가루가 되어 사라졌고, 안개사내와 흑발여성 고스티스터가 뒤를 이어 소더러소녀를 압박했다.

"크어어어어어!"

안개사내의 안개 변신에 잠시 주춤했던 소더러소녀가 손에 불의 구체를 만들어냈다. 파이어 볼인가? 어째서 마법까지 사용할 수 있는 거지?

안개 사이에서 발길질이 뻗어 나왔다. 그 공격을 피해 공중으로 뛰어오른 그녀가 만들어낸 파이어 볼을 안개로 던졌다. 안개는 가연성 가스처럼 불타올랐고, 안개사내가 본체로 돌아왔다. 그 틈을 타서 소더러소녀가 안개사내의 머리를 반으로 갈라 버렸다. 피가 튀기도 전에 안개사내의 몸체가 가루가 되어 사라졌고, 흑발여성 고스티스터가 끈을 이용해 소더러소녀를 속박했다.

"하… 하하. 대단하시네요, 저 둘을 게임 오버시키다니. 하지만 저는 어림없습니다!"

흑발여성 고스티스터가 양손을 주먹 쥐자, 소더러소녀의 양팔이 벌려졌다. 저거… 저대로 몸이 찢겨져 나가는 건가?

"꺄아아악! 꺅! 꺄악! 아… 파! 아파아아!! 꺄아악!"

소더러소녀의 입에서 연신 터져 나오는 고통스런 비명에 나는 눈을 질끈 감아버렸다. 저 애까지 죽어버리면 다 내 책임인데.

"꺄아아아악! 살려줘요! …라고 할 줄 알았죠? 호호!"

"…뭐지?"

뭐야?

"네~ 엄살이었어요."

소더러소녀가 아무 일 없었다는 듯이 흑발여성에게로 달려나갔다. 그리곤 무형참황검을 그녀의 가슴에 박아 넣었다. 어이가 다 없네. 어떻게 고스티스터 셋을 저리도 가볍게 처리할 수가 있지? 나도 처음엔 고전했던 놈들인데.

소더러 A가 분개하며 소리쳤다.

"젠장맞을 계집! 운영자의 종인가?"

그러자 소더러소녀가 그를 돌아보며 검을 겨눴다.

"아~ 아직 당신이 남아 있었군요."

"크으! 마듀라, 운 좋은 줄 알아라. 지금은 저 계집 때문에 돌아간다만, 다음번엔 2년 전의 계산을 마저 치러야 할 것이다."

"아잇! 도망치는 거예요?"

소더러 A가 로그아웃했다.

그리고 긴장이 풀려 버린 나는 게임과 정신이 떨어져 나가는 것을 느끼며 눈을 감아버렸다.

(주)카마디.

"후우~ 아슬아슬하게 고비는 넘겼군요."

"그러게 말이다."

나와 시 부장님은 한숨을 내쉬었다. 방금 모니터링에 비춘 화면을 본 후였다. 그런데 지금 이렇게 안심할 때가 아닌데……

"결국엔 버그를 잡지 못했군요. 소더러 A를 잡았어야 했는데… 쩝, 어쩔 수 없지요. 지금 버그 반응이 나타납니까?"

내 질문에 시 부장님이 모니터 화면을 돌렸다. 그리곤 고개를 가로 저었다.

"아니, 소더러 A가 로그아웃하고 반응이 끊겼어."

"그렇군요."

나는 의자에 몸을 깊숙이 기대어 시 부장님에게 물었다.

"그런데 그 인형 말입니다, 너무 센 거 아니에요? 아무리 레어 NPC 라지만 자칫 플레이어와의 조화가 깨지지 않을까……."

"그래도 밸런스는 잡아놨으니 걱정은 없어. 그리고 저 정도는 돼야 쓰레기들이 사라지지."

운영자는 무조건 절대적인 존재가 아니기 때문에 유저에게 함부로 강제력을 행사할 수 없다. 때문에 유저가 버그를 쓰든, 해킹을 하든, 그것은 게임 내에서 처리하게 되어 있다. 그래서 만들어진 것이 바로 현상금 제도와 법 제도이다. 처음엔 반응이 좋아서 현상금 사냥꾼이라는 비분류 클래스들이 나타났지만 한계가 있는 법이었다. 때문에 우리 운영자 측에서 내놓은 것이 바로 저 레어 NPC다. 천하무적, 절대막강을 자랑하는 레어 NPC는 원래 범죄자들을 소탕하기 위한 목적으로 만들어진 것인데, 신성이에게 붙인 저 인형은 좀 다른 목적으로 만들어진 거였다.

"후우~"

잠시 생각하던 나는 자리에서 일어섰다. 여기서 이대로 꾸물거릴 수만은 없었다.

＊　　　＊　　　＊

깨어나 보니 밤 9시였다. 이게 어떻게 된 거라냐? 소더러 A하고 싸우다 갑자기 정체 불명의 소녀가 나타나 날 구했고 그때 필름이 끊긴 걸로 아는데.

나는 침대 위에 누워 있는 상태에서 PX 헬멧을 벗었다. 그리고 고개만을 돌려 시계를 보았다. 내가 필름이 끊겼을 때가 새벽 3시경이었을 것이다. 그리고 지금이 밤 9시라면… 18시간을 잔 것이란 말인데… 늦잠을 자긴 했지만 개운하다. 방학 후 이틀 만에 자보는 거니까.

"으윽!"

막 몸을 일으키려는데 머리가 띵— 하게 아파왔다. 18시간을 누워 있었는데 안 아플 리가 있나.

"크으!"

한동안 머리를 부여잡던 나는 거실로 향했다. 배가 고팠기에 뭐 좀 먹고 싶었다. 냉장고를 열어보자 먹다 남은 케이크가 한 조각 보였다. 대충 그것으로 허기를 채운 나는 다시 방으로 올라가서 게임에 접속했다(완전 폐인이다).

접속된 곳은 한산한 이라스의 중앙 광장, 이라스 석(石) 앞.

몸은 상처 하나 없이 멀쩡했지만 캐릭터 체력 수치는 3을 기록하고 있었고, 입고 있던 옷은 완전히 걸레짝이 되어 있었다.

으… 쪽팔려! 마스터 레벨이 이런 거지꼴이라니. 빨리 옷 가게에 가서 옷 사 입어야겠다. 미스릴 갑옷도 다 깨져 나가고 꼴이 말이 아니구만.

"어이~ 신성아."

"……?"

막 옷 가게로 향하려는데 익숙한 목소리가 날 불렀다. 고개를 돌려보자 최준 형이었다.

저 인간은 또 왜 나타난 거야?

"꼴이 그게 뭐냐? 받아라."

형이 아이템 창에서 검은색 로브를 한 장 꺼내 주었다.

나는 그것을 대충 몸에 두른 뒤 형에게 물었다.

"어쩐 일이야?"

"어쩐 일은… 오늘 새벽에 소더러 A 만나서 대판 싸웠지?"

"알고 있었어?"

"그리고 정체 불명의 소녀가 나타나 너를 구했고."

"어라? 그것도 알아? 말 나온 김에 물어보자. 그 소녀에 대해 아는 거 있어?"

"알고말고. 나중에 천천히 설명해 줄게. 우선 자리를 옮기자. 그쪽도 그만 나오고."

"……?"

최준 형이 내 뒤로 시선을 주며 말했다. 내 뒤에 누가 있었나?

나는 의아해하며 고개를 돌렸고, 뭔가 내 뒤를 빠르게 지나가는 것을 볼 수 있었다. 뭐야?

"헤헤! 들켜 버렸네."

"……."

뒤에 숨어 있던 그녀는 어제 날 구해주었던 정체 불명의 소더러소녀였다. 약삭빠르게도 내가 고개를 돌릴 때 같이 몸을 돌려 시선을 피하고 있었다. 이게 지금 나하고 장난하나? 그래도 생명의 은인인데 함부로 대할 수도 없고…….

"빨리 따라와."

최준 형의 독촉하는 소리를 들으며 나와 그녀는 최준 형의 뒤를 따랐다.

남쪽 공원의 어느 벤치에 앉아 어젯밤의 일과 이 소녀에 대한 설명을 최준 형에게서 듣는 중이었다.

그러니까 형 말은 내가 소더러 A 패거리한테 린치당하고 있을 때, 형이 날 위해 가드를 보내줬다… 는 말이다. 왜 하필 신나게 얻어터지고 나서 다 끝나갈 때쯤에 가드를 붙여주냐고.

"이 소녀 NPC는 네 아버지가 1년을 고심하여 개발해 낸 끝에 완성시킨 최첨단, 최신식, 고밀도, 초정밀, 뉴 기종 레어 NPC다. 예쁘지? 디자인 설정하는 데만 반년이 걸렸지. 후후!"

자기가 만든 것도 아니면서 자랑스런 말투로 말하는 최준 형이었다. 내가 소더러 A한테 당한 걸 생각하면 분풀이해 주고 싶지만 그래도 날 위해 가드까지 붙여주다니. 이번만 봐준다.

"어쨌든 고맙수, 덕분에 살았으니. 그럼 난 이만 가볼게."

더 이상 들을 말도 없었기에 발걸음을 돌렸다. 발걸음을 돌리는데 최준 형이 날 막아 세웠다.

"마듀라. 이 아이, 네가 데려다 키워라."

뭣이?

"무슨 소리야?"

"언제 또 소더러 A가 기습해 올지 모르잖아. 전처럼 또 당할 거야?"

그건 그때 가서 생각해야지.

"그때 가서 생각하겠다는 생각은 접어라. 이건 예방 차원에서, 널 걱정해서 붙여주는 거다."

하! 눈물나게 고맙수.

"그치만 여자애를 키우라니! 이게 무슨 딸 키우는 육성 시뮬레이션 게임이야?"

"그럼 남자애로 바꿔줄까?"

“아니, 여자애가 더 좋아.”

“그럼 데려가.”

“…….”

…어쩌다 이야기가 이렇게 새 나갔지? 이건 내가 최준 형의 페이스에 말려들었단 소리?

“아무튼 싫어! 괜히 여자애 데리고 다니다가 세희한테 오해받아서 채이면 어쩌라구!”

“그럼 내가 세희 양을 가로채 줄게.”

“…….”

저거 죽고 싶어 환장한 거지?

조용히 검광진을 띠우는데 최준 형이 황급히 손을 내저었다.

“어허! 농담이야, 농담! 만약 세희 양이 오해를 한다면 이 형이 직접 나서서 오해를 풀어주지! 그리고 여자 친구 한 명 더 생긴다 생각하고 그냥 받아줘라. 짜식이~ 속으론 좋으면서.”

“…….”

나는 말없이 소녀 NPC에게로 시선을 돌렸다. 초롱초롱한 눈빛으로 나와 눈을 마주치고 있는 그녀. 외모로만 따지자면 세희와 맞먹을 정도로 예쁘다. 세상에 누가 캐릭터 디자인을 했길래 이런 인형 같은 미소녀가 탄생했을까? 우리 아버지가 캐릭터 디자인을 했을 리는 없는데…….

“이름이 뭐야?”

내가 이름을 묻자 그녀가 기다렸다는 듯이 대답했다.

“없어요! 어서 지어주세요. 이름이 갖고 싶어요. 예쁜 이름이 필요해요. 마이 네임~ 닉네임~ 아이디~ 플리즈~”

“…….”

전생에 이름 없이 살다 죽은 처녀귀신으로 프로그램됐나?

최준 형이 날 돌아보며 말했다.

“네가 이름을 지어줘라. 앞으로 이 아이의 주인이 될 테니까.”

주인이라고 하니까 조금 이상하네. 내가 무슨 요상스런 취미를 가진 변태도 아니고.

그보다 어떤 이름이 좋을까나?

3초 정도 깊게 생각한 나는 예쁜 닉네임을 하나 떠올렸다.

“실피르니아드 샤레베를레인저 루스테이시나. 줄여서 실피. 어때?”

“그, 그게 이름이냐?”

“까아! 너무 뷰리플한 이름이에요! 엘레강스해요! 럭셔리해요! 베리 베리 굿 판타스틱해요!”

최준 형은 땀을 삐질 흘렸지만 실피가 좋다는데 어쩌겠어? 맘에 든다니 다행이구만.

“뭐, 어떤 이름이든 상관은 없지. 실피 잘 간수해라. 그녀는 네가 없으면 제 힘을 발휘하지 못하니까. 자칫 네가 없는 도중에 뭔 일을 당할지 알 수 없어. 그럼 난 간다.”

최준 형이 로그아웃해서 사라졌다. 그러자 이제 자리에는 나와 실피밖에 없었다. 실피는 자신의 이름을 외우느라 정신이 없는 모습이었다. 그보다 빨리 옷부터 사 입어야겠다. 이 꼴로 길거리를 돌아다니간 거지 취급받기 십상이니까.

＊　　　　＊　　　　＊

시험 성적이 발표되었다. 그리고 나는 성적표를 받고 한동안 충격에서 헤어 나오질 못했다.

평균 40점.

결국엔 이런 결과가 나오고야 말았다. 한국에 있었을 때는 이렇지 않았는데. 이런 점수를 받아본 건 이번이 처음이었다. 전교 꼴찌에서 다섯 번째였다.

성적표를 받아본 삼촌이 흥분하시며 잔뜩 화를 내셨다.

"이게 무슨 점수야? 너, 매일 게임이다 뭐다 해서 밤 새더니 결국 이렇게 된 거냐? 게임 아니면 PDA로 채팅이나 해대고! 당장 게임 그만 둬!"

"……!"

삼촌이 흥분하시며 성적표를 내던졌다. 그보다 게임을 그만두라니! 그럴 순 없어!

나는 고개를 있는 대로 저으며 삼촌을 말렸다. 하지만 삼촌은 날 냉정히 뿌리치며 게임기를 찾았다.

"게임기 따위 없애 버릴 거야!"

"……!"

게임기를 없애겠다니! 게임기만은 뺏길 수 없어! 그건 신성이가 나에게 준 선물이란 말이야!

나는 황급히 침대 위에 놓여 있는 게임기를 품속에 파묻었다. 이건 제발… 안 돼!

"뭐냐? 반항하는 거냐? 당장 내놓지 못해!"

짜악—

왼쪽 안면에서 느껴지는 화끈한 충격과 함께 나는 침대 위로 쓰러졌다. 가슴에 품고 있던 게임기가 내 품에서 벗어나며 땅바닥에 떨어졌다. 삼촌에게 따귀를 맞은 부위가 아픈 것은 문제되지 않았다. 조금은 냉정하시지만 그래도 날 이해해 주시는 분이라 믿었는데, 삼촌이 나에게 이런 짓을 할 줄 몰랐다.

"너도 이제 고3이다. 공부에 전념할 나이야! 매일 게임에만 빠져서 좋은 대학에 갈 수 있겠어? 여긴 한국이 아니란 말이다! 새로운 환경에 들어섰으면 더 잘해야 할 거 아냐? PDA도 뺏어버리고 싶지만 넘어간다!"

"……."

삼촌이 떨어진 게임기를 들고 방에서 나갔다. 나는 한동안 침대 위에 앉아 있다가 울음을 터뜨렸다. 이럴 땐 정말 말을 하고 싶은데 못하는 내 자신이 너무 한탄스러웠다. 신성이가 있었으면… 그랬으면 날 위로라도 해줬을 텐데.

"……."

신성이?

나는 눈물을 훔치며 PDA에 메시지를 적었다.

＊　　　＊　　　＊

다음날.

라면으로 저녁을 때우고 다시 방에 올라가려는데 핸드폰 벨 소리가 울렸다. 세희에게서 온 것이었다. 어제 하루 종일 게임에 접속을 안 해서 무슨 일 있나 걱정했었는데.

핸드폰 액정을 통해 세희가 보낸 메시지를 보자,

신성아. 나 게임 못할 것 같아. 이번에 시험을 못 봐서 혼났어. 때문에 게임기도 뺏겨 버렸고.

게임기를 뺏겨? 누가 감히 세희의 게임기를 뺏어가? 시험 못 봤다고 게임기를 뺏어가다니!
나는 당장에 답장을 보냈다.

누가 게임기를 뺏어갔어? 내가 당장에 중국으로 넘어간다!

된다면 진짜로 중국으로 넘어갈 생각이었다. 일상에서도 떨어뜨렸으면서 가상에서까지 사이를 갈라놓으려 하다니! 그랬다간 절대 가만있지 않겠어!
10초 만에 세희에게서 답장이 돌아왔다.

흥분하지 마. 다음 시험 잘 보면 게임기를 돌려주시겠지. 아무튼 당분간은 게임에 접속 못할 것 같아.

지금 흥분 안 하게 생겼나? 무슨 방법이 없을까? 방법…….
아! PX방? 그래! 인터네셔널 PX방이 있다! 중국에도 있을 것이었다. 한 시간 이용료가 오천 원. 중국은 우리 나라보다 물가가 싸니까 천 원 정도 할 것이다. 그곳을 이용하면 게임에서 만날 수 있어!

세희야, 근처에 PX방 있어? 있으면 그곳에서 보자.

[로그인되었습니다.]

오프닝이 지나가고 배경이 눈앞에 펼쳐지며 주위가 밝아졌다. 하지만 얼마 가지 않아 밝아졌던 시야가 갑자기 어두워졌다. 뭐지? 버그인가?

의아해하며 눈가에 손을 가져가는데 누군가가 내 눈을 가리고 있다는 것을 눈치 챘다.

뒤에서부터 간드러지는 목소리가 들려왔다.

"누구게~"

세희는 목소리는 아니다. 김선미의 목소리는 더 더욱 아니다. 그리 익숙한 목소리는 아니었지만 금세 알아차릴 수 있었다.

"실피."

"정답!"

어두웠던 시야가 다시 밝아지며 주위가 분간되었다. 뒤를 돌아보자 실피가 웃는 낯으로 서 있는 걸 볼 수 있었다.

한편으론 조금 아쉽다. 세희였으면 했는데…….

"…뭔가 안타까운 듯한 표정이네요?"

나는 짐짓 딴청을 피우며 되물었다.

"그보다 나 없는 동안 뭐 했어? 선실에서 자고 있었어?"

"아뇨, 그냥 도시 거리 이곳저곳 돌아다녔어요."

"돌아다니다니? NPC가 함부로 돌아다녀도 되는 거야?"

"왜요? 그럼 안 돼요?"

안 되는 건 아니지만 길거리에 버려져 있는 NPC는 유저들이 주워 채갈 가능성 99.9%다. 그것도 실피 같은 미소녀라면 더욱더.

“누가 찝적대진 않든?”

“에… 느끼하게 생긴 오빠들 여섯 명하고 아저씨 세 명이요.”

많이도 들러붙었다.

“그래서 어떻게 했어?”

“혼내줬지요!”

“어떻게?”

“노 코멘트~”

“…….”

…그나저나 빨리 세희 맞을 준비를 해야겠는데? 세희는 실피를 처음 보는 거니까 세희의 입장에서 보면 내가 실피하고 바람피웠다고 오해할 수 있다. 오해하는 경우엔 최준 형을 부르면 되겠지만, 그래도 실피는 눈에 띄지 않는 게 좋을 것 같다. 문제는 실피를 어디다 숨기냐 하는 건데.

“너, 내가 부를 때까지 침대 밑에서 자고 있어라.”

“네? 자다뇨? 그것도 침대 위에서도 아니고 밑에서?”

“어. 빨리 들어가서 자!”

“하지만 잠도 안 오고 침대 밑에는 먼지가 많단 말예요. 저 같은 초미소녀를 그런 더러운 곳에 넣으려 해도 되는 거예요?”

“응.”

“…….”

잠시 말이 없던 실피가 조용히 침대 밑으로 기어들어 갔다. 나는 그녀에게 주의를 주는 것을 잊지 않았다.

“절대 내 명령 없이 나와선 안 돼! 알겠어?”

“네~”

좋아. 실피는 이 정도면 됐다. 나는 침대 위에 앉아 조용히 세희를 기다렸다.

기다린 지 5분쯤 되었을까?

"신성아!"

세희가 로그인했다. 로그인하자마자 나에게 달려와 포옹을 하는 그녀.

"신성아!"

"세희!"

재회의 기쁨 때문인지 눈물까지 글썽이는 세희였다. 이틀 만에 만난 게 그리도 감동적인가? 내가 그렇게 그리웠어?

"어머! 여자 친구 예쁘네. 듀라님은 저런 스타일 취향인가 봐요?"

나는 순간 소스라치게 놀라 버렸다. 실피! 저것이 아직도 안 자고 있었나? 나는 침대 밑에서 이쪽을 바라보고 있는 실피를 발견할 수 있었다.

"호호! 걱정 마세요. 이 전음은 듀라님밖에 안 들리는 거거든요."

어서 자라.

"잠이 안 오는걸요. 그보다 둘이 어떻게 사귀게 된 거예요?"

시끄러! 말 걸지 마!

"호호! 둘이 껴안고 있네. 지금이 기회예요! 끌어안는 척하면서 엉덩이를 만져 봐요~ 몸을 더 밀착시키시고 더듬어봐요~ 만지고 싶다~ 만지고 싶다~"

최면도 걸지 마!

"침대로 간다~ 그리고 여자 친구를 눕힌 다음……."

음담패설도 집어치워! 너, 자꾸 떠들면 새우잡이 배에 팔아버린다!

"까앗! 너무해!"

실피가 토라지며 말을 끊었다. 그리곤 침대 밑으로 쏘옥 들어가 버렸다. 실피는 뒤로 제끼고 지금은 세희 문제가 더 급했다.

"실리, 어떻게 된 거야? 갑자기 게임기를 뺏겨 버리다니?"

"응. 그게 말하자면 길어. 그러니까……."

세희는 그 이틀 동안 있었던 일들을 모두 설명하기 시작했다. 시험 점수 40점을 맞은 거부터 시작해 삼촌에게 게임기를 뺏긴 것까지. 그녀의 이야기를 들으면서 나는 저절로 이가 갈렸다. 아무리 세희가 시험 점수 40점을 맞았다고 하지만 게임기를 뺏어버리다니! 그건 절대 비도덕적 행위인 것이다!

감히 세희의 게임기를 뺏어가? 그거 내가 세희를 처음 만난 날 선물해 준건데.

"내가 직접 중국으로 가서 게임기를 되찾아주겠어!"

그러자 세희가 날 말렸다.

"그러지 마. 이렇게 만날 수 있는 것도 어디야. 나중에라도 게임기를 돌려주시겠지."

"그치만……."

"난 괜찮아. 그리고 무턱대고 중국으로 오면 안 돼. 겨우 나 때문에 중국으로 온다면 우리 친척들이 너와 내 사이를 이상하게 생각할 거야. 우리 친척들은 상당히 보수적이거든."

"……."

"그리고 설사 내가 게임을 접는 한이 있어도 그냥 넘어가 줘."

"그건 안 돼! 게임을 접겠다니 무슨……."

"부탁이야! 그렇게 해줘. 나 때문에 듀라가 부담스러워하는 건 싫어."

“……”

고개를 숙이는 세희의 모습에 나는 한숨을 내쉬었다.

결국엔 내가 두 수 접는구나. 첫 번째 수는 내가 세희를 중국으로 보낸 거, 두 번째 수는 세희의 게임기를 뺏긴 거. 과연 나는 언제까지 양보해야 할까? 언젠가는 모두 돌려받아야겠지.

막강이의 선실.

일주일 동안 PX방에서 근근히 접속하던 세희는 어느 순간부터 게임에 접속하지 못했다. 어느 정도 예상했던 일이었다.

결국 친척들의 반대를 꺾지 못했어. 미안해, 신성아. 다시 게임에 접속할 수 있도록 노력해 볼게.

친척들은 PX방 출입도 허용하지 않았다. 이제 그녀와 주고받을 수 있는 연락망은 PDA뿐.

하지만 시도 때도 없이 문자를 날려댈 수 없었다. 그녀가 학교 공부를 할 수 있도록 낮엔 채팅을 금하고 밤중에 연락을 취하는 시스템(?)을 쓰고 있다.

때문에 요즘은 낮에 주로 게임을 한다.

“듀라님~ 듀라님~ 요즘 기운이 없어 보이세요. 여자 친구가 게임에 접속 안 하는 날부터……”

실피가 걱정스러운 얼굴로 물었다. 나는 대답해 주기도 귀찮아 대충 고개를 저으며 선실을 빠져나왔다. 선실을 나서자마자 시원함이 느껴지지 않는 바람이 내 이마를 스치고 지나간다.

바람과 섞여 들어가는 나의 한숨 소리…….

"휴우~"

세희가 접속을 못한 지 사흘째 되는 날. 게임할 낙이 사라진 기분이었다. 세희와 함께했던 1년이 조금 못 되는 시간. 그때는 내가 세희를 성장시켜 가면서 카도라스를 했었다. 초보 유저를 키운다 생각하면서 게임을 한 그때가 지난 5년간 카도라스를 하면서 가장 보람있던 때가 아니었나 생각한다. 세희와 함께하지 않았던 4년의 시간은 거의 적을 죽여야 내가 살아남는, PK로 찌든 생활이었으니까.

그런데 그 보람도 이제 끝이다. 친척들의 성격을 볼 때 세희의 게임기를 쉽사리 돌려줄 것 같지가 않았다. 내가 사람 보는 눈은 정확하니까.

나는 다시 한숨을 내쉬었다.

"휴우~"

이제 난 어떡하면 좋지? 어떡하면 좋을까? 세희를 대신해 누군가를 또 데리고 다녀야 할까? 하지만 내가 믿을 수 있는 사람이어야 한다. 잘못하면 제2의 소더러 A 꼴 날 수 있는 것이다.

믿을 수 있는 사람이라…….

"한숨 쉬지 마시고 힘내세욧! 힘! 아잣! 파이팅!"

지금 믿을 수 있는 사람… 아니, NPC는 실피밖에 없단 말인가? 내가 믿을 수 있는 사람이 세희하고 실피밖에 없다니. 나란 놈은 인간 관계가 어떻게 되먹은 걸까?

"에헤헤! 우리 기분 전환 겸 이라스 거리 구경하러 가요."

내가 실피를 믿는 이유는 실피가 NPC이기 때문이다. NPC는 인공지능 프로그램이라 사람한테 거짓말을 할 리 없다. 게다가 내 말이라면 무조건 순종적으로 잘 따르고. 가끔 NPC답지 않게 까불거리고 덜 렁대지만 그런 면이 더 귀여워 보인다.

"제 얼굴에 뭐가 묻었나요?"

내가 실피를 뚫어지게 쳐다보고 있자 그녀가 어디선가 거울을 꺼내 들어 자신의 얼굴을 살폈다.

잠시 거울을 보던 실피가 혼잣말처럼 중얼거렸다.

"예쁘기만 한데?"

"……."

저것이 공주병인가?

나는 양손으로 양 볼을 탁탁 치며 정신을 차리려 했다(게임인데 볼 친 다고 정신이 차려지겠냐마는). 그리고 길게 숨을 들이마신 뒤 내뱉었다. 한결 가벼워지는 기분.

"실피, 이라스 구경가자."

"그 말을 기다리고 있었사옵니다! 야호—!"

＊　　　＊　　　＊

"복수할 수 있는 절호의 기회였는데! 으으으… 이제 어쩔 거야."

하쯔미가 분개하며 소리쳤다. 그녀의 앞 파이프 의자에 앉아 있는 그도 썩 기분 좋은 얼굴은 아니었다. 하지만 그녀의 말에 답할 생각 없 이 그 자리에서 부동 자세로 있기만 했다.

보다 못한 하쯔미가 욕을 날렸다.

"젠장! 그렇게 앉아만 있으면 일이 해결돼?"

"너무 흥분했어, 하쯔미. 진정해."

흥분한 하쯔미를 미카가 진정시킨다. 현재 자리에 있는 고스티스터는 그녀 둘이 전부였다. 자리에 없는 사람은 야마모토 타케루뿐.

그녀들 앞에 앉아 있던 남자가 무미건조한 목소리로 입을 열었다.

"나는 며칠간, 아니, 몇 달간 게임에 접속하지 못할 것이다. 마듀라 앞에 나서는 건 너희들 자유지만 알아서 몸 간수해라. 알겠나?"

"칫! 알겠어."

"알겠습니다, 소더러 A."

*　　　*　　　*

"그게 정말이야? 아도니아 대륙이 오픈했다는 말이?"

"그렇다니까. 홈페이지도 못 봤어? 일주일 전부터 떠들썩했다구. 오픈한 지 벌써 하루나 지났는걸."

나는 속으로 아차 싶었다. 방금 엿들은 유저들의 대화 내용 중 '아도니아 대륙' 부분에서였다. 지난 며칠간 너무 많은 일들이 겹치다 보니 아도니아 대륙 오픈을 깜박했었다. 그곳에서 최강의 무기를 가공하기로 되어 있었는데 그런 중대한 대업을 까먹다니.

나는 우선 정보 길드에서 아도니아 대륙에 관한 자료를 뽑았다. 아도니아 대륙 지도부터 시작해 이벤트까지 세세하게 적혀 있는 것이었다. 자료를 훑어보던 중 나는 그것에서 흥미로운 자료 한 가지를 발견할 수 있었다.

그 한 가지 흥미로운 자료는 아도니아 대륙으로 통하는 바닷길이 해룡(海龍)으로 인해 가로막혀 있다는 것이다. 이 해룡은 확장팩 후에 추가된 7대 마룡 중 하나라고 하는데, 해룡에 관한 자세한 사항은 기록되지 않았지만 '7대 마룡' 이란 단어 하나로 모든 것이 설명 가능하다.

무조건 짱 쎄다는 것.

지금 이 해룡이 뱃길을 가로막고 있어서 유저들이 아도니아 대륙으로 못 가는 실정이란다. 자기가 직접 해룡을 처리하면 될 텐데 상대가 7대 마룡인지라 다들 누군가 해룡을 클리어해 주기만을 기다리는 중이었다. 이러니까 카도라스에 발전이 없지. 없으면 말고 있으면 받는다는 해이해진 기강. 지금 카도라스 유저들의 현실이 이렇다.

하지만 누군가는 꼭 해야 할 일. 그 일을 내가 맡기로 했다.

"바람 좋다! 평균 속도로 전진!"

"야호—!"

기대감 반 두려움 반의 마음으로 아도니아 대륙으로 향한 지 3시간쯤. 아도니아 대륙은 가니아 대륙에서 북서쪽에 위치해 있었다. 그곳으로 가는 3시간 동안 그냥 있으면 지루하니까 심심함을 타파하기 위해서 떠올린 놀이가 바로 짤짤이다. 세희하고 자주 했었는데.

실피와는 벌써 3시간째 계속되고 있는 짤짤이였다.

"짝 하겠어요!"

"잘 생각해 봐. 이게 짝일까? 짝일지 모르지. 하지만 홀일지도 몰라. 확률은 반반이야. 정말 이게 짝일까?"

"…그래도 짝."

"마지막으로 한 번 더 기회를 주지. 짤짤이는 시작한 지 3시간 만에 터득할 수 있는 가벼운 게임이 아니야. 상대방의 행동을 간파하여 홀과 짝을 가를 때의 스릴을 만끽함으로써 인간의 빡돌증을 제어하고 나아가 사회적 측면을 바라보는 데 있어 날카로운 비판 사상을 일깨워 주는 인간 심리학적 변리변화 법칙에 유용한 게임이란 말이지. 즉, 한

번 더 생각해 보란 말이야.”

내 언변에 혼란스러운 표정을 짓던 실피가 머리를 부여잡으며 생각에 잠겼다. 그리고 10초 후,

“…호, 홀하겠어요.”

딱 걸렸다.

“1, 3, 5, 6… 짝이다! 아싸! 또 이겼지롱~”

“이잉~ 또 졌어!”

이것이 바로 프로와 아마추어의 차이란 말이지. 날 이기려면 지리산에서 백 년은 더 수련하고 와야 할 것이다.

계속 지기만 하는 데 심통난 것인지 실피가 토라지며 볼멘소리로,

“흥! 이제 지겨워! 안 해!”

“왜? 한판 더 하지?”

“하고 싶어도 돈이 없어요!”

돈이 없긴, 지금까지 내 돈으로 계속해 온 주제에.

나는 선실 바닥을 굴러다니는 동전들을 주워 머니 창에 넣었다. 동전을 다 집어넣은 나는 실피와 함께 선실을 나왔다. 지금 시각 오후 3시. 배는 계속해서 북서쪽으로 향하고 있었고 지금은 바다 한가운데였다. 이제쯤 해룡이 나타날 때가 되었는데…….

잠시 수평선을 바라보며 말이 없던 실피가 물었다.

“그런데 듀라님, 해룡은 7대 마룡이잖아요.”

“그렇지.”

“마룡은 카도라스 최강의 생명체 아닌가요?”

“그렇지.”

“그럼 듀라님은 7대 마룡을 이길 수 있어요?”

“글쎄.”

그렇게 묻는다면 할 말이 없지.

“글쎄라뇨? 그럼 승패가 불투명하단 말씀이세요? 그런데도 싸우러 가는 거예요?”

그럼 반드시 승산이 있을 때만 싸워야 한단 말이야? 그건 아니지. 사나이란 도박에 모든 것을 올인할 줄 아는 배포가 있어야 한다. 그 도박에 성공하면 성공한 거고 실패하면 실패한 거다. 그것이 바로 벼락치기 인생. 현실에선 그렇지 않지만 카도라스에선 벼락치기 인생으로 이 자리까지 올라온 깡폐인의 대명사가 바로 나다.

그나저나 지금 아도니아 대륙에 발을 들여놓으면 최초가 되는 건데, 첫 번째 손님한테 유니크 아이템을 준다는 이벤트 같은 건 없나?

바다에 들어선 지 3시간 30분쯤 지났을 때였다. 할 짓 없이 배 갑판에서 실피와 시체 놀이를 하던 중이었다.

—또 인간들인가? 이번이 세 번째군. 긴말이 필요없겠지?

갑작스레 들려오는 전음에 나는 몸을 벌떡 일으켰다. 드디어 올 것이 온 것인가?

“방금 무슨 소리 들렸죠?”

“어, 들었어. 조용히 해봐.”

실피와 말을 주고받은 후 나는 주위를 경계했다. 듣기로는 해룡은 성깔 더럽다는데 예고도 없이 공격해 올 것 같았다. 꼬리가 배를 덮친다든지 하는…….

때맞춰 거대한 폭포수 떨어지는 음이 들렸다. 뭔가 살기도 느껴지는 듯?

실피가 뒤를 돌아보며,

"앗! 저건 뭐죠?"

"……?!"

바다를 뚫고 거대한 무엇인기가 튀어나왔다. 4~50m쯤 되어 보이는 회색의 물체!

우와! 저것이 무엇이오? 해룡이의 꼬리가 아니더냐? 정말로 배를 덮치려는 것인가?

"소광신화무!"

날아오던 녀석의 꼬리는 나의 검기막에 의해 간신히 막혔다. 하마터면 꼬리에 깔려 물귀신 될 뻔했네!

나는 관자놀이를 타고 흘러내린 식은땀을 훔쳐 내며 소리쳤다.

"어이! 해룡아! 너무 비매너적이라는 생각 들지 않니? 갑자기 공격해 오면 나쁘잖아. 우리 함께 매너 사회를 개척하여 세계의 민주주의를 이끌어가는 원동력이 되어보지 않으련?"

―닥쳐라, 인간! 난 말 많은 인간 싫어!

들던 대로 성격은 더럽구나. 여기가 바다가 아니라 육지였으면 넌 죽었다. 그리고 감히 나에게 욕을 해? 그럼 나도 정당방위가 성립되어 욕을 할 수 있다는 말이다.

"C발! 니 애미가 글케 가르치든? 누구 앞에서 지랄이야, 지랄은?"

―니 앞에서!

"내 앞엔 아무것도 없는데? 너 꼬랑지 빼고 치사하게 뒷치기냐? 하이고오~ 7대 마룡이란 놈이 숨어서 뭐 하는 짓거리래?"

―하찮은 인간 같으니!

"하찮은 인간이 무서워서 꼬랑지 뺀 거라고? 내가 누군지 알아? 내가 길드 마스터야. 이거 왜이러셩~ 내가 손가락 한 번 까딱하면 1억 명의 길원들이 달려와 널 토막난 개껌을 만들어 버릴 거라구! 알아?"

—몰라.

"아, 쌍할스럽네! 너, 우리 아버지가 누군지 알아? 프로그램 부 부장이야! 그리고 내 친구가 이벤트 담당부에서 한창 잘 나간다는 '미스터 최' 야! 내 말 한마디면 너 짐 싸 들고 카도라스 나가야 돼! 모가지라구! 알아?"

—근데!

"아, 도대체가 말귀를 못 알아듣네? 내가 얼마나 무서운지 아직도 모르겠어?"

—원하는 게 뭐야?!

"살려줘."

—…….

해룡이 암말도 없이 패닉에 빠졌다. 해룡뿐 아니라 실피도 한동안 그 자리에서 굳어버렸다. 왜들 그러는지 모르겠다. 내가 왜? 어때서? 살려달라는데 뭐가 죄야?

20초간의 무거운 패닉 상태에서 나는 뻘쭘해짐을 느끼며 뒷머리를 긁적였다.

"하하! 왜들 그러시나. 이렇게 조용하면 부끄럽잖아."

—…이런 엿 같은 인간이라니! 죽여 버리겠어어어!!

해룡이가 폭주했다. 오히려 역효과였나? 내가 계산했던 바로는 불쌍해서 봐주는 거였는데.

—크어어어! 다 죽었어!

"칫! 어쩔 수 없다. 실리, 내 뒤를 서포트해 줘!"

“네?”

아차, 실수했다. 세희는 지금 없지. 습관화돼서 깜박했군.

나는 급히 명령을 정정했다.

“실피, 같이 나가서 싸울래, 아니면 내 뒤를 서포트해 줄래?”

“같이 싸울래요!”

“좋아! 나가자! 소환주의 명을 따라 나타나라, 마갑 알트레탈리! 영검 베도밀!”

손에 마스터 무기 알트레탈리의 건틀렛이 씌워지고 베도밀이 쥐어졌다.

나는 당당하게 바다에 대고 외쳤다.

“야! 헤롱이! 나와!”

—헤롱? 내 이름은 해룡 돌리토리스다!

“도리도리스? 곤지곤지하고 잼잼이 니 친구냐?”

—으아아아악! 진짜 죽어 버리고 만다!!

짜식이 흥분하긴. 어쨌든 작전은 성공했군. 녀석을 물 위로 올라오게 했으니까.

크기 150m에 달하는 회색의 용이 바다를 가르며 나타났다. 정말 진짜 짱 크다, 그런데 생긴 게 꼭 수장룡 같이 생겨먹었다. 발 대신 물갈퀴가 있고 목이 긴 공룡 녀석 말이다. 푸헤헤! 날개도 없어!

“너 조따 못생겼다.”

—닥쳐라!!

“닭 가져와라! 쳐줄게!”

이젠 나도 막나간다. 목숨 따윈 구걸하지 않는다. 마룡한테 배 째라 식으로 개기는 놈은 카도라스에서 나밖에 없을걸?

곧 해룡이가 입에서 브레스를 발사했다. 브레스라기도 뭣한 게 그냥 입에서 나오는 거대한 물줄기였다. 나는 배에서 점프하며 그것을 피해 냈고, 녀석의 브레스는 실피가 검기막을 형성시켜 막았다.

드래곤의 목까지 뛰어오른 나는 베도밀을 크게 휘두르며 투사 스킬을 발동시켰다. 공격은 정확히 해룡의 목에 적중되긴 했지만 주제에 마룡이라고 피부가 찢기지 않았다. 그럼 녹여봅시다!

"버스트 플레어 곱빼기!"

5m에 이르는 거대한 불덩이를 만들어 녀석의 등에 명중시켰다. 불덩이의 위력이 어느 정도냐면 주위에 바닷물이 증발되고 드래곤의 등에 파란색 불꽃이 타오를 정도다. 이거 하나로 이라스의 1/100쯤은 가볍게 날아가 버리리라! 그 정돈데…….

―쿠헤헤헤! 간지럽다, 임마!

어째 그을림도 남지 않냐?

이번엔 플라이 마법을 사용해 몸을 띄운 뒤, 검광진 열다섯 개를 생성해 겹쳤다. 어디, 이거에 맞고도 멀쩡한가 보자!

"만류기격화용격!"

일명 만류기격화방성의 업그레이드 판!

검광진에서 뿜어져 나가는 검은색 일렁임이 해룡에게 빠르게 쇄도해 명중했다.

버스트 플레어보다 더 큰 폭음이 주위를 진동하며 울렸고 검은색 연기가 일대를 뒤덮었다. 끝장났겠지? PK 시절 때 한 번 써봤던 건데 유저 백 명이 이 공격 한 방에 모두 끝장났었다.

거의 승리를 확신하고 있을 무렵, 검은색 연기가 걷히고 해룡이의 모습이 멀쩡하게 보였다. 어이가 없네~

"네 살껍질은 오리하리콘이냐?"

—크흐흐! 이래 봬도 마룡 중 최강의 방어력을 지닌 나다!

아~ 그랬구나! 그래서 꿈쩍도 안 했던 거였구나! 최강의 방어력이라니, 별거 아니었잖아?

나는 배로 돌아와 실피에게 말했다.

"실피! 30초 동안만 녀석과 상대해 줘."

"그거야 어렵지 않죠!"

—뭐? 어렵지가 않아? 이것들이 날 아주 물로 보네? 어디 죽어봐라! 아이스 스톰!!

해룡의 마법으로 주위에 냉기 폭풍이 쳤다. 그것은 주위의 바다와 막강이를 꽁꽁 얼려 버렸고, 그 무시무시한 냉기에 실피가 그 자리에서 굳어버렸다. 나는 플레이어인지라 외부의 고통을 느낄 수 없지만 NPC인 그녀는 추위, 더위 등의 고통을 느낄 수 있기 때문에 실피가 저렇게 굳어버린 것이다.

나는 급히 검기막을 형성시키며 냉기 폭풍을 막았다.

냉기가 차단되자 실피가 몸을 오들오들 떨며,

"으으! 영하 2백 도는 되는 것 같아. 난 추운 거 질색인데."

실피가 잠시 몸을 떨다가 자신의 얼굴과 옷에 묻은 서리를 털어내곤 양손을 뻗어 배에 검기막을 씌웠다. 나는 시동했던 검기막을 거둬들였고, 실피가 대신 방어를 했다.

실피가 방어를 하는 동안 나는 오른 주먹에 검기를 응축시켰다. 분명 저 드래곤이 마룡 중 최강의 방어력을 지녔다고 했다. 방어력이란 물리적(검, 활 등), 비물리적(마법 등)인 경우에 한하는 데미지 율(%)이다. 하지만 그 방어력의 제재를 받지 않는 경우가 몇 있다. 그중 대표적인 것이, 바로 기(氣)를 이용한 공격법.

소더러의 공격은 대부분 기를 이용한 것이지만 100% 순수 기 공격은 아니다. 98%는 기이고 나머지 2%는 볼륜티어링(Volunteering) 에너지다. 때문에 해룡의 방어력에 막혔던 것이다. 하지만 그 공격이 100% 순수 기덩어리로 만들어진다면 방어력을 무시하고 녀석에게 타격을 줄 수 있다. 100% 순수 기덩어리를 만드는 건 그리 어렵지 않지만 시간이 조금 걸린다.

약 20초 정도를 소비하여 순수 기 압축탄을 만들어낸 나는 해룡한테 마지막 작별 인사를 날렸다.

“해룡아! 기도하는 게 좋을 거다!”

─웃기는 소리!

내가 웃자고 한 소린 줄 알아? 이 몸께서 친히 지옥으로 보내주시겠다는 말씀이야!

“하아아아아압!!”

배 갑판을 달려나가며 기를 모았던 오른 주먹을 뒤로 당겼다. 이걸로 끝이다!

“검폭소멸폭진창!”

시동어를 외치며 주먹을 내뻗자 주먹으로부터 검은색 구체가 뻗어나와 해룡에게로 날아갔다. 메테오의 몇 배에 달하는 위력을 지닌 에너지 압축광탄! 마듀라표 100% 순수 기덩어리로 만들었기 때문에 상대의 방어력은 제로(0)%.

쿠구구구구─! 촤아아아악!!

폭발의 여파로 해룡 주위로 큰 해일이 일었다. 나는 즉시 조종석으로 가서 배의 균형을 잡았다. 배 주위는 실피가 검기막을 씌웠으니 문제가 될 건 없었다.

—어어어어어억! 모, 몸이 녹는다!

"당연히 녹지! 극강 방어력이라도 순수 기덩어리 앞에선 소용없어."

—망할 인간!

"그러게 아까 살려달랬을 때 살려줬으면 좀 좋냐?"

—젠장맞을!

"네 친구 곤지곤지와 잼잼한테는 안부 전해주마. 그럼 즐~"

검은 구체 속에서 해룡의 몸이 서서히 사라졌다. 마지막에 해룡이 날 욕하는 소리가 들려왔지만 대충 뒤로 흘려 버렸다.

이렇게 해서 7대 마룡 중 하나가 일찍이 그 운명을 달리한 것이었다.

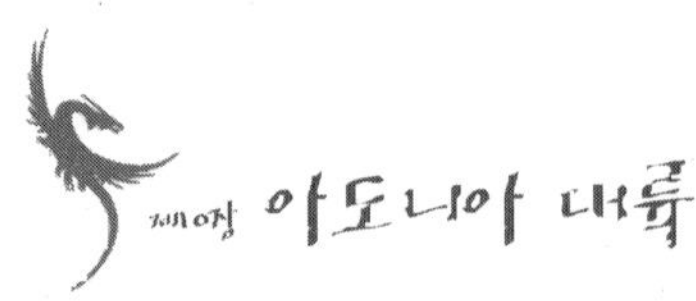

해룡과의 치열한 접전을 끝으로 우리는 아도니아 대륙 아르도(유일한 도시 이름)에 도착했다.

오픈한 지 얼마 안 되는 따끈따끈한 대륙에 첫발을 내딛는 이 기분!

"상쾌도하다~아! 지금 시간이~ 어디 보자아~ 즐거워서 소리 높여! 4시 40분!"

좋아! 그럼 더프론을 찾으러 가보실까? 그의 행방은 정보 길드에서 찾을 수 있다고 들었다. 빨리 일 끝마치고 도시 관광해야지~

최강의 무기를 얻는단 생각에 들떠 있는데 실피가 말했다.

"듀라님, 도시 분위기가 이상해요."

도시 분위기가 뭐 어때서? 의아해하며 주위를 둘러보자 진짜 도시 분위기가 이상했다. 정확히는 저 NPC들이 이상하다는 말이다. 땅을 치며 울고 있는 NPC도 있는 반면, 하늘을 보며 망연자실한 표정을 짓고 있는 NPC들도 보였다. 도시가 단체로 초상났나?

그때였다.

"아아악! 제발! 제발 시레샤만은! 시레샤만은 데려가지 마세요!"

"뇌라! 군주님의 명이시다! 돈을 갚지 못하면 딸이라도 내놓으라 했을 텐데!"

"꺄악! 꺄아악!"

"내 딸을 돌려줘! 시레샤! 시레샤! 누가 내 딸 좀 살려주세요!"

"엉엉! 언니! 엄마!"

"얘들아, 늦었다. 빨리 가자!"

끌려가는 소녀 NPC와 그 소녀 NPC를 끌고 가는 병사 NPC들 열댓 명, 그리고 그들을 울고 불며 싸잡는 아주머니 NPC와 그 사이에서 펑펑 울어대는 꼬마 여자 NPC가 보였다.

주위에 그들을 구경하고 있는 NPC들도 보였지만 나서고 싶은데 나서지 못하는 눈치들이었다. NPC들이 지금 무슨 짓을 하고 있는 걸까? 플레이어들의 눈요기를 위해 만들어진 이벤트인가?

실피가 같은 NPC답게 먼저 상황을 파악하고는 말했다.

"듀라님, 아무래도 저 병사 NPC들이 나쁜 짓을 하고 있는 것 같아요! 듀라님이 나서서 저들을 혼내줘요!"

누가 누굴 혼내줘?

"병사 NPC들을 붙잡고 늘어지며 공무 집행 방해를 하고 있는 아줌마 NPC를 혼내줘야 하는 거 아냐?"

"그게 무슨 소리예욧! 공무 월권 행사를 하고 있는 병사 NPC들을 패 죽여야죠! 듀라님 바보예요?"

"……"

쟤가 날 바보로 모네.

나는 군말없이 앞으로 나섰다. 보통 사람이었음 그냥 지나가고 말았겠지만 나는 21세기 최고의 매너남인 동시에 밝고 건전한 바른 생활 사나이다. 때문에 불의를 보면 참고 넘어갈 수 없었다(99%는 실피 때문이지만).

나는 최대한 띠꺼운 표정을 지으며 강약있는 사투리 어조로 말했다.

"어이~ 거기 떨거지 병사 씨들, 쪼까 내 좀 봐야쓰것는데유. 이리 좀 와보서유~"

2035년에 와서야 사투리를 쓰는 사람들이 거의 사라졌다지만 간혹 흥분하면 사투리가 튀어나오는 사람들이 있다. 언급은 안 했지만 세희도 게임상에서 사투리를 사용한 적이 있었다. 그때 내가 얼마나 당혹스러웠던지… 생각해 보라, 오로지 표준어만을 구사하며 침착, 도도, 요조, 청순함을 유지할 줄 알았던 여자 친구가 갑자기 '워매?' 하면 얼마나 당혹스럽겠는가? 그래도 세희는 귀여웠지만.

각설하고, 잠시 날 돌아보던 병사 NPC들이 하나같이 합창하며 외쳤다.

"플레이어다!"

그래, 플레이어다.

내가 플레이어란 걸 알아차리자마자 딸을 돌려달라던 아주머니 NPC가 울며불며 나에게 매달렸다.

"내 딸을! 내 딸을 살려주세요! 부탁드립니다, 플레이어님! 흑흑! 시레샤를 제발!"

정말 리얼하다. 이벤트상으로 만들어진 NPC인가? 어쩜 저리 눈물을 뚝뚝 잘 흘리는지.

나는 내 다리에 매달린 그녀를 안심시켰다.

"걱정 마십쇼. 제가 따님을 구해내겠습니다. 잠시 기다려 주세요."

뒤에 있던 실피가 다가와 아주머니 NPC와 울고 있던 꼬마 아이 NPC를 데려갔다. 곧 싸울 것이기 때문에 뒤로 피신시킨 것이다.

그때 한 병사 NPC가 겁에 질린 듯 말했다.

"뭐, 뭐냐? 해룡 때문에 플레이어는 이곳에 발을 들여놓을 수가 없을 텐데?"

해룡? 아~ 그 자식?

"그 물도마뱀은 관상용 금붕어도 안 돼. 얼마나 주절대면서 살려달라 애원을 하던지. 후후, 이 몸께서 가볍게 보내 버렸지."

"그, 그럴 리가?!"

"말도 안 돼!"

안 되긴 뭐가 안 돼?

"돼."

나는 전광석화처럼 달려나가 한 병사 NPC의 배에 주먹을 박았다. 이어서 관자놀이 부분을 팔꿈치로 내리찍자 녀석은 그대로 즉사. 일반 병사 NPC의 레벨은 50대이다. 때문에 마스터 레벨의 주먹에 채이면 그대로 즉사다.

이로써……

"한 놈."

"으, 으아아악!"

"괴물이다!"

어쭈? 어딜 도망쳐, 저것들이?

"파이어 볼."

쿠콰카카카카캉!!

앞서 도망치던 NPC 세 마리를 가볍게 구워버리자 남은 여섯 마리의 NPC는 그 자리에서 얼어버렸다. 나는 여유있게 녀석들에게 다가가 한 방씩 먹여 때려눕혔다. 힘있게 치진 않아서 기절하거나 하진 않았다. 그냥 목하고 턱의 방향이 기묘하게 뒤틀린 것뿐이다.

나는 쓰러진 병사 NPC들 앞에 서서 몇 소리 지껄였다.

"야, 이 쓰레기 NPC들아. NPC 위에 NPC 없고 NPC 아래 NPC 없는 요즘 세상에 대놓고 NPC를 납치해? 너희 오늘 잘못 걸렸어!"

그러자 끊일 듯 말 듯 신음을 흘리던 내 발 아래 NPC가 입을 열었다.

"크… 윽… 구… 군주님이… 가… 만두지… 않을 것이다! 플레이어라도… 용서치 않을……."

퍼억—!

방금 지껄인 녀석의 대갈통을 시원하게 발로 걷어차 버린 나는 죽어서 서서히 사라져 가는 NPC를 바라보며 침을 한 번 퉤 뱉었다. 쌍! 재수없게 어디서 지랄스런 망언을!

"말이 나와서 말인데, 너희들, 이렇게 하라고 지시한 우두머리가 누구야? 5초 내로 안 불면 인체 골격이 비정상적으로 뒤틀릴 것이다. 하나, 둘……."

"밀키르실티아니아님입니다!"

병사 NPC들이 동시 다발적으로 외쳤다. 방금 뭐? 미, 밀키르티나아? 그 새끼가 군주라고?

"그 새끼, 어디 살아?"

"아르도 중앙성입니다."

아르도 중앙성? 중앙성이라면 도시 한가운데 있는 성을 말하는 건가? 지 혼자 좋은 땅덩이를 차지하고 있단 말이로군.

나는 마지막으로 병사 NPC들에게 말했다.

"5초 내로 사라져라. 그리고 다시 한 번 내 눈에 띄었다간 혀가 팔꿈치를 핥게 만들어주겠어."

"예! 예!"

몸이 고장난 상태에도 살고는 싶은지 꽁지 빠져라 도망치는 다섯 명이었다. 떨거지들은 이 정도면 됐고……

나는 뒤돌아 병사 NPC들에게 잡혀갈 뻔했던 소녀 NPC에게 다가갔다. 한 17살쯤? 실피 또래 정도 되어 보인다. 그런데 생긴 게 완전 인형이다. 인형스틱한 미소녀. 요즘 들어 미소녀를 자주 보는군. 그것도 NPC만. 이렇게 자꾸 미소녀를 보다 보면 눈만 높아질 텐데.

잠시 벙찐 얼굴이었던 그녀가 나에게 꾸벅 허리를 숙였다.

"구해주서서 고맙습니다."

뒤이어 아주머니 NPC와 꼬마 NPC가 달려와 그녀를 껴안았다. 그리고 신나게 울어댔다.

구경꾼 NPC들은 볼 거 다 봤는지 제 갈 길로 돌아가고 있었다.

나는 그녀들을 뒤로한 채 실피에게 다가갔다.

"나 잘했지?"

"네, 잘했어요."

"멋있었어?"

"너무 멋있었어요!"

왠지 으쓱해지는 기분. 나는 어깨를 으쓱이며 발걸음을 돌렸다. 아니, 돌리려 했다. 아주머니 NPC가 막지만 않았어도.

"저기요! 이 은혜를 어떻게 갚아야 할지… 정말 감사드립니다."

나는 그녀를 돌아보며 정해진 대사를 내뱉었다.

"아닙니다. 당연히 해야 할 일을 했을 뿐인데요. 그럼 저흰 이만."

"아! 잠시만요! 괜찮으시다면 차라도 한잔 대접해 드리고 싶습니다! 은인을 이렇게 돌려보내는 게 마음이 편치 않아요."

보니까 '차 안 마시면 끝까지 물고 늘어질 거예요' 라는 눈빛이었다. 그리 바쁘지도 않았기에 나는 순순히 그녀의 말을 승낙했다.

"그럼 잠시 실례하겠습니다."

아주머니 NPC에게 대충 사정을 듣자,

이 아르도 도시엔 진짜 나쁜 군주새끼가 한 명 살고 있단다. 이번 해에 도시가 흉년이 들어 도시 주민 NPC들은 겨우내 굶어 죽지 않기 위해 어쩔 수 없이 군주에게 식량을 빌려야 했다. 군주는 선뜻 식량을 빌려주었다.

그런데 그 나쁜 군주 놈이 식량 빌려준 계약서를 위조해서 한 달 안에 식량 값을 갚지 못하면 강제로 집과 토지와 사람을 뺏어간다는 것이었다.

이제야 아르도 주민 NPC들이 왜 그렇게 기운이 없어 보였는지 알 것 같았다. 그때 그 병사 놈들을 다 죽여 버렸어야 했는데! 그런 쳐 죽일 놈들을 보았나!

"정말 감사합니다. 덕분에 시레샤가 무사할 수 있었어요. 이 은혜를 어찌 갚아야 할지……."

"감사합니다."

연신 허리를 굽신하는 그녀들의 모습에 나는 괜히 멋쩍어졌다. 착한 일 한번 했더니 엄청 띄워주네.

"우리 언니를 구해주셔서 고맙습니다."

심지어는 6살배기 꼬마애까지 나에게 인사를 한다. 상당히 귀엽게 생긴 갈색 머리 여자 아이였다. 크으~ 저 또래의 여자 아이를 보면 그것(?)이 생각난다.

희은이.

새해도 되었으니 이제 6살일 텐데 뭐 하고 지내고 있을지… 벌써부터 남자 친구 사귀고 다니는 건 아니겠지?

잠시 그 꼬마를 바라보던 나는 아주머니 NPC의 목소리에 퍼뜩 정신에서 깼다.

"실례지만 은인의 성함을 꼭 묻고 싶습니다."

나는 순순히 이름을 밝혔다.

"제 이름은 마듀라입니다. 그리고 이쪽은 실피르니아드 샤레베를레인저 루스테이시나, 줄여서 실피라고 불러주세요."

"안녕하세요, 실피르니아드 샤레베를레인저 루스테이시나예요. 마듀라님의 레어 NPC입니다."

실피가 꾸벅 인사를 하며 부연 소개까지 덧붙였다.

우리들의 소개가 먼저 끝나자 이번엔 그쪽에서 가족 소개를 했다.

"제 이름은 시안나입니다. 이쪽은 우리 큰딸 시레샤, 이쪽은 작은딸 시엘라입니다."

병사 NPC들한테 끌려갈 뻔했던 소녀가 시레샤고 그 사이에서 울던 꼬마 아이가 시엘라로군. 완전 시씨 패밀리가 아닌가? 나도 시(施)씬데! 아~ 반가워라!

"그런데 집 안에 남자가 없네요?"

집 안을 둘러보던 실피가 그렇게 물었다. 그리고 보니 그녀의 말대로 집 안에 남자가 없었다.

실피의 질문을 안나 아주머니께서 대답했다.

"남편은 1년 전 불의의 사고로 일찍 세상을 뜨셨습니다. 집엔 저희들이 전부입니다."

아~ 그렇게 된 것이었군. 안나 아주머니는 과부였구나. 혼자 딸을 둘이나 키웠을 텐데 얼마나 힘들었을까? …보통 사람들은 이렇게 생각하고 말았을 것이다.

하지만 아도니아 대륙이 오픈한 지 이틀도 되지 않은 이때, 확장팩이 도입된 지 4개월도 채 되지 않은 이때, 안나 아주머니가 말했던 '1년 전의 불의의 사고'란 말은 납득이 되지 않는다. 이건 어찌 된 것이란 말인가?

그렇다. 이건 프로그램에 짜여진 것이다. 안나 아주머니는 1년 전에 남편을 잃었다고 프로그램된 것이다. 그런데 여기서 운영자들이 왜 일반 NPC에게 이런 과거를 집어넣었을까? 일반 NPC의 대부분은 특정한 정보만을 가지고 있을 뿐 과거 같은 것은 없다.

안나 아주머니가 과거의 기억을 가지고 있단 말은 그녀가 이벤트 용으로 만들어진 NPC란 말이다. 비록 그게 어떤 이벤트인진 모르겠지만.

잠시 생각하던 나는 안나 아주머니에게 말했다.

"그동안 고생이 많으셨겠군요."

"고생이라뇨. 옆에서 시레샤가 많이 도와주고 이해해 줘요. 그리 풍족하진 않은 생활이지만 절 생각해 주는 딸이 있어 행복하답니다."

허어! 요즘같이 부모 버리고 자식 버리는 세상에 이런 화목한 가정이 있을 줄이야. 뭐, 게임이니까 그럴 수도 있겠지만. 그런데 여자만 셋이서 사는 집인데 위험하지 않을까?

그때 시엘라가 끼어들었다.

"저도! 저도 있잖아요! 저도 엄마 말 잘 들어요!"

"그래, 시엘라도 말 잘 듣고 참 착하지."

"헤헤."

시엘라가 웃으며 나에게 시선을 돌렸다. 처음엔 왜 날 바라보나 했지만 나는 그녀의 웃음 속에 담긴 의미를 쉽게 파악할 수 있었다.

뜻은…….

'보셨죠? 나 말 잘 들어요. 칭찬해 주세요.'

…이거다. 칭찬해 달란다.

"그래, 착하다."

"헤헤헤! 그런데 오빠! 오빠는 뭐 하는 사람이에요? 모험가? 여행자? 플레이어는 처음 봐서 신기해요! 왼쪽 가슴에 NPC 마크도 없고!"

NPC 마크는 자신이 NPC임을 나타내 주는 낙인 같은 것이다. 그것은 일반 NPC들에겐 반드시 주어지는 것이지만 특수한 NPC들은 이 마크가 없는 경우도 있다. 예를 들어 실피. 실피는 레어 NPC라 그런 건지 NPC 마크가 없다.

시엘라의 말을 끝으로 서로 말이 없던 자리에서 나는 안나 아주머니 가족에게 물었다.

"혹시나 해서 물어보는 겁니다. 혹시 더프론이란 NPC를 아십니까?"

그러자 안나 아주머니와 시레샤, 시엘라의 시선이 모두 나에게로 모아졌다.

안나 아주머니께서 말씀하셨다.

"네, 알고말고요. 아르도에 그분을 모르는 사람은 거의 없을걸요?"

에? 그렇게 유명 인사였나?

이번엔 시레샤가 말했다.

"그분은 아르도 대륙 최고의 장인이에요."

이번엔 시엘라가 말했다.

"더프론 아저씨는 착해요! 나하고 친구들하고 자주 놀아주구! 음, 또… 맛있는 것도 많이 사줘요!"

그래? 그럼 대화가 빨리 끝날 수 있겠군.

"그럼 그분이 어디 있는지 알 수 있겠습니까?"

그러자 시엘라가 다시 말했다.

"더프론 아저씨는 대장간에 계셔요! 제가 데려다 드릴까요?"

데려다 준다면 나야 좋지만… 나는 안나 아주머니에게 살짝 시선을 돌렸다.

안나 아주머니는 고개를 끄덕이고는 말씀하셨다.

"은인인데 당연히 그렇게 해야지요. 제가 안내해 드리겠습니다."

"나도 갈 거예요!"

안나 아주머니와 시엘라가 같이 날 안내하겠다고 나섰다. 나는 자리에서 일어서며 실피에게 일러두었다. 모두 집을 비우면 병사 NPC들이 다시 돌아와 집을 엉망진창으로 만들어 버릴 수 있기 때문이었다.

"그럼 실피, 집 잘 지켜라."

"네! 걱정 마시고 다녀오세요!"

시엘라와 안나 아주머니의 안내로 더프론의 대장간에 도착할 수 있었다. 더프론의 대장간은 여느 대장간과 별다르지 않았다. 안에서부터

땅— 땅— 거리는 쇠음이 들리는 것으로 보아 안에 누군가 있는 것 같았다.

대장간 안은 조금 어두컴컴했지만 작업장의 불 때문인지 주위는 쉽게 분간이 되었다. 나는 대장간 안에서 쇠붙이를 연신 두들기고 있는 한 NPC를 발견할 수 있었다. 그는 땅딸보 키에 회색의 턱수염, 근육질의 몸매와 구릿빛 피부가 돋보이는 자였다. 서글서글해 보이는 인상이 좋아 보인다.

"더프론 아저씨!"

땅— 땅—

연신 쇠붙이를 두드리던 망치가 시엘라의 목소리에 멈추었다.

더프론이라 불린 그가 이마에 흘러내린 땀을 훔쳐 내며 시엘라 쪽을 돌아보았다.

"오오! 시엘라 왔구나! 안나 아주머니도 오셨군요. 그간 안녕하셨습니까?"

"예, 안녕하세요."

"아저씨이~"

시엘라가 더프론에게 달려가 그의 목에 매달렸다. 시엘라가 목에 매달릴 정도라니 그의 키를 쉽게 짐작할 수 있을 것이다.

"하하! 녀석. 그런데 여긴 어쩐 일이니, 한동안 놀러 오지도 않던 녀석이?"

"응! 저 오빠가 아저씨를 뵙고 싶어하서서! 저 오빠가 우리 언니 구해줬다~ 되게 세!"

시엘라의 말에 더프론이 날 돌아보았다.

한동안 서로 말이 없는 가운데 그가 먼저 입을 열었다.

“플레이어로군요. 해룡이 가로막고 있었을 텐데 어떻게 오셨습니까?”

그 질문이 나올 줄 알았다. 나는 최대한 성의있게 대답했다.

“해룡을 해치우고 왔습니다.”

성의있게 대답한다고 했는데 한 줄만에 끝나 버리는군.

더프론 씨가 말했다.

“그렇군요. 언젠간 해룡을 물리치고 올 줄 알았습니다. 플레이어가 맘만 먹으면 7대 마룡쯤은 우습게 상대한다고 들었으니까요.”

누가 그래? 누가 그런 유언비어를 퍼뜨린 거야?

“그보다 여긴 어쩐 일로 온 것입니까?”

그가 나에게 용건을 물었다. 나는 대답 대신 아이템 창에서 피닉스의 깃털과 유니콘의 뿔과 거미의 실을 꺼냈다. 원랜 집채만한 크기들이었지만 아이템 창에 넣은 후로 손바닥만한 크기로 축소되어 있었다.

내 손에 쥐어진 3대륙 아이템을 보곤 더프론이 놀라 눈을 휘둥그레 뜨며 말했다.

“이건 3대륙 타워 아이템? 이걸 어떻게 구한 것입니까?”

“제가 직접 발로 뛰어 모은 것입니다. 이것을 가공하면 카도라스 최강의 무기가 만들어진다고 들었습니다. 그리고 그 무기를 만들 수 있는 사람은 오직 더프론 씨뿐이라고 들었습니다. 제가 무슨 부탁을 할지 알고 계시겠지요? 가공을 부탁드립니다. 얼마가 들어도 좋습니다.”

“……”

“……”

잠시 침묵이 흘렀다.

그 몇 초간의 침묵을 깨고 더프론 씨가 입을 열었다.

“저에게 맡겨만 주십시오! 제가 카도라스 최강의 무기를 만들어 드리겠습니다! 그리고 돈은 필요없습니다."

돈이 필요없어? 나야 더 좋지, 돈 굳으니까.

"그럼 그것을 만드는 데 얼마나 걸리나요?"

이번 질문에 그가 잠시 턱을 괴고 생각에 잠겼다.

"음~ 활 만드는 데 4일, 화살은 한 발당 1일씩. 일주일 기간이라면 완성할 수 있을 것 같습니다."

일주일? 그리고 활하고 화살이라니? 카도라스 최강의 무기가 궁(弓)이었나?

나는 조금 실망하는 투로,

"카도라스 최강의 무기라는 게 활이었어요? 전설의 명검 같은 건 줄 알았는데……."

"허허! 실망하실 필요 없습니다. 이 무기는 정말로 강하니까요."

아무리 무기가 강하다고 해봤자 활도 못 잡아본 내가 그것을 제대로 사용할 리 없었다. 쏘는 방법을 알아야 뭘 하든 말든 하지, 무조건 무기가 강하다고 해서 다냐?

"후후! 이 활은 주인이 원하는 목표물을 정확히 맞춥니다. 게다가 그 파괴력은 활 주인의 능력에 따라서 엄청난 재앙을 불러올 수 있지요. 섬 하나쯤은 가루로 만들어 버릴 수……."

뭣이?

"그게 정말입니까? 섬을 통째로 날려요?"

"네, 그렇습니다."

우와! 별 신기한 게 다 있네! 운영자들이 무슨 생각으로 이런 무길 만든 걸까? 완전 핵무기 수준이 아닌가?

"일주일만 기다려주십시오. 완벽하게 만들어 드리겠습니다."

"좀 더 빨리는 안 되겠어요?"

"네, 그 이상은 힘들 것 같군요."

그럼 일주일 동안 어디서 뭘 해야 하나? 다시 이라스로 돌아갈까? 돌아간다 해도 특별히 할 일도 없다. 결국엔 실피와 뒹굴거려야 한다는 말인데…….

"보아하니 갈 곳이 없어 보이시는데, 그럼 일주일 동안 저희 집에 머무르셔도 괜찮겠습니까?"

나는 안나 아주머니의 말에 고개를 돌렸다. 집에 머무르라니? 나는 정중히 사양했다.

"아닙니다. 괜히 폐만 끼칠 텐데요."

"폐라뇨! 은인한테 빚을 졌는데 당연한 거지요. 마음 편하게 가지시고 그렇게 해주세요."

옆에 시엘라도 거들었다.

"맞아요. 오빠! 같이 집에 있어요! 또 그 나쁜 아저씨들이 와서 우리 언니를 데려가려고 하면 어떡해요? 응?"

생각해 보니 그렇구나. 나는 시간 때우는 셈이고, 안나 아주머니 가족에겐 보디가드 얻은 셈이고. 그럼 신세 좀 져볼까?

"그럼 염치 불구하고 며칠 신세지겠습니다."

그렇게 해서 나와 실피는 안나 아주머니의 집에서 일주일 동안 머물게 되었다.

"그런데 방은 두 개뿐인데 어쩌죠? 그동안 나와 시엘라가 같이 잤고 시레샤가 독방을 사용했는데… 마듀라 씨가 같은 방을 사용할 순 없겠구요."

집에 들어서자마자 안나 아주머니가 방 사용 문제를 제기했다. 남자인 내가 여자 NPC들하고 같은 방을 사용할 순 없었기 때문이다. 크으! 이 아주머니가 날 뭘로 보고. 같은 방 사용하면 내가 그쪽 딸을 잡아먹어요?

"저는 게임상에서 자지 않습니다. 로그아웃하면 되니까 걱정 마십쇼."

"아, 그렇군요! 플레이어에 대한 건 하나도 모르는지라… 아, 불쾌하셨다면 죄송합니다."

"아닙니다. 그보다 낮에 마주쳤던 그 병사 NPC들 말입니다, 언제 다시 쳐들어올지 모르니 언제든지 주의하셔야 할 겁니다. 실피가 있지만 웬만하면 혼자 다니는 건 삼가해 주십시오."

"알겠습니다."

고개를 끄덕이는 안나 아주머니를 보다가 실피에게 시선을 돌렸다.

"실피, 나 없는 동안에 집 잘 지켜라. 병사 NPC들이 다시 쳐들어오면 사정 봐주지 말고 죽여 버리고. 알겠지?"

"호호! 알겠어요! 걱정 마세요~"

걱정이 안 될 수가 있나? 실력은 인정하겠지만 촐싹대는 꼴 보면 영~

나는 께름칙한 기분을 뒤로하며 로그아웃했다.

다음날 아침.

용태로부터 소집일 소식이 전해졌다. 그 말인즉 학교를 가야 한다는 것이었다.

"아침부터 짜증나게!"

웬 소집일이란 말인가? 방학 중 소집일은 청소날이란 말이다. 내 방

청소도 1년에 한 번 할까 말까 하는 이 마당에 학교 청소라니.

이런저런 불만을 대면서도 학교에 오긴 왔다.

"뭐야, 너? 웬일로 지각을 다 해? 너, 밤에 무슨 짓 했어? 아주 폐인이 다 됐구만! 호호!"

선미가 아침부터 날 갈궈대며 내 볼을 잡아당겼다. 내가 소집일 날 오고 싶지 않았던 첫 번째 이유가 바로 김선미 때문인데 이렇게 보고 나니까 정말로 저것의 싸대기를 한 방 후려갈기고 싶다. 그치만 싸우면 내가 질 게 뻔하기 때문에 그냥 잠자코 있었다.

잠시 후, 선생님이 소집일 장소(운동장)에 도착했다. 그리고 출석을 체크한 뒤 청소 구역을 배정했다. 여자애들은 비교적 쉬운 구역을 맡게 되었고 남자애들은 화장실 같은 궂은 지역을 맡게 되었다.

나는 그래도 좀 수월할 것 같은 흡연 구역을 배정받았다. 용태를 포함한 네 명과 함께.

우리가 할 일은 집게로 흡연 구역에 버려진 담배꽁초를 주워 담는 거다. 그것도 5분 안에!

그치만 30평 남짓한 흡연 구역을 다섯 명이서, 그것도 5분 안에 담배꽁초 천 개비를 주워 담는 것은 쉬운 일이 아니었다. 젠장스럽게도 방학 중에 누가 와서 담배를 피우고 갔어! 피우고서 담배통에 넣으면 말도 안 하겠다. 아니, 그것까진 바라지 않더라도 담배통을 내버려 뒀으면 말도 안 한다. 어떤 자식이 담배통을 엎어버렸어! 누구 짓인지 잡히기만 하면 반죽었다!

흡연 구역을 둘러보던 용태가 말했다.

"손으로 주워 담는 게 더 빠르겠다."

제정신으로 하는 소리인가?

"땅바닥에 가래침을 만질 수 있는 용기가 있다면 그렇게 해."

"……."

더 더욱 젠장스러운 것이 땅바닥 곳곳에 묻어 있는 가래침이다. 누르스름하고 끈적끈적한 액체. 보기만 해도 토할 것 같아. 우욱!

"젠장! 이걸 어떻게 청소하냐고?"

나의 절규가 흡연 구역을 메아리치는 그때였다.

"어머! 먼저 와 있었네? 선생님께서 흡연 구역은 청소할 게 많다고 하셔서 도와주러 왔는데."

흡연 구역에 들어선 그녀들. 우리 반 여자애들은 아니었다. 그럼 누구? 그렇다. 4반 여자애들이었다. 3반하고 4반하고 소집일이 겹쳤다는데…….

그녀들 중 맨 먼저 우리에게 말을 걸었던 소녀가 나에게 말했다.

"네가 바로 신성이지? 마듀라 말이야."

"…어. 그런데."

160도 안 될 것 같아 보이는 자그마한 몸집에 제법 균형 잡힌 몸매, 촌스럽지만 청순, 청초한 이미지의 미소녀였다. 그런데 어디선가 본 것 같은… 맞아! 강태민(카이데스) 자식이 좋아하는 같은 반 친구가 아닌가? 전에 잠깐 봤었는데.

크으! 아직도 이름표를 달고 다니시나.

"반가워. 나는 신유리라고 해."

그녀가 나에게 먼저 손을 내밀었다. 그냥 무시할 순 없기에 나는 그녀의 손을 마주 잡았다.

"시신성이다."

"잘 부탁해."

잘 부탁할 것까지야.

어쨌든 4반 여학생들의 지원에 힘입어 우리는 흡연 구역 청소를 시작했다. 그런데 용태 녀석 말이다, 여자애들 때문인지 뭔진 몰라도 사기가 되게 올라가 있었다.

"아잣! 필살의 꽁초 캡쳐 권법!"

오죽하면 손으로 담배꽁초를 잡겠냐? 손에 진득진득 묻는 가래와 침 덩어리는 아무 장애가 되지 않는 건가? 단세포면 무식하다는 말이 맞았어.

나는 집게를 이용해 담배꽁초를 주섬주섬 봉지에 담아 넣었다. 그렇게 15분 정도 줍고 나자 허리가 뻐근해졌다. 허리를 숙이면서 작업을 했더니 허리에 무리가 온 것이다. 크으! 남자는 허리가 생명이라는데. 첫날밤부터 세희에게 구박받을 생각을 하니 원…….

"……."

나는 잠시 허리를 펴고 쉬다가 다시 꽁초를 주워 담기 시작했다. 빨리 줍고 쉬는 게 낫지.

그렇게 한참 동안 담배꽁초를 줍던 중,

쿵—

"으엇!"

"아얏!"

순간 누군가와 머리를 부딪치고 말았다. 젠장! 오늘 일진 왜 이렇게 더럽다냐?

나는 앞서 상대에게 사과했다.

"크으! 미안."

"미안해."

나와 머리를 부딪친 상대는 좀 전에 악수를 나눴던 신유리였다. 보기와는 다르게 돌머리구나.

서로 어색한 사과의 말을 주고받은 것을 끝으로 둘 사이에 어색한 분위기가 흘렀다. 나는 이 어색한 분위기가 싫어 유리와 꽤 떨어진 자리에 가서 담배꽁초를 주웠다.

용태가 은근슬쩍 다가왔다.

"크큭! 이제 세희 버리고 유리하고 얼레리꼴레리 하는 거냐?"

"……."

이럴 땐 말이 필요없다.

빠악―!

용태의 대갈통을 시원하게 갈겨 버린 나는 다시 담배꽁초 줍기에 열중했다.

용태가 아픈 머리를 부여잡으며,

"크… 너, 손 되게 맵다. 그런데 유리 솔직히 예쁘지?"

나는 대답 대신 대충 고개를 끄덕였다.

용태가 말을 이었다.

"세희가 있었을 때는 우리 학교 넘버 투 퀸카였는데 세희가 사라진 지금엔 넘버원 퀸카가 되었지. 후후! 전에 내가 대시한 적이 있었는데 보기 좋게 차여 버렸지! 하하!"

차인 걸 자랑이라고 하는 건가? 저렇게 촌스러워 보이는 애가 뭐가 좋다고…….

"촌스러워 보일 수도 있겠는데 요즘에 저런 스타일 좋아하는 남자들이 얼마나 많은데? 신성아, 너도 관심있냐? 그치만 유리한텐 신경 끄는 게 좋을 거다. 태민이가 유리하고 사귀거든. 지금까지 유리한테 찝쩍

댔던 남자애들이 태민이한테 다 터졌잖아. 그중에 나도 포함되어 있고. 하하!"

터진 게 자랑이다, 참내.

한동안 말이 없는 가운데 또다시 용태가 입을 열었다. 저 자식은 말 안 하면 입에 가시가 돋나?

"신성아, 그 소식 들었냐? 곧 카도라스 랭킹이 발표된다는 거."

랭킹?

나는 용태의 말에 귀가 솔깃해졌다.

"모르는 모양이구나. 운영자들이 카도라스 유저들의 랭킹을 매긴대. 1위부터 100위까지 TV 채널로 공개하고 나머지는 홈페이지에서 공개한다더라. 공개날이… 3월 1일이었던가? 한 달도 더 남았네."

"……."

랭킹이라… 왜 지금에서야 순위 같은 걸 매기는 거지? 순위 기준이 뭔데?

"순위 기준은 운영자들 꼴리는 대로라는데?"

그럼 그렇지. 두고 볼 필요도 없겠군. 운영자들이 알아서 한다면 당근 내가 1등 먹을 테니까! 빨리 랭킹 결과를 보고 싶어라~

집으로 돌아와 침대에 누웠다. 게임에 접속해야 할 텐데 왠지 게임을 하고 싶지 않았다. 으, 피곤해. 허리 아파. 좀 더 잘까? 아침부터 용태 자식이 전화질을 해대서 겨우 11시간밖에 자질 못했다. 한 20시간은 충분히 자둬야 사흘간 게임을 할 수 있는 것이다.

의지대로 눈을 감은 나는 잠의 의식 속에 빠져들었다.

*　　　　*　　　　*

"흐음~ 무슨 일들이세요?"

"몰라서 묻는 거냐? 너희들 하얀 머리 녀석과 한패거리지? 너희들을 공무 집행 방해죄로 체포한다!"

역시 마듀라님이 말씀하신 대로 병사들이 쳐들어왔다. 숫자는 어제의 두 배가량.

나는 집으로 들이닥치려는 병사들을 가로막으며 말했다.

"한 발자국만 더 다가오신다면 공격하겠습니다. 듀라님한테 죽여도 좋다는 명령을 받았거든요."

"이 계집애가 감히! 다치고 싶지 않으면 썩 꺼져라!"

말로썬 힘들 것 같다. 나는 정말 폭력을 싫어하는 평화주의 소녀이지만 상대가 이렇게 비매너적으로 나오는데 나도 비매너적으로 나갈 수밖에.

나는 오른손을 들어 올려 검광진을 띄운 뒤 병사들에게로 향했다.

*　　　　*　　　　*

[로그인되었습니다.]

한숨 자고 일어났더니 개운하다. 완벽한 컨디션! 새로운 기분! 개운한 느낌! 일주일 정도는 거뜬히 밤샐 수 있을 것 같은 에너지!

로그인된 곳은 내가 어제 세이브 아웃했던 그 장소… 가 아니었다. 로그인된 곳은……

"……."

“……”

시레샤의 방이었다. 어째서 이런 곳에 로그인이 된 거지? 어제 분명 거실에서 세이브 아웃한 걸로 알고 있는데? 혹시 운영자의 농간? 하지만 운영자라고 해서 유저에게 강제력을 행사할 순 없다. 그렇다면 프로그램 미스?

“…언제까지 이곳에 계실 건가요?”

시레샤가 차가운 표정으로 나에게 물었다. 어제 잠깐 알아본 바에 의하면 시레샤는 차가운 이미지의 소녀란 것이다. 찔러도 피 한 방울 안 나올 것 같은… 어쩜 지 동생하고 성격이 이리도 다른지. 애 동생 시엘라는 정말 밝고 명랑하고 순수하고, 게다가 예의까지 바르다. 깍듯이 존칭을 사용하는 걸 보면(희은이였다면 절대 꿈도 못 꿀 일이다).

“언제까지 이곳에 계실 거냐구요? 저에게 볼일없으면 나가주셨으면 좋겠네요. 옷 갈아입어야 하거든요.”

시레샤가 옷 갈아입으려 할 때 내가 로그인을 했나보다, 그녀의 등 뒤에 원피스 끈이 살짝 풀려져 있는 걸 보면.

크! 한 3초 정도 더 늦게 로그인했으면 좋았을 것을!

나는 이 좋은 기회를 놓치기 싫어 슬쩍 떠보았다.

“그냥 갈아입어도 되는데. 나 없다고 생각하고 갈아입어.”

“……!”

그러자 시레샤가 날 죽일 듯이 쏘아 보았다. 나는 그녀의 눈빛을 피하며 황급히 방을 빠져나와야 했다.

지지배, 눈빛 하난 김선미를 능가할 정도로 끝내주네.

“어머! 듀라님! 어째서 시레샤 방에서 나온 거예요?”

막 시레샤의 방을 나서는데 실피가 다가와 물었다. 보통 사람이었음

'그냥 나왔어' 라고 할 수 있겠지만 지금 상황에 그것은 아니 될 말이다. 다 큰 남정네가 다 큰 처녀 방에서 나왔는데 누구라도 의심을 할 것이니까. 그럼 나는 뭐라고 말해야 하지?

"음~ 로그인이 잘못된 건가요?"

내가 뭐라고 말해야 할지 우물쭈물하는데 실피가 그렇게 말했다.

나는 곧바로 그녀의 말에 맞장구를 쳤다. 사실이 그러했으니까.

"응! 맞아! 로그인이 잘못됐어! 하하!"

실피가 순진해서 이상한 생각까진 미치지 못한 모양이다. 후유~

나는 주위를 둘러보며 누가 있는지 확인했다. 안나 아주머니와 시엘라는 보이지 않았다.

"안나 아주머니하고 시엘라는 어디 갔어?"

"안나 아주머니는 부엌에서 요리하고 계시구요. 시엘라는……."

"앗! 오빠!"

그때 시엘라가 물기에 촉촉히 젖은 모습으로 다가왔다. 방금 목욕하고 나온 건지 뽀송뽀송! 오오~

"오빠아아아~ 이제 온 거예요?"

"응. 방금 왔어. 시엘라, 목욕하고 나온 거야?"

"네! 헤헤!"

밝게 웃는 시엘라의 모습이 너무나 귀여워 그녀의 양 볼을 쥐어 살짝 꼬집었다. 그러자 시엘라가 수줍어하며 얼굴을 발갛게 물들였다. 만약 희은이한테 이런 짓을 했다면 '숙녀한테 무슨 실례되는 짓이야! 오빠 매노도 없어!' 하며 개겼을 것이다. 희은이 생각하니까 파괴적 본능이 되살아나는 듯한 느낌이?

하지만 끓어오르는 나의 파괴적 본능은 시엘라의 목소리에 단번에 가라앉았다.

"오빠! 오늘도 나쁜 병사 아저씨들이 찾아왔었는데 실피 언니가 다 혼내줬어요! 헤헤!"

그놈들이 또 왔단 말인가? 나는 실피를 바라보았다.

실피는 고개를 끄덕이며 그간에 있었던 일들을 설명하기 시작했다.

"병사들이 와서 혼내줬어요."

"……."

"……."

"그게 끝이야?"

"그럼 뭘 더 바래요?"

"……."

그때 부엌에서부터 안나 아주머니가 나왔다.

"어머! 오셨어요, 마듀라 씨? 부침개를 만들어봤는데 드셔보시겠어요?"

"아, 그러죠. 얘들아, 부침개 먹으러 가자."

부침개는 상당히 맛있었다. 현실에서 먹던 부침개보다도 나았다. 안나 아주머니, 요리를 꽤 잘하시네. 요리사 NPC 자격증이라도 땄나?

한창 부침개를 주워 먹던 중 시엘라가 어설픈 젓가락질로 부침개를 먹기 좋게 찢어 나에게 그것을 건네왔다.

"드셔보세요, 옵빠!"

크으! 귀여워 미치겠네! 어쩜 이리도 희은이와 비교될까? 비록 6살짜리 꼬맹이 NPC지만 여자가 음식을 입에 대주는데 거부할 순 없었다.

나는 시엘라가 준 부침개를 덥석 받아먹었다. 옆에 실피가 질투의 시선을 주고 있었지만 일단 무시하자. 6살짜리 꼬마 아이한테 질투심을 느끼다니, 유치해.

"아유~ 맛있다. 착한 짓 했으니까 내가 시엘라한테 선물을 줄게."

"앗! 선물이요?"

"그래."

나는 아이템 창을 열어 그곳에서 염원의 꽃을 꺼냈다. 주먹만한 크기의 화분에 심어져 있는 그것은 전에 미아 찾기 이벤트에서 받은 것이었다. 꽃 같은 거 키우기 귀찮아서 아이템 창 한구석에 쌍박아났던 건데 지가 알아서 쑥쑥 자라더라.

그 꽃을 받아 든 시엘라가 작은 탄성을 질렀다.

"우와! 예쁜 꽃이에요! 고맙습니다, 오빠."

"잘 키워야 한다. 이 꽃은 염원의 꽃이라고 하는 건데 사람이 진심으로 소원을 빌면 꽃봉오리가 열린대. 그리고 그 꽃봉오리가 열리면 빌었던 소원이 이루어진댄다."

"와~ 신기해요! 그럼 빨리 소원을 빌어야지~"

시엘라가 화분을 양손으로 움켜쥐고 눈을 감으며 소원을 빌었다. 참 순수하기도 하지. 무슨 소원을 빌었을까?

그녀에게 물었다.

"무슨 소원을 빌었니?"

"헤헤! 우리 가족 행복하게 해달라는 소원이요. 더 이상 나쁜 사람들한테 고통받지 않고 행복하게 살았으면 좋겠어요. 우리 엄마하고 언니하고."

내가 저 또래 때에 가졌던 13번째 꿈이었다. 커가면서 그 꿈은 많이 변질되었지. 지금의 맨 첫 번째 꿈은 세희하고 재회하는 거. 두 번째 꿈은 세희하고 결혼하는 거. 세 번째 꿈은 세희하고 행복하게 사는 거. 가족에 관한 건 128번째로 밀려난 지 오래다.

그나저나 요즘 어린애들치고는 꽤 단출한 꿈을 가지고 있구나. 희은이는 꿈이 멋진 왕자님 갖는 것이라는데.

"그래, 꼭 그 소원이 이루어질 거야. 꽃에 매일 물 주고 가꿔야 한다."

"네! 열심히 물 줘서 하늘 높이만큼 키울 거예요!"

하, 어린애다운 생각이다. 나도 잭과 콩나무 동화책 보고 모든 콩나무가 하늘나라까지 자라는 줄 알았었는데. 뭐, 그땐 나도 한순수 했지.

한창 게임을 하던 도중, 볼일을 보기 위해 화장실로 가던 중이었다. 언제나 안방과 거실을 오가며 뒹굴거리시던 어머니께서 날 부르며 말씀하셨다.

"신성아, 너도 이제 19살, 고3이다. 이제 공부에 전념해야 할 나이잖니? 이제 게임은 당분간 자제하도록 해라."

어머니께서 나에게 '해라' 체로 말하는 경우는 극히 드물었다. 그것도 공부하라는 말은 지금껏 단 한 번도 들어본 적이 없었는데.

하지만 게임을 접을 생각은 없었기에 나는 단도직입적으로 말했다.

"싫습니다."

"2학기 학력고사 성적을 보고도 그런 소리가 나와?"

쳇! 성적을 걸고 넘어지다니. 치사한……

"고3 때만이라도 공부해. 대학에 들어가면 게임을 하든 뭘 하든 상관하지 않겠다. 내 말 무슨 뜻인 줄 알겠지?"

예~ 알고 말굽쇼. 다 키웠으니 너 알아서 살아라가 아닌가? 하지만…….

"게임을 접고 안 접고는 제가 알아서 합니다. 신경 쓰지 마십쇼."

"신성아! 아직도 내 말을 이해 못했니?"

"이해했습니다! 하지만 전 애가 아니라구요! 언제까지 애 취급하실 겁니까?"

"……."

어머니께서 입을 다물었다.

난 누군가 날 제재하는 것이 정말 싫다. 그게 설령 어머니라 할지라도!

나는 자리를 나와 다시 내 방으로 돌아갔다.

이틀 후,

더프론한테 무기를 돌려받을 날이 사흘 정도 남아 있는 때였다. 그동안 안나 아주머니 가족들과는 진짜 가족처럼 많이 친해진 상태였다. 안나 아주머니는 나에게 말을 놓을 정도가 되었고 시레샤와 실피는 친한 친구 사이가 되었으며, 시엘라는 커서 나한테 시집오겠다고 한다.

지금 내 나이가 19살, 시엘라가 6살. 시엘라가 20살이 되면 난 33살이 된다. 이건 원조 교제 수준인가?

음음! 각설하고, 그동안 병사 NPC들이 몇 번 더 찾아왔었다. 실피가 알아서 끝장냈지만 매일 숫자가 불어나는 것으로 보아 그냥 놔둬선 안 되겠다. 조만간 군주한테 찾아갈 생각이다. 내가 떠나면 안나 아주머니 가족에게 보복이 가해질 것이 자명하기 때문에 그 정신머리를 완전히 고쳐 줄 생각이었다.

“오빠, 뭐 하세요?”

의자에 앉아 생각하던 중 시엘라가 와서 물었다.

나는 그녀를 번쩍 들어 목마를 태웠다.

“시엘라를 괴롭히는 나쁜 사람들을 어떻게 혼내줄까 고심하고 있었지.”

“우와~ 오빠, 대단해요! 멋져요! 퍼펙트해요! 시엘라 감동 먹었어요!”

…말투가 점점 실피를 닮아가는 듯한…….

“오빠가 빨리 그 사람들을 혼내줬으면 좋겠어요. 그 사람들 때문에 우리 엄마가 힘들어했어. 언니를 잡아간다고 하고, 나도 잡아간댔는데 잡혀가면 모두 돌아올 수 없다고 했어요. 특히 나처럼 귀여운 애들은.”

…마, 맞아. 영계 취향 변태 아저씨들에게 표적이 될 테니까.

“하지만 걱정 마, 그 사람들이 다신 시엘라를 괴롭히지 못하도록 혼내줄 테니까.”

*　　　*　　　*

아르도 중앙성.

제4기사단장인 그가 알현실에서 보고를 올리던 중,

“뭣이? 병사 150명이 모두 당해? 대체 누가? 누구냐?”

옥좌에 앉아 있는 호리호리한 체구의 중년인이 제4기사단장의 말을 듣고 펄쩍 놀라 뛰었다. 그의 옷에 새겨져 있는 문양으로 보아 그가 절대 범상치 않은 NPC란 걸 느끼게 하기 충분했다.

그가 체통도 내팽개친 채 당황하며 소리치자 보고를 하던 제4기사단장 NPC가 말했다.

"빛을 갚지 못한 주민에게 세금을 걷으려 했는데 갑작스레 나타난 하얀 머리 사내가 병사들을 모조리 전멸시켰다고 합니다. 그 후로 그에게 계속해서 병사를 보내 보복을 가했으나 돌아오는 병사는 없었습니다. 보고된 바에 의하면 상대는 플레이어라고 합니다."

플레이어? 한데 어떻게 해룡을 물리치고 올 수 있었지?

옥좌에 앉아 있던 중년인의 표정이 흙빛으로 변했다. 플레이어를 함부로 건드렸다가는 피 볼 수 있다는 것을 그는 알고 있었다. 게다가 해룡을 물리칠 정도의 실력이라면 말할 것도 없다.

중년인이 고민하며 생각에 잠겼다. 가뜩이나 반란 문제로 골치가 썩는 도중에 플레이어라니. 잘못하면 일에 차질이 빚어질 수 있었다.

그렇게 1분 정도 생각에 잠겼던 그가 눈을 번뜩이며 말했다.

"플레이어는 로그인, 로그아웃을 한다고 들었다. 플레이어가 로그아웃을 했을 시에 어쎄신을 보내 버려."

그러자 기사단장의 표정에 '그런 방법이 있었구나!' 하는 표정이 스쳤다.

무릎을 꿇고 앉아 있던 제4기사단장이 외쳤다.

"존명! 받들겠습니다!"

"그리고 곧 밀키르실티아니아님의 생신이다."

끝말을 흐린 그가 잠시 주위를 둘러보더니 조용히 뒷말을 이었다.

"반란 준비에 착오가 없도록."

"존명!"

깍듯이 외치며 제4기사단장이 자리에서 일어나 나가자 알현실로 누군가 들어섰다. 앳된 얼굴에 에메랄드빛 머리카락을 가진 미소녀, 그리고 두 명의 기사 복장 사내들이었다. 한 명은 제2기사단장으로서 곱상한 외모에 갈색 머리카락을 가진 꽤 잘빠진 미남이고 또 한 명은 제1기사단장으로서 키가 3m쯤 되어 보이는 엄청난 거구였다. 그가 입고 있는 엄청난 중량의 갑주가 그의 덩치를 더욱 커 보이게 했다.

그들이… 정확히는 에메랄드빛 머리카락 소녀가 자리에 나타나자마자 옥좌에 앉아 있던 중년인이 황급히 자리에서 일어났다.

에메랄드빛 머리카락 미소녀가 말했다.

"언제나 수고하시는군요. 국정은 잘 돌아가고 있나요?"

그러자 방금까지 옥좌에 앉아 거만을 떨었던 중년인이 고개를 조아리며 대답했다. 40대 중년인이 10대 중, 후반의 소녀에게 고개를 조아리는 모습은 비굴하게까지 보였다.

"물론입니다, 밀키르실티아니아 군주시여. 그런데 어쩐 일로 이곳까지 행차하셨습니까?"

"그냥 경의 얼굴 보러 온 거예요."

"아, 그렇습니까? 신 몸둘 바를 모르겠습니다."

…등의 입에 발린 소릴 지껄인 그는 그 군주가 자신의 앞에 다가올 때까지 찍소리도 하지 못했다. 아니, 안 했다. 대신 속으로 '조금만 기다려라! 네 생일날 네년을 내 발 아래 무릎 꿇게 만들 테니' 란 말을 몇 번이나 되뇌었을 뿐이었다.

군주가 중년인의 앞까지 걸어와 그의 어깨에 손을 살짝 올려놓았다.

"경만 믿어요."

"걱정 마십시오, 군주시여."

＊　　　＊　　　＊

사흘 동안 밤 샜더니 피곤하다. 역시 사흘이 나의 한계인가? 최준 형
은 일주일도 세던데.

"크으! 미치겠네!"

나는 몽롱해져 가는 의식을 더 이상 견디지 못하고 결국 포기하고
말았다. 오늘은 포기하고 내일 더프론 씨에게 무기를 받아야겠다.

"실피, 난 잘 거니까 20시간 후에 보자."

"네. 저도 졸리네요. 주무세요."

"집 잘 지켜야 한다."

"걱정 마세요."

그동안 찾아왔던 병사들도 꽤 당했으니 이제 더 이상의 공격은 소용
없다는 것을 알았겠지. 나는 그렇게 생각하며 로그아웃했다.

*　　　　　*　　　　　*

신성이 로그아웃을 하자마자 실피와 시레샤는 한 방에 들어갔다.

낮에 병사 NPC 50명을 한꺼번에 상대하느라 피곤했는지 실피는 곧
바로 잠이 들어버렸다. 집을 지켜야 한다는 마듀라의 명령은 뒤로 흘
려들은 지 오래였다. 시레샤는 세상모르게 자고 있는 실피를 보다 창
밖으로 시선을 돌렸다. 밖은 달빛조차 비추지 않는 칠흑의 어둠이었
다.

달을 볼 수 있으면 좋았을 텐데…….

하며 잠시 생각하던 시레샤가 침상에 누웠다. 그녀는 이런 밤을 좋
아하지 않았다.

그 시간, 시엘라는 아직 잠을 이루지 않고 있었다. 창틀에 놓인 꽃 한 송이 때문이었다.

"우움, 우리 가족 행복하게 해주세요."

소원을 빌었지만 언제나 그렇듯 꽃은 봉오리를 열지 않았다. 그렇게 10분 정도 꽃에게 소원을 빌었을까? 머리를 손질하고 있던 안나가 그녀에게 다가왔다.

"시엘라, 이제 그만 자야지?"

"네, 잘 거예요. 그런데 꽃이 안 펴요."

설마 이대로 영영 안 피는 것은 아니겠지? 진심 어린 눈빛으로 꽃을 바라보는 순수한 그녀의 모습에 안나는 부드럽게 웃으며 자기 딸의 갈색 머리카락을 한번 쓰다듬었다.

"꽃이 시엘라의 소원을 들었다면 반드시 필 거야. 자, 어서 자자꾸나. 자고 일어나면 내일 아침에 피어 있을지 모르잖니?"

"정말요? 그럼 빨리 자야지. 엄마도 안녕히 주무세요."

바로 침상에 누워버리는 그녀였다. 안나는 그런 그녀에게 조용히 미소 지으며 시엘라의 옆 침상에 누웠다.

달빛조차 비추지 않는 어두운 공간 아래 네 명의 인영이 건물 틈 사이사이를 지나간다. 그들이 멈춘 곳은 시엘라의 집 앞. 한 인영이 손짓으로 세 명의 인영들을 지휘하자 세 명의 인영들이 조용히 집의 문을 따기 시작했다.

프로 어쎄신들답게 빠른 몸놀림이었다. 살기를 숨기며 다가오는 그들을 눈치 채는 사람은 아무도 없었다.

＊　　　＊　　　＊

(주)카마디.

"일에 착오없도록."

"걱정 마십쇼. 이런 일 한두 번 해봅니까?"

최준이 자신만만하게 외치며 키보드 자판을 두드린다. 하지만 시 부장은 의구심을 가질 수밖에 없었다.

"정말 괜찮겠냐? 그… 프로젝트 1호기 말이다."

"실피르니아드 샤레베를레인저 루스테이시나 말씀이시군요."

"그래, 실피 말이다. 겉보기엔 연약해 보이지만 마스터 레벨 열댓 명쯤은 손쉽게 상대할 수 있는 레어 NPC라구. 비록 신성이가 게임에 없다지만 그래도 중급 마스터 정도의 실력을 가지고 있는데, 한낱 어쎄신 NPC로 이길 수 있겠냐 말이야, 내 말은."

"아아~ 그걸 누가 모릅니까? 걱정하지 말래두요. …다됐다. 이제 우린 싸움만 지켜보면 됩니다. 후후!"

그들의 앞에 있는 모니터에 아르도의 풍경이 비춰졌다. 어두운 밤거리를 지나는 네 명의 어쎄신들. 저들은 최준이 조종하고 있는 NPC들이었다. 원래 운영자들 사이에서 NPC 조종은 이벤트 시를 제외하곤 금지다. 일반 유저에게 함부로 강제력을 행사한다는 이유 때문이다. 하지만 이건 프로젝트를 위한 것이라 사장에게도 허락을 받아냈다. 이걸로 신성이 어떤 반응을 보일지…….

＊　　　＊　　　＊

나는 한동안 자리에서 멍하니 서 있을 수밖에 없었다.

20시간 동안 도대체 무슨 일이 있었던 거지?

로그인된 곳은 시엘라의 집이 아니었다. 집이 있던 터의 앞이었다. 집이 있어야 할 자리엔 집은 보이지 않고 어지럽게 널려 있는 재와 건물 잔해들밖에 없었다.

이게……

"도대체……."

어떻게 된 거지?

"믿을 수가 없어."

언제나 다정하게 대해주셨던,

"안나 아주머니는……."

언제나 차가웠지만 간혹 미소 짓는 모습이 보기 좋았던,

"시레샤는……."

언제나 귀여운 모습으로 나에게 안겼던,

"시엘라는 모두……."

어떻게 된 거야?

나는 다리에 힘이 풀려 털썩 주저앉았다. 어떻게 하루아침에 집이 불타 버린 거지? 누구야? 도대체 누구 짓이야?

"어떤 자식이야!!"

나는 자리에서 벌떡 일어나 불타 버린 집을 뒤지기 시작했다. 단서가… 단서가 있을 거야! 어떤 자식이……

"듀라님."

"……?!"

들려오는 목소리에 나는 고개를 뒤로 돌렸다. 그곳에 실피가 보였

다. 무사했던 건가?

나는 당장 그녀의 양 어깨를 붙잡고 소리쳤다.

"실피! 이게 어떻게 된 거야? 안나 아주머니는? 시레샤는? 시엘라는?"

하지만 실피는 아무 말도 못하고 고개만 숙였다. 그와 함께 나는 점점 더 불안에 휩싸였다. 이거 설마, 운영자들이 장난친 건가? 장난친 거라면… 왜?

"빨리 말해! 말 안 하면 죽여 버리겠어!"

살기까지 섞인 내 목소리에 실피가 흠칫 떨며 불기 시작했다.

"밤중에 괴한들이 암습을 해왔어요. 흑! 안나 아주머니는 돌아가셨어요. 시레샤는 잡혀갔고, 시엘라만 겨우 구출해 냈는데… 시엘라는 암살자들의 공격을 받고 중태예요. 흐흑! 죄송해요. 제가 집을 지켰어야 했는데 듀라님의 명령을 어겨서……."

그녀의 어깨를 쥐고 있던 손이 부들부들 떨렸다. 지금 그걸 말이라고 하는 건가? 안나 아주머니가 돌아가시고 시레샤가 잡혀가? 게다가 시엘라는…….

"시엘라는 어디 있지?"

"더프론 씨의 집이요."

나는 당장 그곳으로 텔레포트했다.

*   *   *

밤중.

인기척에 눈을 떠보니 반짝이는 물체가 언뜻 보였다. 뒤이어 느껴지는 살기? 암습인가? 나는 반사적으로 몸을 굴렀고 절묘하게도 내가 누워 있던 자리에 단도가 박혔다.

침대에 칼이 박히는 섬뜩한 소리에 시레샤가 잠에서 깨어났다. 그리고 정체 불명의 괴한과 마주치자마자 소스라치게 놀라 비명을 질렀다. 나는 즉시 소더러 스킬을 발동시켜 괴한에게 검기를 쏘아 보냈다. 하지만 괴한은 여유있게 검기 공격을 피해낸 뒤 나에게 단도를 찔러왔다.

그렇게 허공에 몇 번 은빛 호선이 그어졌고, 나는 그 공격들을 아슬아슬하게 피해내며 맞공격을 노렸다.

"꺄아악! 꺅꺅! 읍!"

그때 비명을 지르던 시레샤의 소리가 뚝 끊겼다. 슬쩍 돌아보자 또 다른 한 명의 괴한이 그녀의 입을 틀어막고 있는 것을 발견할 수 있었다. 동료가 있었나?!

"시레샤를 놓아주세요!"

"……."

나의 외침에도 불구하고 시레샤의 입을 틀어막던 괴한이 그녀를 데리고 창문을 통해 사라졌다. 내가 급히 그곳으로 달려갔지만 때는 이미 늦어 있었다.

"지금 남 걱정 할 때가 아닐 텐데?"

괴한이 다시 공격을 해왔다.

마듀라님이 없는 상황에서, 그것도 어쎄신이 기습적으로 공격을 해왔으니 나라도 여간 버거운 것이 아니었다.

"꺄아아악!"

"아아아앙!"

게다가 옆방에서 들려오는 안나 아주머니와 시엘라의 비명까지 더

해져 나의 심리적 압박감은 더 더욱 컸다. 안나 아주머니와 시엘라에게까지 괴한들이 손을 뻗었나?

"법을 어긴 결과는 죽음뿐이다."

괴한이 칼을 뺄으며 그렇게 중얼거렸다. 나는 급한 마음에 괴한의 팔목과 팔꿈치를 잡아, 팔을 꺾어 돌리며 그가 손에 쥐고 있던 단도를 괴한의 목에 박아 넣었다.

목을 관통당한 괴한은 비명도 지르지 못하고 즉사.

하지만 그 광경을 지켜볼 새 없이 나는 급히 발걸음을 돌려 안나 아주머니 방으로 향했다.

막 문을 열어젖히고 한 발자국 내딛는데 나는 그만 중심을 잃고 볼품없이 땅바닥에 고꾸라지고 말았다.

"꺄으웃! 으으… 엉덩이 아파."

이건 뭐지? 땅바닥이 미끄러워. 게다가 냄새도…….

"이건… 기름?"

거실 바닥은 기름으로 흥건했다. 때문에 바닥이 미끄러웠던 것이다. 그 괴한들이 거실에 기름을 뿌렸나?

"으아아아앙!"

안방에서 들려오는 시엘라의 비명 섞인 울음소리에 나는 황급히 안방으로 뛰었다. 안방 문을 열어젖히자마자 튀어나오는 암기!

암기를 피해 땅바닥을 구른 나는 괴한들과 마주했다. 괴한은 두 명. 전에 보았던 괴한들과 같은 검은색 복장이었다. 그중 한 명은 안나 아주머니를 붙잡고 있었고 또 한 명은 시엘라를 붙잡고 있었는데 시엘라를 붙잡은 괴한이 그녀를 땅바닥에 내팽개치곤 나에게 단도를 찔러왔다.

상대는 전의 그 괴한보다 더하면 더했지 절대 덜하지 않을 정도의
실력을 가진 자!

휙— 휘익—

단도가 바람을 가르는 소름 끼치는 소리가 몇 번 들려오고 나는 그
공격들을 어렵지 않게 피해내며 상대와 맞섰다.

그때 안나 아주머니를 포박하던 괴한이 안나 아주머니에게 칼을 들
이댔다. 짧은 순간,

"아, 안 돼!"

안나 아주머니의 오른쪽 가슴으로부터 칼이 삐져 나왔다! 안나 아주
머니가 입에서 피를 한 움큼 토해내는 순간이 눈앞에 느리게 펼쳐졌다.
뒤이어 울려 퍼지는 시엘라의 비명 소리.

나의 절규와 함께 안나 아주머니의 가슴에 박혔던 칼이 빠져나왔다.
내가 안나 아주머니에게 시선이 돌아간 사이, 때를 노려 괴한이 나에게
검을 찔러왔다. 그의 공격을 옆으로 흘린 나는 오른손 손날에 검기를
만들어 상대의 목을 날려 버렸다. 허공에 높이 튀어올랐다가 땅바닥에
떨어진 목은 그 자리에서 가루가 되어 사라졌다.

나는 황급히 안나 아주머니에게 달려갔다.

괴한의 손에 들려 있는 검은 안나 아주머니의 목을 향하고 있었다.

"그만! 그만 해!"

나의 외침과는 무관하게도 안나 아주머니의 목에 차가운 칼날이 관
통하여 삐져 나왔다.

안나 아주머니는 그 외중에도 날 바라보며 뭐라고 말씀하셨다. 목소
리는 들려오지 않았지만 입 모양으로 보건대……

'시엘라를 부탁해… 요.'

그 말을 끝으로 안나 아주머니의 몸은 가루가 되어 사라졌다.

"······."

잠시간 흐르던 정적은 시엘라의 목소리로 깨졌다.

"어… 엄… 엄마, 엄마! 엄마아아아!"

"여자는 이 정도로 끝냈고, 다음은 저 꼬맹이 차례인가?"

괴한이 시엘라에게로 손을 뻗었다. 나는 그 즉시 자리를 튀어 나가 괴한에게 검기 공격을 날렸다. 괴한은 나의 공격을 피해내며 시엘라에게 단도를 던졌다.

아차 하는 순간, 괴한이 던진 단도는 시엘라의 손을 살짝 긋고 벽에 박혔다. 괴한이 미소를 지으며 중얼거렸다.

"이 정도로 끝내지."

"······!"

중얼거린 괴한이 거실로 나갔다. 왜 시엘라를 공격하다 만 거지? 의구심도 잠시, 얼마 지나지 않아 거실로부터 불길이 덮쳐 왔고 나는 황급히 시엘라를 안고 텔레포트했다.

*　　　*　　　*

"…그렇게 해서 가까스로 피신할 수 있었어요. 저는 무사했지만 시엘라는……."

실피의 이야기를 듣던 중 나는 시엘라에게 시선을 돌렸다. 침상 위에 누워서 고통스러운 신음을 흘리는 시엘라의 모습에 나는 잠시 할 말을 잃었다.

"칼에 독이 묻어 있었습니다. 그것도 백도깨비풀이라는 희귀한 독이… 어떻게 손쓸 방법이 없습니다. 죄송합니다."

더프론 씨의 말에 나는 자리에 털썩 주저앉고 말았다.

독에 중독됐다. 그런데 손을 쓸 방법이 없다… 라고 한다면 시엘라는,

"가망이 없단 말씀이십니까?"

더프론 씨가 침음성을 흘리며 말했다.

"지금으로선……."

지금으로선이란 말은 무슨 소리야?

"그럼 방법이 있단 말씀입니까?"

더프론 씨는 고개를 끄덕이긴 했지만 석연찮은 얼굴로 말했다.

"백도깨비풀 독은 정말 희귀하고도 NPC에겐 치명적인 독입니다. 독에 중독된 순간부터 죽기에 이르는 시간까지 24시간. 독에 중독된 사람은 그 시간까지 온몸이 타 들어가는 고통을 받으며 서서히 죽어갑니다. 하지만 그 안에 해독제를 먹으면 살 수 있지요. 그런데 그 해독제라는 것이 흑도깨비풀입니다. 백도깨비풀보다 더 귀한 것이지요. 이 백도깨비풀 독과 흑도깨비풀 해독제는 그동안 아르도 중앙성에서 비밀리에 재배해 온 것입니다. 백도깨비풀 독이 있다면 분명 흑도깨비풀 해독제도 그곳에 있을 것입니다. 아르도 중앙성에는……."

아르도 중앙성?

그동안 안나 아주머니 가족을 못살게 굴었던 그 녀석들! 이것도 그 녀석들이 벌인 일이었어!

나는 자리를 박차고 일어나 밖으로 나갔다.

실피가 날 뒤따랐다.

"듀라님! 어딜 가시려는 거예요?"

"중앙성."

"무리예요! 그곳엔 저만한… 아니, 저보다 더 강할지 모르는 레어 NPC가 둘이나 있다구요!"

레어 NPC? 그 딴 것 개나 줘버려! 신경 쓸 거 없이 다 쓸어버리면 되니까!

"그리고 이걸 보세요."

"……?"

실피가 내 앞을 가로막으며 조그만 화분을 꺼냈다. 아직 봉오리를 채 열지 않은 염원의 꽃이었다. 내가 시엘라에게 선물했던 그것.

어떻게 이걸 실피가 가지고 있지? 화재가 났을 때 불타 버리지 않았나?

"집에 불이 번지기 직전에 시엘라가 맨 먼저 이걸 챙겼어요. 그리고 자신은 이제 꽃에 소원을 빌 수 없다며 마듀라님에게 전해달랬어요. 자기 대신 소원을 빌어서 꽃망울을 피워달라고… 꽃이 핀 모습을 꼭 보고 싶다고."

"……."

실피가 들고 있는 화분을 아이템 창에 넣은 나는 다시 발걸음을 옮겼다.

그런 내 앞을 다시 가로막으며 실피가 말했다.

"마듀라님이 가신다면 저도 따라가겠어요."

"넌 더프론 씨의 무기가 완성되는 즉시 시엘라와 더프론 씨를 데리고 막강이로 돌아가 있어."

"그치만!"

"그리고, 더프론 아저씨."

"으응? 네?"

대장간 문 앞에서 우리 둘을 지켜보던 더프론 아저씨가 들켰다는 표정을 지으며 다가왔다.

"부탁드렸던 무기 말입니다, 언제쯤 완성되겠습니까?"

"지금 98% 정도 되었습니다. 세 시간 정도면 완성될 것 같은데……."

"그럼 시엘라는 몇 시간 정도 견딜 수 있겠습니까?"

"다섯 시간도 채 남지 않았습니다."

다섯 시간.

나는 롱코트를 벗고 아이템 창에서 엑스로시버를 꺼내 입었다. 3대륙 대전 대회 때 우승 상품으로 받은 레어 아이템.

준비를 완료한 나는 곧바로 중앙성 앞으로 텔레포트했다.

시야가 중앙성 앞으로 바뀌자마자 나는 성문을 지키는 네 명의 기사들과 마주쳤다. 나와 마주치자마자 소스라치게 놀란 그들이 나에게 급히 창을 들이댔다.

"누, 누구냐?"

"침입자냐?"

나는 대답 대신 양손을 뻗어 검광진 열 개를 띄운 뒤 양손에 다섯 개씩 두 개로 검광진을 겹쳤다. 이어서 겹쳐진 검광진으로 무형광검 두 자루를 빼냈다. 양손에 쥐어진 두 자루의 무형광검은 섬광처럼 날아가 병사 NPC들에게 떨어졌고, 병사들 사이에서 비명이 울려 퍼지며 피보라가 일었다.

"이건 신고식이다."

나는 천천히 중앙성 안으로 걸어 들어갔다. 이 넓은 성을 뒤지고 뒤져 시레샤를 구출하고 시엘라의 약을 찾아야 하는 것이다. 그리고 군주인지 뭔지 하는 새끼를 찾아 족쳐 안나 아주머니의 복수를 해야 한다. 또 그에 방해되는 자는 모두 죽인다.

"침입자다!"

"모두 정렬하라!"

성은 외성과 내성으로 나뉘어져 있었다. 외성을 지나쳐 내성에 들어선 나는 내성으로부터 쏟아져 나오는 병사 NPC들과 마주했다. 보이는 병사 NPC들의 숫자만 1천 명을 약간 넘길 정도. 무작정 그들의 진형으로 뛰어든 나는 무형광검을 휘두르며 NPC들을 도륙해 나갔다.

뼈가 부러지고 살이 갈리는 소리가 소름 끼치게 들려오는 가운데,

"가로막으면 죽인다!"

병사 NPC들에게 엄포를 놓았지만 그들은 프로그램에 짜여진 대로 자신들의 임무를 충실히 하며 죽어 나갔다.

나는 사방에 검광진 네 구를 뻗으며 다시금 외쳤다.

"가로막으면 죽인다고, 새끼들아!!"

주위의 검기가 터지듯 뻗어 나가며, 둘러싸던 NPC들을 밀어버렸다. NPC들과 5m 정도의 거리를 두고 서게 된 나는 앞으로 걸어나갔다.

"누구야?"

어떤 운영자가?

"너희 같은 쓰레기 프로그램을!"

만들었냔 말이다!

"최준 형이냐?"

아님 우리 아버지가?

"아니면 사장이라는 새끼가?"

대량 살상 스킬이 퍼부어졌고 몇 번 더 소름 끼치는 음과 함께 비명이 퍼졌다. 이미 방어는 포기했다. 방어 따위의 필요성을 느끼지 못했다. 그저 양손에 쥔 검으로 적군만을 벨 뿐.

"죽여라! 플레이어를 죽여라!"

"죽여 버려!"

"꺼져 버려, 쓰레기 NPC들아!"

욕설과 함께 대인 살상 스킬을 퍼붓자 한 번의 공격으로 열댓 명씩 죽어 나갔다. 하지만 병사 NPC들의 숫자는 줄어들 줄 모르고 오히려 불어나고 있었다. 병사 NPC들이 계속해서 내성 안에서부터 쏟아져 나오고 있었던 것이다. 설마 병사 NPC들이 이렇게 많을 줄 예상치 못했는데!

"젠장!"

이렇게 되면 전력을 다해야 한다는 건가?

"거기 누구냐? 침입자냐?"

혼전 속에서 들려오는 목소리에 나는 고개를 돌렸다. 웬 중년 NPC가 보였다. 기사 복장에 꽤 건장한 체격을 지닌…….

나는 달려드는 NPC를 또 한 명 베어내며 그 아저씨에게 물었다.

"네가 이놈들의 우두머리냐?"

"나는 제4기사단장……."

"닥치고 덤벼!"

"…예의도 없는 녀석이로군."

"닥치라고 했을 텐데?!"

나는 양손을 뻗으며 외쳤다.

"소환주의 명을 따라 나타나라, 마갑 알트레탈리!"

양손에 알트레탈리의 건틀렛이 씌워짐과 동시에 검광진 열다섯 개를 생성해 낸 나는 그곳에서 무형참황검을 뽑아 들었다.

기사단장 NPC가 적잖이 당황하며 말했다.

"마스터 레벨인가?"

대답 대신 그의 앞으로 뛰어오른 나는 검을 크게 휘둘렀다. 상대는 내 공격에 검을 맞찔렀다.

차캉―

서로의 검이 한차례 허공에서 맞부딪쳤고 그것을 기점으로 우리는 쉴 새 없이 서로를 공격했다. 상대는 중년 NPC답지 않게 꽤 빠른 몸놀림과 힘을 가지고 있었지만 내가 한 수 위일 수밖에 없었다. 기계적인 계산밖에 못하는 NPC가 기교에 앞서는 플레이어를 이긴다는 게 가능할 거라고 보는가? 상대의 약점을 먼저 파악한 나는 발차기를 날렸다.

나의 발차기는 검을 쥐고 있던 상대의 오른 손목에 떨어졌고 그가 쥐고 있던 검은 허공을 핑그르르 돌아 땅바닥에 떨어졌다. 나는 재빨리 그에게 달려갔다.

"네 까짓 게……."

"……?!"

"내 상대가 될 줄 알았어!"

녀석의 목과 몸체를 분리시킨 나는 서서히 가루가 되어 사라지는 그 광경을 지켜보다 주위 병사 NPC들에게로 시선을 돌렸다. 지주를 잃은 병사 NPC들은 혼란스러워하며 우왕좌왕했고 몇몇은 나에게 두려움을 느끼곤 도망치기 시작했다.

그래, 도망가라. 그리고 영영 돌아오지 마라.

"으, 으아악!"

"아아악!"

그런데 도망치던 병사들이 다시 내 쪽으로 비명을 지르며 돌아오는 것이 아닌가? 뭐야? 왜 갑자기 돌아오는 거지? 시선을 저 멀리까지 돌려보자 웬 거한의 사내가 보였다. 검은색 중량 갑주를 몸에 걸친 3m 정도의 거한. 그가 등에 짊어지고 있는 대검만 2m는 되어 보인다.

저자 때문에 병사 NPC들이 다시 돌아온 거였나?

그가 내 6m 앞까지 다가오며 말했다. 주위를 둘러쌌던 병사들은 그의 등장에 아무것도 못하고 뒤로 피해 있었다.

"침입자인가?"

나는 대답 대신 워리어 마스터 무기 베도밀을 소환해 그에게 그것을 겨눴다.

그러자 그 거한의 짙은 눈썹과 굳게 다문 입술이 씰룩였다.

"그것은 나에 대한 도전이라고 받아들이겠다, 침입자!"

요란한 쇠 파찰음과 함께 그의 대검과 나의 베도밀이 서로 맞부딪쳤다. 맞부딪친 순간 검을 쥔 손이 심하게 저려오며 캐릭터에 상당량의 반동이 전해졌다. 하마터면 베도밀을 놓칠 뻔했으니까.

"힘이 장난이 아닌데?"

"대검 하나 바꿨을 뿐인데."

중얼거린 우리 둘은 두어 차례 더 검을 나눈 뒤 떨어졌다. 상대는 힘이 세다. 그럼 어떻게 공략해야 하는가? 스피드로 밀어붙여 볼까? 카도라스 마스터 정도가 아닌 이상 파워가 세면 스피드가 느릴 것이다.

"후후! 장난은 이쯤 하고 이제부터가 진짜다."

철컹—!

그가 목 뒷덜미에 있는 투구를 머리에 씌워 착용했다. 그러자 중세 기사들의 중기갑 무장. 빈틈없는 철통 방어가 되었다.

나는 바싹 긴장하며 적과 다시 대치했다.

*　　　*　　　*

"무사할 수 있을까요?"

"글쎄… 장담은 못합니다."

쇠 부딪치는 청명한 음만이 요란히 들려오는 가운데 실피와 더프론의 대화가 나지막이 울려 퍼진다. 더프론의 대답이 맘에 들지 않았는지 실피가 발끈했다.

"듀라님은 지지 않아요!"

"누가 뭐랬습니까?"

"……."

더프론의 말을 끝으로 잠시 둘 사이에 정적이 흘렀다.

실피가 막 잠이 든 시엘라를 보며 말했다.

"지금 더프론 씨가 만들고 있는 무기 말예요, 마듀라님이 잘 사용할 수 있을까요?"

"글쎄… 장담은 못합니다."

"뭐예요? 아까부터 똑같은 소리만 하고?"

"아, 정말 짜증나게 구는 아가씨네! 방해되니까 나가 있어요!"

"쳇쳇!"

하지만 더프론의 호통에도 그녀는 쳇쳇거리기만 할 뿐 자리를 떠나지 않았다. 시엘라를 지키라는 마듀라의 명령이 있었기 때문이다.

"만에 하나 시엘라가 잘못되면 저도 마듀라님에게 살아남지 못할 거예요."

더프론은 묵묵히 침묵을 지키며 자신의 일에 열중했다.

실피가 이어서 말했다.

"그럼 나 어떡하죠?"

"그걸 왜 나한테 물어? 네가 알아서 해야지!"

"하여간 책임감없는 아저씨라니까!"

"내가 왜 널 책임져야 하는데?"

"남자니깐요!"

"말이 되는 소릴 해라! 남녀 평등된 지가 언젠데! 꼭 이럴 때만 여자여자 한다니까."

"뭐, 뭐라구욧!"

"시끄러우니까 조용히 쭈그려 있어!"

"쳇쳇!"

연신 쳇쳇만 연발하는 실피였다.

그때 잠이 들었던 시엘라가 깨어났다. 5분도 채 잠이 들지 못하고 깨어난 것이다. 깨어나자마자 또다시 고통에 겨워 신음하는 그녀를 보며 실피가 당황해했다.

"이, 이거 어쩌죠? 잠잠해졌나 싶었는데 또 아파하잖아요."

그러자 더프론이 쇠를 두드리던 손을 멈추며 말했다.

"어쩔 수 없어. 백도깨비풀 독은 원래 그런 거야. 24시간 동안 생명력을 갉아먹으며 서서히 죽이지. 흑도깨비풀 해독제가 없으면 치료 방법이 없어."

"그치만 이대로 지켜볼 순 없잖아요!"

"그럼 수건으로 시엘라 땀이나 닦아줘."

고개를 끄덕인 실피가 대장간을 잠시 나갔다가 양동이에 물을 담아 가져왔다. 그리고 시엘라의 이마에 얹혀 있던 수건에 물을 적셔 시엘라의 땀을 닦아주었다.

얼굴, 목, 등까지 꼼꼼하게 시엘라의 땀을 닦아내며 실피가 더프론에게 물었다.

"그런데 언제부터 더프론 씨가 저에게 말을 놓은 거죠?"

"……."

더프론은 아무 말도 하지 않고 다시 쇠 두드리기에 열중했다. 실피도 그에 관해 이내 관심이 없어졌는지 시엘라의 땀을 닦는 일에 다시 열중했다.

그렇게 30분 후,

"휴우~ 다 했다. 그런데 더프론 씨, 궁금한 게 있어요."

"뭐지?"

"중앙성에 있다는 레어 NPC말인데요, 그들의 실력이 정확히 어느 정도인지 알 수 있을까요?"

그녀의 물음에 실피를 힐끔 돌아보던 더프론이 쇠 두드리기를 계속하며 말했다.

"실제 증명되진 않았지만 마스터 플레이어 열 명쯤은 손쉽게 상대할 수 있을 정도라는군. 원래는 법을 어긴 고 레벨 유저들을 응징하기 위해 만들어진 거라는데 요즘엔 이벤트 용으로 많이 쓰이고 있다고 한다. 아도니아 대륙뿐 아니라 카밀리베아 대륙에도 레어 NPC가 몇 더 있다고 하는데 자세한 건 나도 잘 몰라."

　　　　　*　　　　　*　　　　　*

"허억! 헉!"

나는 거친 숨을 몰아쉬며 상대와 다시 대치했다. 거구 NPC는 생각
한 것 이상으로 강했다.

뭐, 저따위 괴물이 다 있어?

"벌써 지친 건가?"

"지치긴 누가 지쳐!"

지쳐 쓰러지는 한이 있더라도, 내 밑천을 다 드러내고서라도 쓰러뜨
리고 만다! 플레이어가 한낱 NPC한테 진다는 게 말이나 돼?

"으아아압!"

공중으로 높이 뛰어오른 나는 베도밀을 수직으로 베었다. 상대는 검
을 들어 나의 공격을 막아냈고, 이어서 무지막지 공격을 퍼부었다. 하
지만 이에 질세라 나는 마법을 난사하며 적과 난타전을 벌였다.

"플레임 애로우!"

내가 쏘아 보낸 불꽃의 마법창이 녀석에게로 날아갔으나 녀석이 입
고 있는 갑옷에 막혀 버렸다. 솥뚜껑 같은 저 갑옷을 먼저 뚫어야 상대
에게 타격을 줄 수 있을 것 같다. 문제는 저 갑옷을 어떻게 뚫느냐인
데… 무조건 때려볼까? 열 번 꼬셔 안 걸려드는 여자 없다 하였다. 그
런데 저런 갑옷쯤이야!

"검뇌격화성!!"

겹쳐진 열 개의 검광진에서 검은 광선이 날아가 NPC의 몸에 명중되
었다. 검뇌격화성에 명중당한 순간, NPC의 몸이 몇 미터를 밀려 나가

는 것이 언뜻 보였지만 먼지에 묻혀 자세히 확인되진 않았다. 하지만 아직 안심하긴 이르기에 즉시 연속기를 날렸다.

"인시너레이트!"

불 계열 중엔 꽤 강하다는 녀석이다! 주위는 불바다가 되었지만 아직 이 정도론 성이 차지 않아!

"라이트닝 스파크!"

다시금 먼지가 일대를 뒤덮으며 주위는 혼란의 도가니가 되었다. 나라도 내 공격에 재가 되었겠다. 이제쯤 녀석이 입고 있던 갑옷이 가루가 되었겠지? 그렇게 확신했는데…….

먼지가 걷히며 NPC의 모습이 다시 나타났을 때, 나는 내 눈을 의심하지 않을 수 없었다.

"제법이군. 공격력은 따라올 자가 없을 것 같다."

녀석의 갑옷은 흠집만이 조금 나 있을 뿐 금이 가거나 조금도 깨지지 않았다. 하, 어이가 없네. 저 갑옷, 대체 뭘로 만들어졌길래? 설마 마스터 무기제 금속인가? 그럴 리가…….

"후후! 이 갑옷에 대해 궁금증이 많아 보이는군. 이건 마스터 무기를 제외한 카도라스 최강의 갑주다."

뭐라구?

말이 끝나기 무섭게 녀석의 발길질이 나의 복부에 떨어졌다. 발이 어찌나 큰지 오우거에 차인 것보다 타격이 컸다.

"크윽!"

볼품없이 땅바닥을 구른 나는 다시 몸을 일으켜 상대에게 검을 겨눴다. 이대로 물러서지 않아!

"그만 포기하시지. 그 정도 실력 가지고 해룡을 해치웠다는 게 믿기지 않는다. 지금 상당히 실망 중이거든."

"닥쳐!"

나는 홧김에 실리스의 에르기아를 발동시켰다. 이건 정말 안 쓰려 그랬는데 써버리고 마는구나! 소더러 A와 고스티스터 패거리들이 날 런치했을 때도 끝까지 보이지 않았던 최강의 비기, 최후의 보루!

"으아아아아압!!"

기합과 함께 실리스의 에르기아 검기 속박을 모두 풀어버렸다. 나의 의지대로 속박 범주에서 벗어난 에르기아 안의 검기들을 제각기 꿈틀거리며 공기 중을 살아 움직이는 듯했고, 그것들의 움직임이 나의 피부와 살과 내장들을 바늘처럼 꿰뚫듯 몸을 빠릿빠릿 찔렀다. 하지만 그 고통이랄 것도 아닌 잠깐의 시간, 날 쿡쿡 찌르던 검기들은 곧 내 몸에 자신의 몸을 의지했다. 검기들을 나의 몸속으로 집합되었고 나는 그 검기들 집합체가 되어 일시적으로 폭주!

"크으으으윽!!"

폭주라고 해봐야 미친놈의 버서커처럼 날뛰는 건 아니다. 그저 제한된 시간 동안 공격력이 극강의 경지로 업(Up)되는 것뿐.

"버서커가 되어버린 건가? 하지만 그런 미친 상태에서 날 공격한다는 것이 가능할까?"

가능하지!

거한에게 빠르게 쇄도한 나는 녀석에게 주먹을 날렸다. 주먹은 NPC의 갑옷에 가볍게 막혀 버렸지만 NPC는 힘없이 날아가 근처 벽에 처박혀 버렸다. 나는 쓰러진 NPC에게로 달려가 연이어 발로 밟았다. 열 번 정도 밟는 도중 밟히던 NPC가 몸을 일으키며 쥐고 있던 대검을 나에게 내리꽂았다. 황급히 몸을 피한 나는 다시 녀석에게 달려들었다.

폭주 상태가 되면 방어력이 최하로 떨어지고 공격력만 기하급수적으로 증폭된다. 때문에 약간의 타격만 받아도 곧바로 게임 오버로 이어질 수 있는 것이다. 그리고 스킬도 사용할 수 없다. 그저 달려가 육탄전을 벌이는 것뿐!

녀석의 다리와 어깨를 도약해 힘껏 박차오른 나는 공중 돌려차기를 녀석의 안면에 먹였다. 녀석의 고개는 왼쪽으로 휙— 돌아갔고, 돌아간 머리를 붙잡은 나는 연이어 박치기를 날렸다. 최강의 갑주라던 녀석의 갑옷은 나의 박치기 한 방에 금이 가버렸다. 내 머리도 같이 깨지긴 했지만.

녀석의 몸체가 땅바닥에 쓰러지며 육중한 음을 일으켰다. 나는 지상으로 착지한 뒤 곧바로 뛰어올라 쓰러진 녀석의 몸에 떨어졌다.

콰득—!

녀석의 가슴팍에 무릎을 내리찍자 갑옷의 복부 부분이 깨져 나갔다. 최강 갑주가 겨우 이 정도였나?

"크으으윽!"

쓰러졌던 NPC가 신음을 토하며 다시금 몸을 일으켰다. 갑주 때문이 아니더라도 맷집이 원래 좋나보다. 곧 폭주 시간이 끝날 텐데 빨리 처리해야겠군!

"크어어어어어!"

"……?!"

막 마지막 일격을 가하려는 순간, 녀석이 기합을 내지르며 검을 높이 치켜들었다. 기합을 뻗자 주위 공기가 진동하며 고막까지 파열해 버릴 듯한 이 기세, 장난이 아니다! 나는 바싹 긴장하며 상대의 공격을 주시했다. 상대의 공격은 단순한 가로 베기였다. 자리에 납작 달라붙으며 공격을 피한 나는 NPC에게 가까이 다가가 발차기를 날렸다.

발차기는 녀석의 목 부분을 정확히 명중했고 녀석이 입고 있던 갑주가 유리 파편처럼 깨져 나가 사방으로 퍼졌다. 이걸로 끝이다!

"크으어어어!"

"……?!"

이대로 끝날 줄 알고 있었는데 녀석이 날 손으로 턱— 하고 잡았다! 분명 데미지가 컸을 텐데? 녀석의 손에 붙잡힌 나는 벽에 내동댕이쳐졌고, 나와 진한 스킨십을 나눈 벽이 와르르 무너져 내리며 날 포옹했다.

"크으윽!"

역시 폭주 상태에서 입은 데미지라 피해가 엄청났다. 부딪쳤을 당시 오른쪽 어깨뼈가 부서진 것 같아.

거의 게임 오버 직전 상태로 누워 있는데 날 덮고 있던 돌 더미가 치워지며 뭔가가 내 목을 붙잡았다. 돌 더미에서 들어 올려진 나는 상대 NPC가 내 목을 붙잡고 들어 올렸다는 것을 알 수 있었다.

"크아학! 하악!"

"크으으! 끝이다, 플레이어!"

"누구 맘대로 끝이야?"

허리 반동을 이용해 NPC의 팔을 휘감아 오른 나는 상대의 팔을 다리로 꼰 뒤 몸을 있는 힘껏 비틀어 녀석의 팔을 부러뜨려 버렸다!

"크아아아아아악!!"

엄살 한번 요란하게 떠네.

비명을 지르던 NPC가 날 땅바닥에 놓쳤다.

그리고 내가 몸을 일으켰을 때 때마침 폭주 상태가 풀렸다. 결국엔 나하고 녀석 모두 오른팔을 쓸 수 없는 상태가 되어버렸다. 쌤쌤이란 말이다.

"하하, 다시 원점이네."

"크으으윽! 죽여 버린다, 플레이어!"

다시 난타전이 시작되었다. 나는 무형참황검을 소환한 뒤 상대와 맞섰다. 오른팔은 고장나 버렸으니 멀쩡한 왼팔로 싸울 수밖에 없다. 오른손잡이이기 때문에 왼팔로 녀석을 상대한다는 것이 조금 껄끄러웠지만 어쩔 수 없었다. 포션을 썼으면 좋겠는데 이런 상황에서 포션을 사용하는 건 무리고…….

NPC의 대검이 내가 서 있던 자리에 떨어지자 땅바닥이 움푹 들어가며 파였다. 실로 엄청난 파괴력과 완력! 파이터 마스터래도 저 정도의 파괴력을 내는 유저는 없을 것이리라.

녀석이 연속으로 검을 휘두르며 날 몰아붙였다. 나는 그가 달려나올 때마다 뒤로 피하며 검을 마주쳐야 했다. 녀석의 검도 뭘로 만들었는지 무형참황검에 부딪치는데도 꿈쩍도 하지 않는다. 혹시 레어 아이템인가?

"……!"

그건 일단 나중에 생각하기로 하고, 어느샌가 궁지에 몰려 버렸다. 벽에 등을 기댄 채 검을 겨누던 나는 NPC의 발차기에 맞고 벽을 뚫고 나가 버렸다.

벽과 함께 땅바닥에 퍼질러 버린 나는 곧바로 몸을 일으켰다. 벽이 무너진 순간에 일어난 자욱한 먼지 때문에 시야가 제대로 보이지 않았지만 이곳도 복도인 것 같다.

“하악! 하악!”

잠시 숨을 몰아쉬고 있자 안개 사이를 뚫고 나오는 녀석의 모습을 언뜻 볼 수 있었다. 정말 너무나 강하다. 운영자들이 무슨 생각으로 저런 무지막지한 녀석을 만든 거지? 완전 천하무적 먼치킨이잖아!

도대체가……

“뭘 믿고 그렇게 센 거냐?”

“으어어어어!!”

대답 대신 날아온 것은 무지막지한 대검이었다. 몸을 옆으로 굴려 공격을 피해낸 나는 손날을 세워 상대의 옆구리를 베었다. 하지만 녀석의 대검은 나의 검기를 튕겨냈다. 보통 강도의 검쯤은 가볍게 두 동강 낼 공격이었는데 저런 평범해 보이는 대검으로 내 공격을 막았다는 것은… 역시 문제가 있는 거겠지? 저 대검 말이다.

저걸 녀석의 손에서 벗어나게 한다면 승리는 내 것이나 다름없다. 저 NPC의 공격법은 95%가 대검에 의존하는 것이기 때문이다.

“후우~”

숨을 내쉰 나는 NPC에게로 무형참황검을 베었다. 그와 나의 검이 한차례 맞부딪쳤고 그 순간을 노려 나는 모든 검기를 방출시켰다. 주위로 뻗어 나가는 검기 폭풍이 돌과 먼지를 모조리 쓸어버렸다. 나는 상대의 검을 밀어내며 검을 떨어뜨리기 위해 악을 썼지만 상대의 검은 쉽게 떨어지지 않았다.

밀어도 안 된단 말이지? 그럼 쳐내서 떨어뜨린다!

손목을 노려 상대방을 찌른 나는 계속해서 NPC를 몰아세웠다. 하지만 오히려 내가 밀린다. 덩치가 덩치이다 보니 내가 밀릴 수밖에…….

“칫!”

결국엔 저 덩치가 문제였다. 나도 저렇게 몸 좀 불릴 걸 그랬나? 뭐, 생긴대로 살아야지 별수있는 것도 아니고.

최악의 상황까지 간다면 체력전으로 나갈 수밖에 없는데, 체력전으로 나가면 당연히 내가 질 것이 뻔하기 때문에 그것은 안 된다. 정면전도 안 되고, 폭주전도 안 되고, 체력전도 안 된다면…….

게릴라전.

…만 남은 건가? 좀 얍삽하지만 살기 위해서라면 무엇인들 못하겠는가?

나는 NPC에게서 몇 발자국 떨어진 뒤 주위를 둘러보았다. 주위는 길게 이어진 복도뿐이었다. 오른쪽 복도는 끝이 보이지 않는 길게 이어진 복도. 왼쪽 복도는 얼마 가지 않아 위층으로 통하는 계단이 보였다. 나는 즉시 그쪽으로 뛰었다.

"도망치는 거냐?"

넌 이게 도망치는 걸로 보이니? 이건 도망치는 게 아니고 작전상 후퇴라는 거다!

녀석이 육중한 발걸음 소리를 일으키며 날 뒤쫓아왔다. 나는 단번에 계단을 뛰어올라 위층에 도달한 뒤 몸을 숨길 만한 곳을 찾았다. 주위는 곳곳에 기둥이 세워져 있는, 몸을 은폐시키기에 충분한 공간이었다.

나는 즉각 기둥 뒤에 몸을 숨겨 은폐했다.

잠시 후 계단으로부터 NPC가 들어섰다.

그가 잠시 주위를 둘러보더니 말했다.

"숨어 있군. 비겁하다고 생각 안 하나?"

그럼 니가 내 상황이 되어보든지.

나는 숨을 죽인 채 그가 움직이기만을 기다렸다.

터벅— 터벅—

곧 그가 움직이는 발걸음 소리가 들렸다. 나는 바싹 긴장한 뒤 무형참황검을 힘있게 쥐었다. 단박에 끝내 버리자! 나는 소리없이 숨을 들이마신 뒤 땅바닥을 힘차게 굴러 상대방에게 접근했다.

"나왔군!"

상대는 기다리고 있었다는 듯 검을 치켜들었고, 나는 재빨리 검을 세워 녀석의 다리를 베었다.

채앵—!

NPC의 다리를 향하던 나의 검은 상대의 대검에 막혀 버렸고, 나는 즉시 손목을 돌려 검을 찔렀다. 하지만 이번에도 녀석의 검에 막혀 버렸다. 1초 될까 말까 한 순간에 이루어진 두 차례 공격을 모두 막아낸 그가 역습을 해올 듯 검을 치켜세웠다. 당연히 정면으로 붙는다면 나에게 승산은 없다. 나는 즉시 자리를 피했다.

그 틈을 놓칠 녀석이 아니었다.

"잔재주는 소용없다!"

"으읏!"

아슬아슬한 차이로 녀석의 대검이 내 머리가 있던 자리에 떨어졌다. 순간적으로 몸을 숙였기에 망정이지 안 그랬으면 머리가 날아가 버렸으리라! 나는 몸을 앞으로 피하면서 근처 기둥을 박차 공중으로 높이 뛰었다.

그리고 검을 세운 뒤 녀석을 다시 한 번 베었다. 왼쪽 어깨!

파앙—!

파찰음과 함께 상대의 대검과 나의 무형참황검이 서로 맞부딪쳤다.

상대는 정확히 나의 공격을 막았지만 검과 검이 맞부딪쳤을 당시의 반동으로 나와 그, 모두 검을 놓치고 말았다.

팔목에서 느껴지는 저림은 신경 쓸 새 없이 NPC가 자신이 떨어뜨린 검을 줍기 전에 그의 숨통을 끊어야 할 때였다. 하지만 다시 무형참황검을 소환하기엔 늦었다! 그렇다면…….

"나와라, 엑스로 소드!"

엑스로시버에서 튀어나오는 엑스로 소드! 은빛의 검신이 손에 쥐어지자마자 나는 NPC의 투구를 향해 검을 박았다. 이미 반쯤 깨져 나가 있었던 투구였기에 검을 박는 데 어려움은 없었다. 엑스로 소드는 투구와 함께 뼈와 살을 가볍게 뚫었고 소름 끼치는 소리와 감촉이 검과 귀를 통해 직접 전해지는 듯했다. 그렇게 3초간… NPC의 투구 속에서 피가 터져 나왔다. 녀석의 몸에서 검을 뽑아낸 나는 상대의 몸을 발로 밀쳐 냈다. NPC는 육중한 음을 일으키며 땅바닥으로 쓰러졌고 그걸로 끝. NPC는 5초 정도 몸을 부르르 떨더니 그 자리에서 가루가 되어 사라졌다.

NPC와의 치열한 격투 끝에 결국 승리한 나는 포션으로 대충 응급 치료를 한 뒤 무작정 발걸음을 옮겼다. 우두머리 NPC를 이겼다고 모든 게 끝난 건 아니었다. 시레샤를 구출하고 흑도깨비풀 해독제를 찾고, 군주를 죽여야 하는 임무는 아직 하나도 수행하지 못했다.

그런데 그들을 대체 어디서 찾는다지? 이 넓은 성을 샅샅이 뒤져야 하나? 성에 침입한 지 두 시간 정도 흘렀다. 시엘라의 목숨이 세 시간밖에 남지 않은 때였다. 빨리 약부터 찾아야 할 텐데.

이런저런 생각을 하며 복도를 돌아다니던 중, 한 하녀 NPC와 마주친 것은 그때였다.

비명을 지르려는 그녀를 재빨리 포박한 나는 그녀의 목에 검을 들이대며 말했다.

"시끄럽게 굴면 죽여 버리겠어."

"……."

죽인다는 소리에 그녀가 목구멍까지 올라왔던 비명을 급히 다물었다.

나는 그녀의 목에 가져갔던 검을 치우며 말했다.

"내가 묻고 싶은 건 딱 세 가지다. 내 질문 중 하나라도 대답해 주면 넌 살 수 있어."

그녀가 내 말에 고개를 끄덕였다. 나는 주위를 경계하며 타인의 인기척을 확인했다.

주위에 아무도 없음을 알아차린 나는 그녀에게 조용히 물었다.

"흑도깨비풀 해독제와 잡혀온 시레샤란 소녀, 그리고 이곳의 군주 녀석이 어디 있는지 불어."

그러자 그녀가 떨리는 목소리로 대답했다.

"자, 잡혀온 죄인은… 지하… 가, 감옥에 있습니다. 흑도깨비 풀과… 구, 군주님은 저도 모, 몰라요."

"정말 몰라?"

"네, 네, 몰라요. 성에 들어온 지 얼마 안 돼서……."

"그래? 그럼 지하 감옥이 어딨지?"

"이 복도를 따라 가다가 오른쪽 통로로 돌면 넓은 중앙 복도가 나오는데, 그곳에 지하 감옥으로 통하는 계단이 있습니다."

그곳에 시레샤가 있단 말이지?

“좋아. 불었으니 살려주지.”

그녀의 복부를 주먹으로 올려친 나는 기절한 그녀를 받아 바닥에 눕혔다. 잠시 기절해 줘야겠다. 떠들면 곤란하니까.

나는 하녀 NPC가 말한 그곳으로 향했다. 그녀의 말대로 오른쪽 통로를 돌자 넓은 복도가 나타났다. 복도의 넓이는 3백 평 정도에 투명한 대리석이 주위를 온통 둘러싸고 있었다. 나는 그곳 한구석에서 지하로 통하는 계단을 발견할 수 있었다.

그리 길진 않은 계단이었다. 30초 정도 내려가 계단 끝에 다다랐을 때에서야 또다시 병사 무리들과 마주쳤다.

“누구냐?”

서른 명가량의 병사 NPC들 중 한 명이 그렇게 외쳤다. 나는 대답 대신 베도밀 소환해 녀석들에게로 달려나갔다. 그동안 싸워봐서 아는데 이놈들은 말이 필요없다. 그냥 죽여야 한다. 살려줘 봤자 또 죽이려고 달려들거든.

좀 전의 우두머리 NPC와의 싸움으로 체력과 정신력을 많이 소모해 캐릭터가 말을 잘 듣지 않았지만 크게 문제가 되진 않았다.

NPC들을 모두 처리한 나는 거친 숨을 몰아쉬며 시레샤를 찾았다. 감옥엔 ‘나 좀 살려줘요’, ‘날 꺼내줘’ 라는 등의 비명을 질러대는 NPC들 때문에 시끄러웠지만 그런 것까지 일일이 신경 쓸 만큼 한가하지 않았다.

그렇게 감옥 안의 사람들을 일일이 확인하고 둘러보는 도중 나는 15번 방에서 시레샤를 찾을 수 있었다. 쇠창살을 사이에 두고 나와 그녀는 마주했다.

“시레샤!”

"마듀라… 씨."

시레샤는 많이 초췌해진 모습이었다. 언제나 차갑게 빛나던 그녀의 눈빛은 흐리멍덩하게 바뀌어 본래의 빛을 찾아볼 수 없었고 이리저리 흐트러진 모습에선 생기가 느껴지지 않았다.

하지만 이렇게 무사히 만났다는 게 나로서는 더 기뻤다.

"어서 나가자. 널 구출하려고 이 몸께서 친히 오셨다고. 여기까지 오느라 얼마나 고생했는 줄 알아?"

하지만 그녀의 눈은 땅바닥만을 향한 채 어느 한곳만을 흐리멍덩히 바라보고 있을 뿐이었다. 어제의 충격 때문인가?

"왜 그래, 시레샤?"

시레샤의 이런 모습은……

"어울리지 않아."

언제나 날 늑대로 보듯, 변태로 보듯 날 보란 말이야.

"그런 나약해 빠진 눈빛으로 날 보지 마."

"……."

"시레샤……."

털썩—

나는 그 자리에 주저앉아 버리고 말았다. 쇠창살 앞에서 무릎을 꿇고 고개를 숙인 나에게 시레샤가 다가와 창살 사이로 손을 뻗었다. 창살 사이로 빠져나온 그녀의 손이 내 손을 붙잡았다. 감촉이란 것은 느껴지지 않는, 그저 시각으로만 보여질 뿐 아무것도 아닌 그녀의 손.

그녀가 내 손을 이끌어 자신의 아랫배로 가져갔다. 내 손이 그녀의 아랫배에 닿았을 때,

"……."

"…저."

시레샤의 목소리가 감옥 안을 조용히 울렸다.

"이 몸으론 돌아갈 수 없을 것 같아요."

그녀의 눈에서부터 물기가 떨어졌다. 그것은 그녀의 눈부터 시작해 얼굴 선을 타고 내 손과 땅바닥으로 뚝뚝 떨어져 내렸다. 무거운 적막감. 주위의 무거운 공기가 내 어깨를 짓누르는 것 같았다.

결국 무거운 적막감을 이기지 못하고 나는 반사적으로 그녀의 아랫배에 가져갔던 손을 떼었다. 뭐라 말하고 싶었다. 그치만 아무 말도 할 수가 없었다. 할 말이 쉽게 떠오르지 않았다.

"신세 많이 졌어요. 그동안 감사했습니다. 이 말 전해주려고 여기서 기다리고 있었어요."

"……."

그녀가 나에게 미소를 지었다. 언제나 냉랭한 표정만을 지어 보이던 그녀가 나에게 처음이자 마지막으로 보여준 해맑은 미소였다.

그렇게 얼마 후, 시레샤의 입가에 한줄기 선혈이 흐르며 그녀가 자리에서 쓰러졌다. 그리고 서서히 가루가 되어 사라졌다.

"으아아아아아아아악!!"

"허억! 허억!"

한참을 뛰어 지하 감옥 입구에 다다랐을 때에서야 나는 자리에서 멈췄다. 머리 속이 혼란스럽다. 어째서 게임상의 NPC들이 날 이렇게 혼란스럽게 만드는 거지? 누가 날 가지고 노는 것 같잖아. 기분 나빠. 도대체 뭐가 뭔지 모르게 되어버렸어. 그저 NPC 하나가 죽은 것뿐인데… 내가 왜 이러지?

"젠장!"

문득 손을 펴보자 손이 파르르 떨리고 있었다. 반대쪽 손으로 떨리는 손을 잡았지만 쉽게 진정되지 않았다. 정신부터 시작해 육체까지 모두 내 의지를 벗어나 있었다. 이 상태로 게임을 계속하다가는 미쳐버릴 것 같아!

"앗! 침입자를 찾았다!"

"플레이어다!"

그때 엎친 데 덮친 격으로 병사 NPC들이 몰려왔다. 뒤이어 수많은 병사 NPC들이 복도로부터 중앙 복도로 쏟아져 나오기 시작했다.

그래, 아직 로그아웃을 할 순 없다! 나에겐 아직 두 가지 목적이 남아 있다. 지금의 상황을 만든 군주를 죽이고 고통스러워하고 있는 시엘라를 살려야 한다는 목적이 남아 있었다.

"……."

그런데 내가 왜 한낱 NPC들을 위해서 이렇게 싸워야 하는 거지? 그들은 인간이 아니다. 감정도 없다. 그저 프로그램에 짜여져 연기를 하고 있는 인형들에 불과하다. 그런데 나는 그들을 위해 싸우고 있다. 그 인형들 때문에 내가 고통스러워하고 혼란스러워 하고 있다…….

"……."

복도에서부터 쏟아져 나오는 병사 NPC들이 내 주위를 원형으로 포위했다. 제각기 창과 검을 들고 날 경계하고 있었다. 숫자는 대략 5백명. 나는 무형참황검을 빼 들며 전투 태세를 갖추었다.

그때 날 포위하던 병사 NPC들 사이가 갈라지며 한 사내가 나타났다. 30대 중반쯤에 붉은색 갑옷을 걸친 NPC.

"나는 제3기사단장 빌데리안이다. 겁도 없이 성에 침입하다니, 간 큰 플레이어로구나! 여기가 네 무덤이 될 것이다!"

그가 오른손을 치켜들자 내 주위를 포위하고 있던 병사 NPC들이 나와의 거리를 좁히며 서서히 다가왔다.

이놈들을 무조건 다 상대할 수는 없는 노릇이었다. 지금의 나에겐 시간이 급하니까.

적진을 뚫고 나갈 생각으로 무형참황검을 힘있게 쥔 뒤 병사 NPC들을 향해 대인 살상 스킬을 퍼부었다. 일직선으로 날아가는 섬광은 그 범위에 있던 NPC들을 가볍게 태워 버렸고, 나는 재빨리 그 사이로 달려갔다.

"헉! 헉!"

내 인생이 도망치는 인생으로 느껴진다. 지금도 도망치는 중이니까. 1시간 동안 병사 NPC들을 따돌리고 내성 복도를 내달리던 중이었다. 내성을 내달리던 중 계단을 몇 번이고 오르락내리락하며 돌아다녔는지 모른다. 성은 미로로 되어 있어 길을 찾기가 여간 쉽지 않았던 것이다. 이대로 미아가 되어버리는 건 아닐까? 로그아웃하면 미아 신세는 면할 수 있겠지만 목적을 달성하기 전까진 로그아웃을 할 수 없다고 난 내 자신에게 다짐했다.

그렇게 성안에서 10㎞를 달렸을 것이다.

"…문인가?"

드디어 문과 마주쳤다. 복도를 지나면서 문을 본 것은 이번이 처음이었다. 이 문을 열면 방이 있으리라. 나는 노크도 없이 문을 벌컥 열고 방 안으로 들어섰다. 방 안엔 침대 하나와 화장대 하나, 그리고 한 소녀만이 전부였다.

방에 주인이 있었군.

"누구시죠?"

방 안에 있던 에메랄드빛 머리카락 소녀가 당황한 눈치로 나에게 물었다. 당연하겠지, 여자 방에 남자가 벌컥 침입했으니.

"나는 마듀라. 플레이어다."

"…무슨 일로 오셨습니까?"

"긴말 필요없고 잠시 인질이 되어줘야겠다."

나는 전광석화처럼 달려가 그녀를 붙잡았다.

그녀가 겁먹은 어조로 말했다.

"저, 저에게 무슨 짓을 하려는 거예요. 저의 기사들이 가만두지 않을 거예요!"

"해볼 테면 해보시지, 내가 이기나 기사들이 이기나."

그러자 그녀가 밖에다 대고 소리쳤다.

"여봐라! 밖에 누구 없느냐? 당장 이 무례한 자를 잡아들여라!"

"……."

하지만 밖은 조용했다. 병사들은 내가 다 따돌렸으니 한 명도 남아 있지 않을 테지. 그런데…….

"군주님!!"

"무사하십니까?"

"침입자가 있다! 침입자가 군주님 방에 있다!"

병사들 무리가 문을 박차며 나타나는 것이 아닌가? 내가 여기 있다는 걸 어떻게 알았지? 문에서부터 쏟아져 들어온 병사 NPC들의 숫자는 삼십 명이 훨씬 넘었다. 나는 즉시 소녀의 목에 칼을 들이댔다. 그러자 나에게 다가오려던 병사 NPC들의 움직임이 일순 멈췄다.

이 소녀…

"군주였냐?"

내가 묻자 나에게 포박당한 그녀가 겁에 질린 채 대답했다.

"저, 전 아르도의 군주입니다. 저에게 이런 무례한 행동을 하다니…
가만두지…….."

나는 순간 그녀의 목에 가져갔던 무형광검으로 그녀의 목을 그어버
릴 뻔했다. 겨우 참아낸 것은 초인적인 인내심이라고 할 수 있었다. 이
녀석이 그 군주라는 데 흥분하지 않을 수 있겠는가?

"…조용히 인질이 되어라."

"……."

지금 그녀를 죽이면 병사 NPC들이 흥분하여 나에게 더욱 달려들 것
이고 내가 오히려 위태로워질 수 있기 때문에 나는 그녀에게 인질이
되어주기를 요구했다. 그리고 물어볼 말도 있으니까.

"한 발자국이라도 다가오면 군주를 베어버리겠어."

"……."

병사들에게 엄포를 놓은 나는 조용히 창가 쪽으로 다가갔다. 창문으
로 도망칠 생각이었다. 나와 군주의 발걸음 소리만이 들려오는 가운데,
병사들은 내가 군주에게 무슨 짓을 했다간 곧바로 칼을 날릴 기세로
서 있었다.

창문 앞에 도달한 나는 유리창을 향해 주먹을 질렀다. 창은 가볍게
깨져 나갔고 이어서 깨진 창문 밖으로 주저없이 몸을 날렸다. 물론 군
주와 같이. 창문 밖은 지상으로부터 80m 위였다.

귓가를 통해 바람 가르는 소리와 군주의 비명 소리만이 요란히 울리

는 가운데 나는 마법 스킬을 시동했다.

"까아아아아아악!"

"레비테이션!"

바람 마법으로 몸을 띄운 나는 지상 10m 부근에서부터 무사히 지상으로 착지했다. 군주는 나한테 잡힌 상태에서 기절해 있었다. 미리 말해 둘 걸 그랬나? 이거 업고 가야 하잖아. 나는 군주를 들쳐 업은 뒤 황급히 외성을 내달렸다.

"잡아라! 침입자를 잡아라!"

"군주님을 데리고 도망쳤다!"

뒤에서부터 병사들의 발걸음 소리가 들렸지만 지금은 저런 떨거지들 상대할 시간이 없다. 어서 숨을 곳을 찾아봐야겠는데… 마침 전방 30m 부근에 하수도 발견! 저곳으로 숨자!

*　　　*　　　*

"뭣이? 군주님이 침입자에게 붙잡혔다고?"

호리호리한 체구의 중년인이 분개하며 소리쳤다. 그러자 그의 앞에 시립해 있는 기사 둘과 병사 NPC들이 고개를 조아렸다.

'플레이어가 날 도와주는군!'

군주가 위험해 처해 있다니, 반란을 꽤하는 입장의 벨티라밀은 속으로 쾌재를 부르고 있었지만 남 앞에서 함부로 웃어 젖힐 순 없는 노릇인지라 최대한 분개하는 표정을 지으려 노력했다.

"엘드리, 자네는 그동안 뭐 하고 있었나? 군주님이 잡혀가는 것도 모르다니!"

“…면목없습니다.”

그의 말에 갈색 머리 미청년 기사가 고개를 조아렸다. 그는 군주의 전속 호위 기사로서 군주가 잘못되면 전적으로 그에게 책임이 따르게 되는 것이다.

벨티라밀이 말했다.

“면목없는 줄 알면 당장 가서 침입자를 잡아내게! 군주님이 잘못되면 자네에게도 막중한 책임이 따름이야!”

그러자 엘드리가 잠시 벨티라밀을 바라보더니 말했다.

“…군주님을 호위하는 데는 저의 임무이니 아무 말 않겠으나, 군주님만이 저의 주인이 되십니다. 벨티라밀님께서 저에게 명령할 이유는 없다고 사료됩니다.”

“뭣이?”

엘드리가 고개를 빳빳이 세우고 눈을 부라리며 말하자 중년인이 발끈하며 소리쳤다.

“어느 안전에서 눈을 부라리는 겐가? 지금 나의 명령을 거역하려는 셈인가? 나의 명은 곧 군주님의 명이란 걸 모르는 겐가?”

밀키르실티아니아. 그 어린 군주를 뒤로하고 아르도의 모든 국정 관리는 벨티라밀이 하고 있었다. 때문에 그의 명령은 절대적이라고 할 수 있었다. 그런데 그런 그에게 눈을 부라리며 대드는 엘드리의 행동은 주인에게 짖어대는 개새끼의 모습과 다름이 없는 것이다.

“지금은 군주님의 일이 더 시급하니 넘어가도록 하지. 하지만 나의 명령을 두 번 다시 어겼을 시에는 자네도 무사치 못함이야.”

하지만 벨티라밀도 엘드리가 레어 NPC임을 의식했는지 한 수 접었다. 레어 NPC 하나가 일반 마스터 플레이어 열댓 명까지 잡아낼 수 있는 능력을 지니고 있었다. 그런 그와 충돌해 봤자 좋을 게 없다고 생각한 것이다. 그는 기회를 보고 있었다.

"그리 멀리 가진 못했을 것이다. 군주님을 구하고 도주한 플레이어를 사살하라."

"존명!"

"존명!"

기사들과 병사들이 존명을 외치고 빠져나간 자리, 벨티라밀이 혼잣말로 조용히 중얼거렸다.

"엘드리 녀석… 더 커지기 전에 제거해야겠군."

한편 알현실을 빠져나온 엘드리도 같은 생각이었다.

"지가 뭔데 나보고 이래라저래라야?"

그의 주인은 오직 밀키르실티아니아뿐이다. 오직 그녀만이 자신에게 명령을 내릴 수 있는 것이다. 그런데 벨티라밀, 그가 왜 나에게 명령을 하는가? 전부터 그랬다. 꼭 지가 자기 주인인마냥 말하곤 했다. 지금까진 그래도 잘 참아왔는데…….

보다 못한 제3기사단장 빌데리안이 엘드리에게 말했다.

"자네가 이해하게. 벨티라밀님도 군주님을 생각해서 그런 게 아니겠는가."

요즘 들어 벨티라밀과 엘드리의 갈등이 더욱 심해졌다고 느낀 그였다. 그들의 갈등은 성안에 있는 자들, 대부분이 알고 있었다. 오직 군주만이 모르고 있을 뿐.

엘드리가 중얼거리듯 입을 열었다.

"한 번 더 나에게 명령을 내리면 나도 가만있지 않을 거야. 그동안

내가 많이 참아왔지. 두고 보라구.”

“자네, 그 무슨 소린가? 벨티라밀님에게 반기를 들겠단 말인가?”

“그럴 수도 있지.”

그의 말에 빌데리안이 깜짝 놀라며 반문했다.

“하지만 벨티라밀님의 세력은 군주님의 세력을 훨씬 넘어선다네. 알고 있지 않은가?”

벨티라밀의 세력권에 있는 군사는 아르도의 전체 군사 3천 중 2천을 차지한다. 벨티라밀이 반기를 들면 군주 세력은 1시간 만에 끝장나는 것이다. 게다가 현재처럼 피폐해진 아르도의 민심으론 군주 세력을 더 이상 보존하기 힘들었다.

그것에까지 생각이 미치자 엘드리가 입을 다물었다. 하지만 엘드리도 생각이 없는 것은 아니었다. 어차피 벨티라밀 한 명만 죽이면 2천의 군사도 모두 소용없는 것이다.

엘드리와 벨티라밀은 지금껏 눈치만 봐가며 서로에게 칼을 겨누고 있었던 상황인 것이다.

길을 걷는 중에 엘드리가 빌데리안에게 물었다.

“그보다 플레이어하고 마주쳤었다면서? 어땠나? 얼마나 강했지?”

“음, 마스터 플레이어였네만, 자네나 키리콜 정도에는 미치지 못하네.”

“그래? 그런데 키리콜은 왜 안 보이지?”

“글쎄?”

키리콜은 마듀라에게 쓰러진 제1기사단장이었다. 하지만 아직까지 그의 소식을 듣지 못한 상태였다.

그때 한 병사 NPC가 다가와 보고했다.

"방금 들어온 전언입니다. 군주님을 납치해 간 플레이어가 하수도로 도주했습니다."

하수도. 구조가 미로처럼 복잡하게 얽혀 있는 데다 온갖 이물질들과 쓰레기들이 쌓이는 곳. 그곳으로 들어갔단 말인가? 그것도 군주를 데리고?

"이런 망할 자식을 보았나! 감히 군주님을 그런 더러운 곳에? 내 이 녀석을 당장에 목 쳐 죽이리라!"

*   *   *

"냄새가 너무 고약해요. 너무 축축해요. 너무 더러워요. 힘들어요. 쉬었다 가요."

이게 어디서 실피한테 배워 가지고 쫑알쫑알대?

나는 옆에서 쫑알거리는 그녀에게 버럭 소리를 질렀다.

"너, 안 닥칠래? 한 번 더 쫑알대면 저 구정물에 얼굴을 처박아 버리겠어!"

"흑흑! 알았어요. 조용할게요. 안 시끄럽게 굴면 되잖아요. 죽이지만 말아주세요. 흑흑! 아직 살고 싶단 말이에요. 17살밖에 안 됐는데 결혼도 못해보고 죽긴 싫어요. 흑흑!"

말 진짜 많네. 나는 저것의 입에 구정물을 처넣은 뒤 온갖 병원균을 감염시켜 죽이고 싶은 충동을 간신히 억눌렀다. 빨리 떨어뜨리던가 해야지 원.

"야! 너, 흑도깨비풀 해독제가 어디 있는지 불어."

"흑도깨비풀 해독제요? 그거 벨티라밀 경이 말하지 말랬는데……."

"그래? 그런데 이걸 어쩌지? 네가 불지 않겠다면 내가 널 죽일 텐데? 젊은 나이에 시집도 못 가보고 죽는 건 억울하지 않겠니?"

"…중앙성 뒷마당에 흑도깨비풀을 재배하고 있어요. 해독제는 흑도깨비풀을 갈아먹으면 돼요."

중앙성의 뒷마당? 그랬구나. 괜히 성안을 뒤질 뻔했어.

나는 말없이 군주에게 검을 겨누었다. 그녀가 당황하며 소리쳤다.

"뭐, 뭐 하시는 거예요? 왜 저에게 검을 겨누시는 거죠?"

"몰라서 묻나? 넌 이제 쓸모가 없는 몸이라 이 말이야. 알 거 다 알았겠다, 넌 죽어야 할 놈이니 죽여줘야겠다."

"야, 약속이 틀리잖아요! 절 살려주겠다고……."

"내가 언제? 난 그런 소리 한 기억이 없는데?"

"그, 그런… 그런데 제가 왜 죽어야 할 놈이죠?"

"…너 진정 몰라서 하는 소리냐?"

"네! 몰라요!"

당당하게 외치는 그녀의 모습에 나는 부아가 치밀었다. 이런 한 자리 수 아이큐짜리 인공 지능을 보았나! 도저히 용서가 되지 않는다. 이 따위 NPC나 이따위 NPC를 만든 운영자새끼나!

내가 살기를 뿌리며 다가가자 그녀가 흠칫 떨며 나에게서 도망치려 했다. 나는 도망치려는 그녀를 하수도 벽에 몰아세워 목을 붙잡았다.

"너 때문에 행복했던 가족이 하루아침에 찢겨 나간 줄 모른단 말이지? 정말 낯짝 두껍구나! 마지막까지 자기 딸들을 걱정하시던 안나 아주머니는 암살자들의 칼에 맞아 돌아가시고 잡혀왔던 시레샤는 그 끔찍한 지하실에서 정조를 잃고 내 앞에서 혀를 깨물고 죽어갔어! 6살짜리 시엘라는 네가 보낸 암살자들의 칼에 맞아 온몸이 타 들어가는 고통을 받으며 죽어가고 있어! 다 네가 믿고 있는 병신 같은 NPC들한테 말이다! 단 하루 만에… 단 하루 만에 그렇게 되었다구! 이게 다 너 때문이야!"

"그, 그럴 리가!"

"그럴 리가는 무슨 그럴 리가야! 계약서를 위조해 NPC들 등쳐먹은 주제에! 너 때문에 얼마나 많은 NPC들이 고통받는지 알아? 그러고도 네가 군주야? 네가 군주냐고, 이 새끼야! 한곳에선 찢어지게 고통받고, 한곳에선 따뜻한 온실에서 화초처럼 자라나 이거 해줘라, 저거 해달라 떵떵거리며 살고! 아무리 게임이라지만 이따위로 너희 NPC들 하는 짓거리를 보면 재수가 털려서 게임할 맛이 떨어져! 너 따위 NPC들은 프로그램을 갈아버려도 시원찮아!"

"그건 제가 그런 게 아니에요! 그 일은 벨티라밀 경이 알아서 하기로……."

"닥쳐! 너나 그 녀석이나 다 똑같아! 너부터 죽이고 이 성안에 있는 녀석들을 모두 죽여 버리겠어!"

"아, 어억!"

그녀의 목을 쥐고 있던 손에 힘을 가하자 그녀의 손이 내 손을 잡았다. 하지만 그녀의 발버둥에도 손에 더 더욱 악력을 가하며 그녀의 목을 압박했다. 그렇게 10초 정도 지나자 점차 그녀가 반항을 멈추었다. 눈은 풀리기 일보 직전이었고 내 손을 떼어내려 하며 반항하던 그녀의 손은 점차 힘이 풀려갔다. 그냥 목뼈를 부러뜨릴 걸 그랬나?

그때 뭔가 바람 가르는 소리가 빠르게 다가왔다. 뭐지?!

슈우우우우—!!

“……?!”

들려오는 소리에 고개를 오른쪽으로 돌리자 무엇인가가 내 눈앞에 날아들었다. 그것은 둔탁한 음을 일으키며 내 오른쪽 안면을 강타했고 시야가 휘청하며 몸이 뒤로 젖혀졌다. 그것에 중심을 잃어버린 나는 구정물에 처박혀 누워버렸다.

“크으윽!”

하수구 구정물에 대자로 뻗어버린 나는 저려오는 오른쪽 안면에 손을 가져갔다. 눈알이 터졌나?

나는 당장에 몸을 일으키며 외쳤다.

“어떤 자식이야!”

정면으로 향하자 두 명의 기사 복장 NPC와 50명 정도의 병사 NPC들이 보였다. 알아차리고 온 건가?

“군주님, 괜찮으십니까?”

기사 복장의 NPC 중 한 명이 목을 잡고 켈록거리는 군주에게로 다가갔다. 잠시 그녀의 안위를 살피던 그가 나에게로 시선을 돌렸다. 상대는 갈색 머리칼의 꽤 준수한 외모의 기사. 저놈인가, 나에게 돌을 던진 녀석이?

“니가 나에게 돌 던진 녀석이냐?”

돌을 오른쪽 안면에 강타당한 후부터 오른쪽 눈이 제대로 보이지 않았다.

기사 NPC가 말했다.

“나는 제2기사단장 엘드리다. 감히 나의 주군을 이 꼴로 만들다니. 넌 죽은 목숨이다!”

“콜록! 켈록! 흑흑! 하마터면 죽을 뻔했어요. 제가 경을 얼마나 기다렸는 줄 알아요? 빨리 저 사람을 혼내주세요! 콜록! 켈록!"

저 군주 계집애! 뒤에 숨어 고자질하는 꼴이라니! 씹어먹어 버릴까 부다!

나는 아이템 창에서 포션을 꺼낸 뒤 오른쪽 안면에 부었다. 그러자 오른쪽 시력이 점차 돌아오기 시작했다.

이어서 기사 NPC가 말했다.

"각오해라!"

그가 나에게로 빠르게 달려나왔다. 그의 양손에 쥐어져 있는 푸른색 기검 두 자루를 보아……

"소드 마스터?"

그렇다면 레어 NPC란 말인가?

나는 즉시 무형광검 두 자루를 소환해 상대방의 검을 방어했다. 허공에 푸른색 호선 둘과 검은색 호선 둘이 맞붙자 지지직거리는 음이 울렸다. 그리고 나는 상대의 실력을 금세 파악할 수 있었다. 상대의 실력은 전에 상대했던 거구 NPC보다 강했으면 강했지 절대 약하지 않을 정도의 실력을 지닌 자. 지금의 나로선 상대가 될 수 없는 상대였다.

"쳇!"

나는 왼손에 쥐고 있던 무형광검을 버리고 검광진 열 개를 띄워 겹쳤다. 그리고 그 검광진을 위로 향한 뒤 하수구 천장을 향해 스킬을 날렸다.

"만류기격화방성—용격!"

커다란 폭발음과 함께 천장에 구멍이 뚫렸다. 그것은 하수도부터 지상까지의 두께 20m를 가볍게 뚫어버리며 하늘로 뻗어 나갔다. 폭발의 여파로 하수도 천장이 내려앉았고 나는 재빨리 비행 마법을 시동해 그곳을 빠져나왔다. 군주를 포함한 병사 NPC 전원은 하수구에 매몰되어 최후를 맞이했으리라. 군주가 죽었으니 이로써 목적 두 개가 달성된 건가? 나는 즉시 중앙성 뒷마당으로 향했다. 그곳에 흑도깨비풀 재배지가 있다고 들었다.

NPC들의 눈을 피해가며 중앙성의 뒷마당으로 향하던 길. 중앙성의 뒤쪽으로 가까워질수록 NPC들의 경비가 점점 삼엄해지는 것을 느낄 수 있었다.

그리고 중앙성 뒤쪽에 다다랐을 땐, NPC들이 겹겹이 진을 펼쳐 삼엄한 경비를 하고 있었다. 그들 사이를 자세히 관찰해 보자 조금 높게 자란 풀들이 보였다. 풀이라고 하기에 뭣하지만 검은색 꽃을 달고 있는 잡초였다.

설마 저게……

"흑도깨비풀인가?"

나는 무형광검 두 자루를 만들어 쥐었다. 에너지 소비를 줄이기 위해 무형참황검은 최후의 보루로 써먹을 생각이었다.

"후우~"

이번만 잘 넘기면 저 풀을 가져가 시엘라의 독을 치료할 수 있다. 조금만 기다려라, 시엘라!

"벨티라밀님, 오셨습니까?"

"음. 그래, 수고가 많군."

앞에서 NPC 둘이 대화를 나누는 소리가 들렸다. 저 기사 NPC가 중년 NPC한테 벨티라밀이라고 불렀던 것 같은데 어디서 들어본 것 같은 이름이다. 아, 맞아! 좀 전에 군주 년의 말 중에 벨티라밀이 끼어 있었다. 그렇다는 것은 녀석도 상급 간부라는 뜻?

나는 중년인을 다시 보았다. 그는 삐삐 마른 몸집에 날카로운 콧수염을 기른, 딱 볼 때 재수없게 생겨먹은 녀석이란 걸 쉽게 짐작할 수 있었다. 인생 40년이면 자기가 살아온 세상 풍파가 얼굴에 그려진다고 하던데 저 녀석은 남 등쳐먹으며 살아왔나 보다. 당장 저 면상에 칼을 박아버리고 싶어라!

그것은 곧바로 실행으로 이어졌다.

"앗? 침입자다! 플레이어다! 벨티라밀님을 보호하라!"

"침입자다!"

날 눈치 챈 병사 NPC들이 재빨리 내 앞을 가로막으며 달려나왔다. 무조건 싸워야 한다고 프로그램된 NPC들이다. 주인의 명령만 따르는 개새끼들!

첫 타깃으로 잡은 병사의 대갈통을 주먹으로 시원하게 박살 내버린 나는 뒤를 기습해 오는 병사의 가슴에 칼을 박아 넣었다. 그리고 손날을 세워 다가오는 족족 검기를 쏘아 베어냈다. 하지만 이따위 짭새들과 오래 시간을 끌 수 없었다. 군주를 제치고 척살 대상 1호로 뽑힌 저 벨티라밀을 죽인다는 게 더 급선무였다.

그치만 다가갈 수가 있어야지!

"젠장맞을 자식들아! 죽을 거 뻔히 알면서 다가오지 말란 말이다!"

검을 베기도 수백 번. 점차 몸이 지쳐 왔다. 캐릭터가 지치는 건 문제가 되지 않겠는데 문제는 정신이 지쳤다는 것이다. 전의 NPC와의 싸움에서 빈혈날 정도로 싸웠기 때문에 캐릭터를 움직이기가 여간 힘든 것이 아니었다. 아직까진 내가 우세를 잡고 있었지만 저렇게 계속

쏟아져 나오는 NPC들을 상대하기란 무리였다.

　여기서 엎친 데 덮친 격으로……

　"역시 여기 있었군, 침입자!"

　엘드리 녀석과 군주 녀석! 아직 살아 있었나?

　"아깐 잘도 도망치더군. 나와 군주님만 겨우 살아남았지. 부하와 동료들의 복수를 하겠다!"

　녀석이 살인적인 기세로 나에게 달려들어 왔다. 그의 손에 쥐어진 푸른색 검기와 나의 무형광검이 한차례 맞부딪치자 나의 무형광검이 그대로 소멸되었다. 깜짝 놀라 몸을 피하는데 아슬아슬한 차이로 상대의 검기가 나의 왼쪽 어깨를 스치고 지나갔다. 하마터면 심장을 꿰뚫릴 뻔했다!

　나는 급히 자리를 피하며 소더러 마스터 무기를 불러들였다. 그리고 열다섯 개 검광진에서 무형참황검을 소환한 뒤 녀석과 다시 검을 나눴다.

　조금의 방심이 게임 오버로 이어질 수 있는 상황. 몸 하나하나의 세포를 긴장시키며 상대와 검을 나누는 도중,

　"……!"

　차아앙—!!

　귓가를 때리는 파찰음과 함께 그와 나는 서로 떨어졌다. 서로 검을 겨눈 채 나는 눈만을 돌려 주위를 둘러보았다. 병사 NPC들이 주위를 원형으로 둘러싼 상태였다. 레어 NPC를 쓰러뜨린다 하더라도 병사 NPC들한테 맞아죽겠다. 최악의 상황까지 가면 로그아웃을 할 수밖에 없겠는데…….

　"네가 이길 가능성은 없다. 조용히 투항하라. 보아하니 동료도 없이

혼자 쳐들어온 모양인데 객기가 너무 셌어.”

“…….”

동료라… 그래, 실피라도 있었음 상황이 이렇게 되지는 않았겠지. 맨 처음에 실피가 따라온다고 했을 때 데려올 걸 그랬다. 실피는 저놈과 같은 레어 NPC니까 분명 도움이 되었을 텐데.

“…….”

레어 NPC?

내가 왜 그걸 생각지 못했지? 레어 NPC의 유일한 약점을 깜빡 잊고 있었다. 최준 형이 말하기를…….

“…실피 잘 간수해라. 그녀는 네가 없으면 제 힘을 발휘하지 못하니까. 자칫 네가 없는 도중에 뭔 일을 당할지 알 수 없어.”

…라고 했다. 레어 NPC의 약점은 자신의 주인이 게임상에서 사라지면 그 힘을 상당 부분 잃는다는 것이다. 소더러 A까지 격침시켰던 천하무적 막강파워 실피도 암살자들한테 꼼짝 못한 이유가 바로 거기에 있었던 것이다.

그렇다면 얘기는 끝났다. 저 레어 NPC의 주인을 찾아야 한다!

나는 근방에서 그의 주인을 쉽게 찾을 수 있었다.

“힘내세요, 엘드리!”

저 군주 녀석. 저 계집애가 레어 NPC의 주인일 가능성이 가장 높다. 나는 곧바로 군주에게로 달려갔다. 군주 앞을 가로막으려는 병사 NPC들을 베어내며 거침없이 앞으로 뛰어간 나는 군주의 앞까지 금세 다다를 수 있었다.

뒤늦게 내가 무슨 짓을 할지 눈치 챈 엘드리가 외쳤다.

"그만둬! 주군에게 무슨!"

"까아악!"

이 게임은 내가 이겼다! 군주만 베어버리면 끝나는 거야!

막 군주의 목을 베어버리려는 찰나! 군주의 뒤로 검은 복장의 괴한 두 명이 나타난 것은 그때였다!

"뭐지?"

"……!"

슈숙—

귓가를 스치고 지나가는 바람 소리와 함께 그들이 던진 단도가 내 옆을 스쳐 지나갔다. 날아온 단도는 둘. 한 발은 나에게 날아오는 걸 내가 피해버렸고 또 한 발은 군주의 등에 명중했다. 대체 뭐야? 분명 일부러 군주에게 칼을 향한 것이었다. 도대체 왜? 같은 편이 아니었던 가? 군주와 같은 편이 아니라면 나에겐 아군?

털썩—

등에 칼이 박혀 버린 군주가 비명도 지르지 못하고 무너졌다. 그리 고 서서히 가루가 되어 사라졌다.

그 광경을 지켜보며 크게 당황하고 있을 때, 엘드리가 절규했다.

"으아아악! 이 녀석들! 감히 군주를 배신한 거냐!"

그러자 뒤에서부터 기분 나쁜 웃음소리가 퍼졌다.

"크큭! 결국 나의 승리다, 엘드리. 군주는 죽었고, 반란은 성공적으 로 마쳤다. 크크큭! 원래는 군주의 생일날 반란을 일으키려 했는데, 저 플레이어 덕분에 조금 앞당겨졌군. 크큭!"

"벨티라밀!"

엘드리가 벨티라밀에게 살기를 날렸다. 하지만 그리 위협적이라고 느껴지진 않았다. 날 몰아붙일 정도로 강력했던 그 위압감이 이렇게 축소되다니. 군주가 죽어서 그런가?

"군주가 죽은 지금 너의 힘은 보잘것없다. 그 상태로 나를 상대할 수 있으리라 생각하는가? 군주를 따라 보내주마."

나는 잠시 상황을 파악했다. 저 괴한들이 어째서 군주를 죽인 건지, 엘드리와 벨티라밀의 사이가 왜 저런 건지…….

답은 금방 나왔다. 벨티라밀이 군주를 배신한 것이다. 하, 이거 뭐 시나리오가 이래?

"병사들은 들어라! 당장 저 반역자를 처단하라!"

엘드리가 손을 들어 올리며 외쳤지만 주위 NPC들은 아무도 동요하지 않았다.

엘드리가 다시 한 번 외쳤다.

"뭣들 하는가? 반역도를 처단하라! 군주를 죽인 원수를 갚으라!"

하지만 역시 병사들은 동요하지 않았다. 몇몇은 코웃음을 치기도 하였다.

엘드리 녀석… 완전 쪽박 차야겠구나.

벨티라밀이 입가에 야비기 어린 미소를 걸치며 말했다.

"후후! 몰랐나? 성안의 병사들은 모두 내 아래 있다."

"……."

"병사들이여! 저 반역도 엘드리를 죽이는 자에게 후한 포상금과 직위를 내려주겠다! 아울러 저 플레이어를 죽이는 자에게도 포상금을 주겠다!"

벨티라밀의 외침에 병사들이 한껏 사기를 드높이며 나와 엘드리를 향해 포위망을 좁혀왔다. 이런 엿 같은 경우가 다 있을 수가? 나나 엘드리나 개 쪽박 신세가 아닌가?

엘드리에게 물었다. 이왕 이렇게 된 거 어쩌리?

"너, 얼마나 싸울 수 있을 것 같냐?"

"……."

아무 말이 없는 거 보니까 자신감이 철철 넘친단 말이군! 좋아! 한번 싸워볼 만하겠어!

내가 앞으로 나서려 하자 엘드리가 놀란 듯 물었다.

"왜 도망가지 않지? 플레이어는 위험 상황에 로그아웃을 하지 않나?"

내가 좋아서 안 하는 줄 아니?

나는 손가락으로 병사 NPC들의 뒤편에 있는 흑도깨비풀을 가리켰다.

"저게 없으면 돌아갈 수 없어. 저 해독제가 꼭 필요하거든."

"흑도깨비풀 해독제 말인가? 크큭! 그렇군. 참 묘하지 않은가? 방금까지 서로 칼을 대고 있었는데 이렇게 한 팀이 되다니."

"……."

"나는 이미 틀렸다. 나의 군주가 죽은 이상 나는 아무짝에 쓸모없는 NPC가 되어버렸거든."

"그래? 그럼 어차피 끝난 인생, 나 좀 도와주고 죽어라. 물론 그냥 도와달라는 건 아니야."

"……?"

"마지막 반항은 해보고 죽어야 할 것 아냐. 나하고 같이 병사들 사이를 뚫자."

그러자 엘드리가 황당하다는 표정을 짓다가 물었다.

"조건은?"

"네가 죽으면 다시 복구시켜 주겠다. NPC 프로그램 복구하는 사람이 내 주위에 몇 명 있거든. 뭐, 지금까지의 프로그램을 모두 지워지고 새로운 기억이 남겠지만. 어때?"

"…그 말, 사실인가?"

"넌 속고만 살았니?"

"좋다! 도와주겠다."

나는 훗 하고 웃으며 베도밀을 소환했다. 이어서 병사 NPC들 사이로 뛰어들었다.

우선 범위가 넓은 베도밀의 공격으로 주위를 크게 쓸어버린 뒤 엘드리의 빠른 검기 공격으로 병사들을 베어낸다. 작전은 이런 것이었다. 그치만 우리들 앞을 가로막는 괴한 두 명 때문에 우리는 달려가다가 멈췄다. 저 괴한들 분위기가 심상치 않은데?

엘드리가 말했다.

"저들은 내가 상대하겠다. 너는 네 목적을 달성해라."

"알겠다."

나는 흑도깨비풀이 있는 곳으로 달려갔다. 날 막으려는 병사 NPC들의 방해가 상당했지만 병사들을 쓸어버리기도 하고 베어내기도 하며 돌진했다. 그렇게 병사들과 상대하던 중 검은 복면의 괴한이 내 앞에 나타났다. 이 녀석은 엘드리가 상대하기로 되어 있지 않았나?

문득 고개를 돌려보자 또 한 명의 괴한과 싸우고 있는 엘드리의 모습이 보였다. 병사 NPC들과 괴한을 같이 상대하려다 보니 고전을 면치 못하고 있는 듯했다.

내 앞의 괴한이 입을 열었다.

"흑도깨비풀을 원하는가?"

안 그럼 내가 왜 이런 곳에서 생고생을 하고 있겠니?

"그 꼬마가 백도깨비풀 독에 생명이 오락가락하고 있겠지?"

그 꼬마?

시엘라를 말하는 건가? 설마 이 녀석이⋯⋯

"후후! 내가 그 집의 방화범이라 할 수 있지."

"⋯⋯!"

이 녀석이⋯ 이 녀석이었나? 그랬던 거였나?

"네놈이었냐?"

안나 아주머니를 죽이고 시레샤를 납치하고 시엘라를 고통받게 한 녀석이!

"후후! 그렇다."

나는 머리 속에서 뭔가가 뚝— 하고 끊어지는 것을 느끼며 상대에게 달려들었다. 이 자식이었어! 이 자식이 안나 아주머니와 시레샤를 죽였어!

"으아아아악!!"

나는 광분하며 베도밀을 휘둘렀고 상대는 내 공격을 가볍게 피한 뒤 암기를 날렸다. 암기는 정확히 내 왼쪽 눈을 맞추었고, 왼쪽 시야가 흐릿해지며 주위가 구분되지 않았다. 왼쪽 눈에 박힌 암기를 뽑아낼 생각도 않고 나는 연이어 녀석에게 검을 휘둘렀다. 상대는 양손에 쥔 단검 두 자루로 나의 공격을 방어했다⋯ 가 다시 날 몰아붙였다. 특유의 빠른 몸놀림과 스피드는 그동안의 전투로 움직임이 둔해진 나에게 곳곳에 치명상을 남겼다. 게다가 그가 가지고 있던 단도에 독이 묻어 있는지 연신 입에서 피가 쏟아져 나왔다.

게임상이라지만 피를 토하는 기분은 그리 좋은 것이 아니었다. 결국 이런 녀석한테까지 무너질 정도로 한심해진 건가?

"칫!"

천하의 마듀라도 한물갔구나.

하지만 후퇴는 있어도 도망은 없다. 죽기를 각오하고 싸우다 보면 어떻게든 되겠지! 이렇게 있다 보면 엘드리가 날 도와주러 올지도…….

"으아아압!"

호랑이도 제 말 하면 온다 했다더라. 괴한을 한 방으로 날려 버린 엘드리가 나에게 시선도 주지 않고 말했다.

"고작 벨티라밀의 개한테 쩔쩔매는 거냐? 나하고 싸울 때는 잘만 싸우더니만?"

"…너, 세 시간 동안 병사들하고 싸운 몸으로 저런 녀석 상대해 봐. 멀쩡한가. 몸 이곳저곳이 고장난 상태란 말이다."

"크큭! 하여간 웃긴 녀석. 내가 병사들을 뚫어 길을 터줄 테니 너는 풀을 가지고 자리를 피해라."

"…번번이 신세만 지는군."

"뭐, 조건을 걸고 하는 것이 아닌가? 약속은 반드시 지켜라."

"걱정 마."

나는 다시 흑도깨비풀 재배지로 향했다. 뒤는 모두 엘드리에게 맡겼으니 걱정없다. 문제가 있다면 보이지 않은 왼쪽 눈과 고장난 팔다리 때문에 움직이는 데 문제가 있다는 것 정도?

게다가 담배 핀 허파처럼 얼마 움직이지도 않았는데 금방 숨이 찼다. 허파까지 고장났나 보다. 아무래도 아까 칼에 맞았을 때의 독 때문이겠지.

막 흑도깨비풀 재배지에 도착했을 때였다.

"그만둬라, 엘드리!"

뒤에서 벨티라밀이 외치는 소리가 들렸다. 고개를 돌려보자 엘드리가 병사들을 상대로 서 있는 모습이 보였다. 뭘 하려는지 상황 파악이 잘 되지 않았다.

"벨티라밀! 내가 네놈 하는 꼴을 그냥 지켜볼 줄 알았더냐? 하하핫!"

엘드리가 미친 듯이 광소하며 몸에서 검기를 뿜어내자 일대에 엄청난 바람이 일며 병사 NPC들이 날아갔다. 군주가 죽는 바람에 힘이 많이 소멸된 상태였지만 그의 몸에서 몰아치는 검기 폭풍은 다가오는 병사 NPC들을 날려 버리기에 충분했다. 축소된 힘이 저 정도라니?

"우우우어어어어!!"

"……?"

엘드리와 나의 눈빛이 잠깐 교차되었다. 피하라는 눈빛. 나는 그의 눈빛을 금세 파악하곤 흑도깨비풀을 한 움큼 뜯어낸 뒤 재빨리 텔레포트 스킬을 시동했다.

엘드리의 몸에서 터져 나간 검기가 주위를 쓸어버리기 직전이었다.

텔레포트된 곳은 막강이의 배 갑판.

텔레포트되자마자 쓰러진 나는 간신히 몸을 일으키며 아이템 창을 열었다. 그치만 포션은 다 떨어지고 없었다. 부들부들 떨리는 몸을 겨우 일으키며 막강이의 선실로 향했다. 그래도 손에 쥔 흑도깨비풀은 절대 놓지 않았다. 이것만 있으면 시엘라를 살릴 수 있어!

“시엘라… 구해왔어! 흑도깨비풀을 구해왔다구! 헉헉!”

선실 안은 조용했다. 하지만 인기척이 없는 것은 아니었다. 내가 선실에 들어서자마자 실피가 나에게 곧바로 달려왔다.

“아, 듀라님! 무사하셨군요!”

하지만 그녀를 신경 쓸 시간 없이 선실의 침대로 향했다. 그치만 침대에는 구겨진 이불만이 있을 뿐 시엘라는 보이지 않았다. 어디 갔지?

더프론 씨가 다가왔다.

“후우~ 용캐도 흑도깨비풀을 구해서 돌아오셨군요. 몰골이 정말 말이 아닙니다.”

“더프론 씨, 시엘라는 어디 있습니까? 다른 곳으로 옮겼나요?”

“……”

더프론 씨는 아무 말도 않고 뒤돌았다.

나는 실피에게 물었다.

“실피, 시엘라는 어딨어?”

“…없어요.”

“무슨 소리야, 그게?”

똑바로 말해! 갑자기 없다는 게 말이 돼?!

“빨리 불어! 없다는 게 말이 안 되잖아! 시엘라를 어디에 숨겼어?!”

내가 그녀의 어깨를 붙잡고 흔들며 말하자 더프론 씨가 조용히 입을 열었다.

“이미… 늦었습니다.”

“…늦다뇨?”

“죽었습니다.”

“그게 무슨……”

"죽었단 말입니다! 30분 전에 죽어서 사라졌다고요, 시엘라는!"

"……."

나는 말없이 침상을 향했다.

"이건……."

누가 죽인 거야?

내가 죽인 거야? 아니면 중앙성의 자식들이? 아니면……

운영자들이?

나는 쥐고 있던 흑도깨비풀을 땅에 떨어뜨렸다. 더 이상 자리를 버티고 설 힘이 없어 그 자리에 주저앉고 말았다. 이대로 아무 생각도 안 하고 싶었다.

더프론 씨가 다가왔다.

"…상심 마십쇼. 이 바닥의 NPC들은 그렇게 죽어가고 그렇게 살아갑니다. 플레이어의 입장에서 보면 이해할 수 없는 것들이지만 그것이 그들에게 주어진 운명입니다."

"……."

"완성된 무기입니다. 받으시지요."

더프론 씨가 하얀 천에 싸인 물건을 나에게 건네주었다.

이건……

"선택의 활 그라핀. 당신은 어떤 선택을 하시겠습니까?"

그에 대한 선택은 이미 예전에 끝마친 상태였다. 녀석들을 몰살시킬 수 있는 힘을 얻은 지금 망설일 것은 없다.

"끝내겠습니다."

나는 아르도 광경을 내려다보았다. 상공 1㎞ 위치에서 내려다본 아르도 거리의 모습은 평화롭고 아름다워 보였다. 지금 시각이 새벽 5시 경. 막 동이 터올 때 즈음이었다. 밝아져 오는 햇살과 밤 어둠이 절묘한 조화를 이룬 시간이랄까?

현실상에선 어떤지 모르겠지만 게임상의 새벽은 아름다웠다. 하지만 그런 수채화 같은 한 폭의 그림을 마냥 지켜볼 수만은 없었다.

나는 더프론 씨가 건네준 그 무기의 천을 풀었다. 그곳엔 세밀하게 세공되어 그 유려한 곡선의 자태를 뽐내고 있는 활이 하나 있었다. 그리고 그와 함께 들어 있는 세 발의 화살들. 활의 길이는 1m 정도. 화살의 길이는 80㎝ 정도로 중간 크기의 배틀 보우였다.

나는 활과 화살 한 발을 들고 막강이의 뱃머리 위에 올랐다. 아래에 아르도 중앙성이 언뜻 보였다. 좋지 못한 기억만이 가득 있는 그곳. 시레샤가 최후를 맞이한 곳.

엘드리도 지금쯤 최후를 맞이했으리라… 비록 적이었지만 꽤 의리 있는 NPC였는데.

화살을 활시위에 얹으며 시선은 전방(중앙성)을 주시했다. 주위는 더프론 씨와 실피의 침 삼키는 소리밖에 들리지 않았다.

"……."

서서히 활시위를 당기며 과녁을 중앙성으로 겨눈 나는 조용히 숨을 죽였다. 활을 쏘아 보는 건 이번이 처음이었지만 뭐, 동이족(東夷族)의 후예답게 잘 쏠 것이라 생각한다.

그렇게 숨을 죽이며 과녁을 향한 지 5초. 나는 활시위를 쥐고 있던 손을 놓았다. 활시위를 빠져나간 화살은 은빛 호선을 그리며 상공 1㎞ 에서부터 떨어져 내렸고, 그것은 아르도 중앙성으로 향할수록 빛의 호선이 점점 길어지며 바람을 가르는 소리가 주위를 가득 메아리쳤다.

아름다운 새벽 하늘에 마른번개가 지나가듯 그것은 빠르게 공기 중을 날아 아르도 중앙성에 떨어졌다.

화살이 떨어진 지점으로부터 하얀색 구체가 주위로 퍼져 나간다. 그리고 그 빛은 중앙성과 그 안에 있는 것들을 모조리 태워 버렸다.

〈2권 끝〉

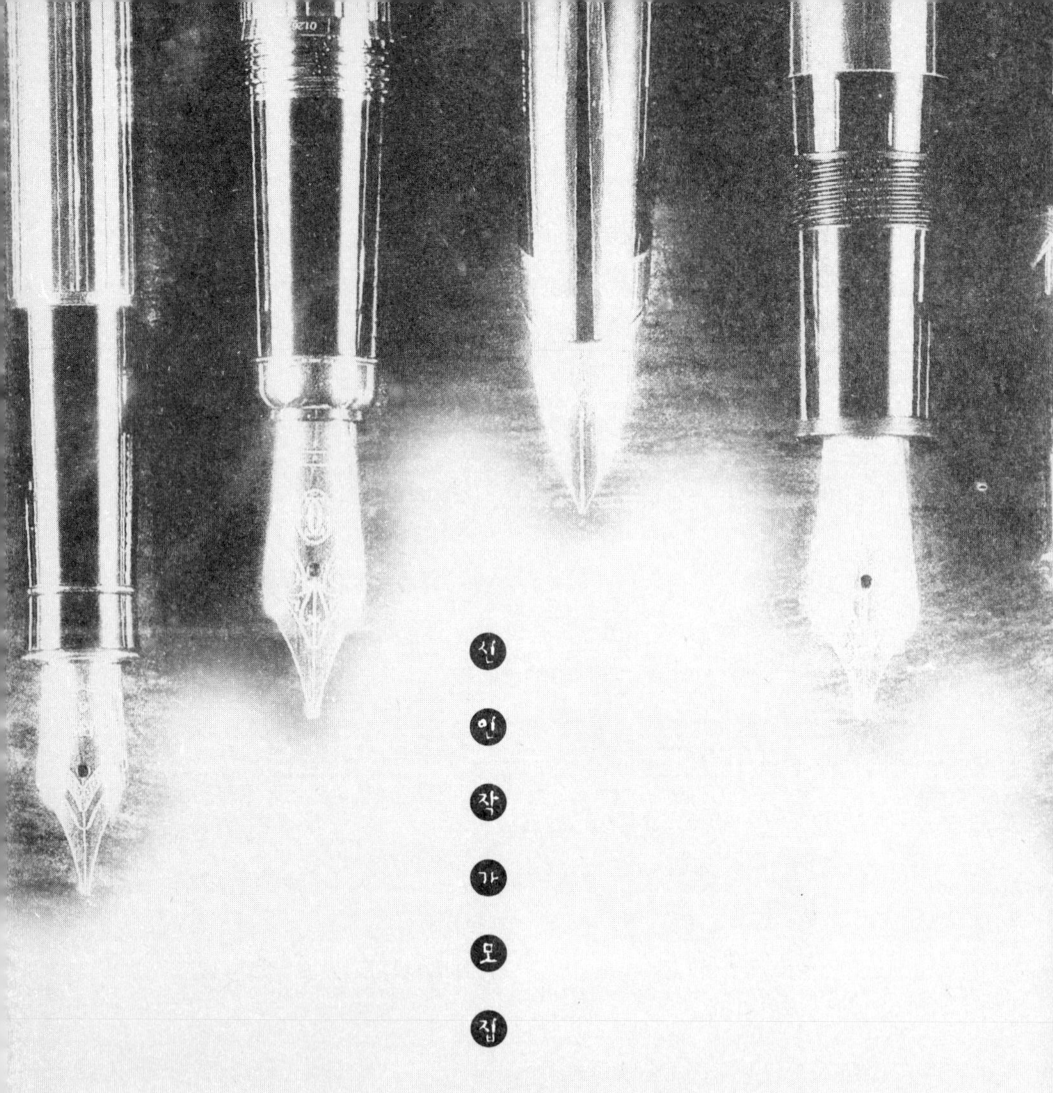